KB096171

이 밤의 끝은 아마도

온우주
단편선
0 1 3

이 밤의 끝은 아마도

김주영 작품집

☀ 온우주

이 밤의 끝은 아마도

© 김주영, 2014.

이 도서의 국립중앙도서관 출판시도서목록(CIP)은
서지정보유통지원시스템 홈페이지(http://seoji.nl.go.kr)와
국가자료공동목록시스템(http://www.nl.go.kr/kolisnet)에서 이용하실 수 있습니다.
(CIP제어번호 : CIP2014015374)

차 례

온우주
단편선

노 래 하 는 늪

노 래 하 는   늪

외갓집이 있는 시골은 시골이라 하기가 민망할 정도로 도시를 닮아버렸지만 시골스러운 가을밤의 정취만은 도시와 낙낙한 거리를 두고 있었다. 밤하늘에 촘촘히 박힌 싸라기별빛이 비추는 마당 어귀엔 낡은 자전거가 세워져 있었다. 몇 해 전 돌아가신 외할아버지의 자전거였다. 외할아버지께서 무척이나 아끼던 자전거가 무성해진 수풀에 휩싸여 덩그러니 놓인 풍경을 보니 기분이 스산했다.

돋을볕을 등지고 돌아오는 할아버지의 자전거에는 항상 찰랑찰랑 물소리를 내는 양동이가 실려 있었고, 외할머니는 물고기가 가득한 양동이를 건네받으면서 늘 잔소리를 하셨다.

— 위험하게 또 해도 없는 새벽길 위에 그놈을 굴리면 어쩌누.

눈을 곱게 흘기던 외할머니는 외할아버지가 돌아가시고 나서도 자전거가 썩 마뜩찮으신 모양이었다. 망자가 그렇게도 아끼던 물건이라면 가끔 보듬고 손질을 하거나 아예 미련을 끊게 처분이라도 하련마는, 자전거는 그저 오랜 길을 떠난 주인의 귀향을 기다리듯 수풀에 싸인 채 녹이 슬고 있었다.

외할아버지가 돌아가시고 나서야 처음으로 돌아온 외갓집의 대들보엔 아직까지도 낡은 사진이 걸려 있었다. 일찍이 외국으로 떠나버려 얼굴을 본 적이 없는 외삼촌과 어린 이모들의 사진은 예나 지금이나 낯설었다. 외갓집은 내가 여기에 살았던 일곱 살 무렵의 시절에 멈춰버린 듯이 당최 변한 것이 없었다. 외할아버지가 늘 베어내던 마당의 수풀이 아무렇게나 자라버린 것과 우물이 메워진 것만이 예전과 달랐다. 하지만 우물은 여전히 굴뚝처럼 마당에 우뚝 솟아 있었으니, 변해버린 건 나뿐이라는 생각이 들었다.

잠자리가 바뀌어서 그런지 당최 잠이 오지 않아 다시 미닫이 문을 열고 작은 방으로 들어섰다. 몇 해나 그랬을까, 뜨겁게 달궈대는 열기 탓에 장판 가장자리가 불에 탄 듯 누렇게 익었다. 벽에 걸린 사진 속에서 외할아버지의 얼굴을 보았다. 내가 살았던 방은 어느 순간부터 외할머니의 '미련의 방'으로 변해버린 모양이다. 당신이 기거하는 방이 아닌 여기에 외할아버지 사진을 걸어놓은 것이 그렇고, 외갓집을 떠나던 엄마와 내가 챙기지 못하고 남기고 간 물건들이 상자에 담긴 채 고스란히 남아 있는 것이 그렇다.

나는 상자를 앞으로 가져와 설레는 마음으로 뚜껑을 열었다. 간혹 머릿속을 뱅뱅 돌던 그리운 이야기와 그림이 담긴 책이 있었고, 낡은 플라스틱 인형은 솜씨 좋은 엄마가 만든 헝겊 옷을 아직도 입고 있었다. 속이 터진 채 누렇게 변해버린 곰 인형, 부러진 색연필, 플라스틱 볼펜 깍지가 끼워진 몽당연필, 딱지, 고무 인형, 예쁜 빛깔의 구슬. 언젠가 내가 돌아올 날을 기다리는 것처럼 가지런하게 정리해둔 내 물건을 보면서 외할머니가 줄곧 무언가를 몹시 기다리면서 살아왔다는 사실을 깨달았다.

생각해보면 인생이란 기다림의 연속이었다. 잠들며 내일을 기다리고, 아침엔 버스와 지하철을 기다리고, 출근해서는 점심시간을 기다린다. 만나기로 한 누군가를 기다리고, 생일을 기다리고, 결혼식을 기다리고, 첫애가 태어나길 기다리고, 집 장만할 날을 기다리고, 돌아오는 명절에 찾아올 자식들을 기다리고. 그런 과정 속에서 삶은 모양새만 바꾼 기다림에 잠식되어간다. 머리가 하얗게 센 외할머니는 더 이상 기다릴 것이 없으면서도 기다림의 끝에 놓인 죽음에 가까워져간다는 사실을 인정하지 않았다. 엄마가 부엌으로 들어갈 때마다 늙은이 취급하지 말라며 소리를 지르고 엄마를 내쫓기 일쑤였다. 나는 얇은 벽 너머에서 색색거리는 외할머니의 숨소리를 들으며 상자에서 동화책을 꺼내 들었다.

열어놓은 문밖의 검은 하늘엔 보름달이 걸려 있었다. 망망하게 떠돌다가 잠시 달을 감싸는 구름에 나는 기묘한 기분과 함께 이상한 기척을 느끼며 오싹해졌다. 이런 기분이 들 때면, 묘한 예감이 스치곤 한다. 갑자기 어떤 사람과 마주칠 예감이 들기도 하고, 바로 지금 영화관에 가야만 할 것 같아서 초조해지기도 하고, 뜬

금없이 전화기에 자꾸 신경이 쓰이기도 한다. 더 이상한 것은 그 다음에 벌어지는 일이다. 묘한 예감이 드는 날엔 반드시 떠올린 사람과 우연히 마주치고, 영화관의 공짜관람 행사 덕분에 무료 영화를 보기도 하고, 갑자기 중요한 전화가 걸려온다. 친구들은 과민한 상상이라며 웃어넘겼지만, 어릴 때부터 기민한 직감은 틀리는 법이 별로 없었다.

하지만 그렇다 하더라도 휑뎅그렁한 보름달을 보는 동안 갑자기 떠오른 예감은 너무나 터무니가 없었다. 저기 보름달을 감싸며 몰려드는 구름 사이에서 거대한 돛을 단 배가 위풍당당하게 나타나서 지상에 닻을 내리고, 그 배에서 몹시도 그리운 사람이 내릴 거라는 예감이 들었다. 그때, 찌르륵찌르륵 울면서 시골 밤의 정취를 만들던 풀벌레 소리가 뚝 그치는 바람에 등골이 선득해졌다. 나는 그제야 손가락 사이에 빳빳하게 설려 있는 책장을 깨달았다. 색이 변한 책장의 여백엔 삐뚤삐뚤한 어린애 글씨가 적혀 있었다.

에스메랄다

에스메랄다.

나는 자리에서 벌떡 일어섰다. 시간이 오래전에 멈춰버린 것만 같은 외갓집에서 느낀 예감은 이미 지나간 그 옛날 가을밤의 것이었다. 오늘처럼 휑뎅그렁하게 하늘에 걸린 보름달을 구름이 감싸 쥐던 그날 밤에, 나는 거대한 돛을 위풍당당하게 펼치고 밤하늘 위로 미끄러지던 커다란 배를 보았다. 배는 싸라기별을 스치며 점점 머리 위로 다가왔고 별빛이 은빛 가루처럼 우수수 마당 위로 쏟아졌다. 그리고 무거운 닻이 우물 안으로 떨어졌다.

나는 우물 안에서 시작되는 수선스러운 소리를 들었다. 보름달이 뜬 밤에 우물 속에서 나는 이상한 소리라니. 무섭고 기괴한 광경임이 분명했다. 하지만 싸락눈처럼 나리는 별빛을 받아 따스하게 빛나는 마당은 무섭지도 두렵지도 않았다. 그때, 우물에서 소녀가 폴짝 뛰어나왔다.

"안녕. 내 이름은 에스메랄다야."

하얗고 통통한 얼굴을 빛내며 소녀가 인사했다.

에스메랄다의 아버지는 선원이었다. 외국을 많이 돌아다닌 탓인지 멀쩡한 딸 이름을 두고 에스메랄다라고 부른다고 했다. 엄마가 들려준 이야기였다.

"멀쩡한 우리나라 애인데 에스메랄다라는 이름을 쓸 리가 있겠니? 그냥 아빠가 재미 삼아 붙인 이름을 자기 이름이라고 말해 준 거겠지. 그리고 딸, 네 이야기도 퍽이나 이상하잖니. 선원은 하늘을 나는 배가 아니라 바다 위를 떠도는 배를 탄단다."

"아니야, 엄마. 에스메랄다의 아빠는 진짜 하늘을 나는 배를 타고 다녀."

"얘는. 그러면 이 좁은 마을 어디에다 배를 세운대?"

"땅 위에 세울 필요가 없어. 그냥 작은 우물이나 개울 위에 배를 멈추고 닻을 내리면 돼. 물 위에 비친 배에서 땅으로 나올 수 있으니까."

엄마는 한참 동안 나를 가만히 바라보다가 그냥 웃어버렸다.

"그래그래. 마음대로 생각하렴."

엄마는 난감해 보였다. 어쩌면 책에 파묻혀 살던 내가 이상한 상상을 하다가 미쳐버리진 않을까 염려했는지도 모른다. 하지만 광기는 아이들에게 부여된 특권이었다. 구름 위로 성이 보인다고 까치발을 해도, 요정이 날아가는 거라며 민들레 씨앗을 쫓아다녀도, 나무와 말을 한다고 말해도 아이들을 미쳤다고 욕하지 않는다. 어른들은 미치는 특권을 마구 누리는 우리를 재밌어 하며 바라보았다. 때론 우리의 광기를 어설프게 흉내 내며 구름 위에 성이 보인다고 지껄이거나 손바닥으로 민들레 씨앗을 탁 잡으며 요정이 죽어버렸다고 놀려대기도 했다. 나무를 짚으며 나무가 우리들에게 숙제를 할 시간이라고 말한다고 우길 때도 있었다.

그럴 때마다 에스메랄다와 나는 배를 잡고 웃었다. 어른들은 앞에 보이는 구름 위에 성이 있다고 했지만 성은 뒤편 구름 위에 있었고, 어른의 손바닥 위에서 죽은 것은 요정이 아니라 진짜 민들레 씨앗이었다. 가지를 활짝 펼치고 하늘을 향해 발돋움질을 계속하는 나무들은 어른들의 헛소리에 우르릉우르릉 웃어대며 우리가 조금 더 자랄 시간이라고 외치곤 했다.

진짜 우리를 이해하는 어른은 딱 한 사람뿐이었다. 우리가 '고물'이라고 부르던 그 아저씨는 어느 날, 고물장사인 딸기 아저씨의 리어카를 타고 마을에 왔다. 여러 마을을 돌아다니는 딸기 아저씨는 찰칵찰칵 커다란 가위 소리를 내면서 고물을 수집한 뒤에 노래를 부르며 돌아오곤 했다. 그런데 그날만은 여느 때처럼 구성지게 목청을 뽑아 노래를 부르며 돌아오지 않았다. 텅 비어 돌아온 리어카엔 얼키설키 아무렇게나 쌓아올려진 고물 대신 겁먹은 고양이 새끼처럼 웅크린 고물 아저씨가 앉아 있었다.

작은 동네에서 으레 그러하듯 딸기 아저씨가 고물을 데리고 오게 된 사연을 두고 별별 소문이 많았다. 목줄에 매인 채로 어느 고물상 앞마당에서 개새끼처럼 헐떡대고 있는 꼴이 불쌍해서 그날 모은 고물을 몽땅 내어주고 데려왔다는 말이 있는가 하면 미쳐서 날뛰다 죽은 남동생을 영판 닮아 있어서 그냥 주워 왔다는 말도 있었다. 하지만 워낙 딸기 아저씨가 무뚝뚝한 터라 고물이 딸기 아저씨네 창고 안에 살게 된 정확한 사연도, 딸기 아저씨가 고물을 거두어들인 연유도 알 길이 없었다.

낯선 강아지처럼 딸기 아저씨의 마당에 웅크리고 앉아 소일을 하던 고물은 한 걸음, 두 걸음, 집 밖으로 나다니다가 어느새 마을의 익숙한 풍경으로 변해갔다. 남루한 옷을 걸친 고물은 다리를 질질 끌며 동냥그릇을 들고 동네를 돌아다니다가 양지바른 곳에 자리를 잡고 앉아 혼잣말을 중얼거리곤 했는데, 그걸 듣고 에스메랄다와 나는 고물도 우리가 보는 풍경을 보고 있음을 알게 되었다. 우리는 시멘트 바닥을 뚫고 올라온 잡초와 고물이 중얼중얼 이야기를 나누는 소리를 들었고, 나무들이 우르릉우르릉 큰 소리로 웃을 때마다 깜짝 놀라서 두리번거리는 고물을 보며 웃어댔다. 하지만 어른들은 그를 좋아하지 않았다. 특히나 달이 없는 깊은 밤에 거리로 뛰어나온 고물이 짐승처럼 울부짖을 때면 동네 아저씨들이 한둘 튀어나와 지랄발광을 한다며 고물을 욕하고 때렸다. 가련하게도 고물 아저씨는 미칠 특권을 가지지 못한, 어른이었다.

어른들이 미친놈이라고 부르는 고물이 짐승처럼 울부짖기 전에 나는 언제나 미묘한 전조를 느꼈다. 등을 돌린 엄마 옆에 누워서 천장을 물끄러미 바라보고 있노라면 조용히 산에서 미끄러져 내려온 깊고 검은 늪이 질퍽이는 소리를 내었다. 나는 저 깊은 산에서 마을로 기어들어 와 골목골목을 헤매는, 늪 바닥에 살고 있는 흉악한 물고기의 지느러미 소리를 들을 수 있었다. 물고기의 지느러미가 안개처럼 너울거리며 늪의 바닥을 훑으며 지나갈 때마다 나는 모로 누운 엄마의 품을 파고들었다. 아직도 터무니없이 어리광을 피운다며 잠결에 나를 끌어인은 엄마의 품에서는 매캐한 늪의 냄새가 났다. 나는 미끈미끈하고 차가운 비늘의 촉감과 여기저기에서 삐죽 솟아나 찔러 오는 날 선 지느러미를 느끼다가 마침내 울어버리곤 했다. 질퍽거리며 머물렀던 늪은 내 울음에 놀란 엄마가 일어서서 불을 켜고 나서야 다시 어디인가로 떠내려 갔다. 엄마가 뜬금없이 울음을 터트린 나를 야단치려고 할 때쯤이면 골목으로 뛰쳐나온 고물이 미친 짐승처럼 길게 울부짖으며 한바탕 소란을 피우는 소리가 들렸다.

"고물은 늪을 알고 있어. 늪이 산에서 내려와 삼킬 아이들을 찾아헤매는 걸 우리처럼 느끼는 거야."

다음 날 골목에서 만난 에스메랄다가 아저씨가 앉아 있는 쪽을 흘낏 보면서 아는 체를 했다.

"고물은 미쳤어. 미친 어른은 미칠 특권이 없는 아이 같은 거야. 그러니까 아저씨는 덩치만 컸지 우리와 똑같아. 하지만 늪이 뭔지 우리보다 훨씬 더 잘 알고 있을 거야. 어째서냐고?"

에스메랄다가 정말 모르느냐는 얼굴로 나를 쳐다보며 키득키득 웃었다.

"고물은 늪에 살다가 도망친 거야. 산에서 늪이 왜 내려오겠어? 늪에서 도망친 고물을 찾으려고 하는 거야. 그래서 고물은 늪이 내려오는 밤마다 늪에 다시 돌아가게 될까봐 무서워서 울부짖는 거야."

나는 에스메랄다가 고양이 할멈에게서 들은 이야기이리라 짐작하며 고물을 바라보았다. 그는 낡은 시멘트벽에 기대앉아 멍든 눈을 만지작거리면서 터진 입술로 연신 무어라 중얼거리고 있었다. 이윽고 삐걱 대문이 열리고 텅 빈 리어카를 끌고 일을 나가는 딸기 아저씨가 나타났다. 붉게 얽은 코를 버릇처럼 만지작거린 딸기 아저씨는 고물 앞을 지나며 삶은 감자를 툭 던져주고 지나갔다. 하지만 고물은 서툰 몸놀림 때문에 감자를 놓쳐버렸다. 에스메랄다와 나는 땅에 떨어진 감자를 주워서 우적우적 먹는 고물의 옆으로 가만히 다가가 쪼그리고 앉았다. 고물이 우리를 보고 흙이 묻은 감자를 내밀었지만 우리는 얌전히 고개를 저었다. 고물은 거절해서 고맙다는 얼굴로 히히 웃으며 남은 감자를 먹어치우다가 갑자기 저 멀리서 우르릉 소리를 내는 나무들 때문에 쿨럭쿨럭 기침을 해댔다. 놀란 탓에 먹던 감자가 목에 걸린 모양이었다.

　나는 평소와 다른 소리를 내는 나무들이 이상해서 자리에서 일어섰다. 멀리서 불어오는 가을바람에 흔들리는 나무들이 가벼운 웃음을 섞으며 수군대고 있었다. 두 눈을 들어 높은 교회 첨탑이 서 있는 언덕을 바라본 나는 기이한 기척을 느꼈다. 북극에서만 볼 수 있다는 오색 빛의 오로라가 투명한 커튼처럼 흔들리며 부드러운 파도처럼 밀려오고 있었다.

　사락사락. 사락사락.

　부드러운 깃털이 부딪는 소리가 머리 위를 뒤덮었다. 먼 하늘을 날고 있는 천사들이 V자 대형을 이루어 천상으로 돌아가고 있었다. 나는 손바닥 위로 떨어지는 깃털을 움켜잡으며 전율했다.

　"천사가 오고 있어."

　에스메랄다에게 속삭였다. 무리를 잃어버리고 홀로 남은 천사가 저 언덕배기에서 걸어 내려오고 있었다. 바람에 나부끼는 하얀 옷을 헐렁하게 걸친 천사는 거대한 날개를 얌전히 접은 채, 별로 사용한 적이 없을 발로 지상을 꾹꾹 눌러 짚으며 나른한 얼굴로 언덕을 내려와 우리 앞을 지나갔다.

　"고양이 할멈에게 가보자!"

　에스메랄다가 벌떡 일어서서 소리쳤다. 우리는 손으로 날갯짓을 하면서 천사를 따라가는 고물을 내버려두고 고양이 할멈의 집 쪽으로 뛰기 시작했다. 마을 구석에 있는 고양이 할멈의 집은 성벽처럼 높은 벽에 둘러싸여 있었다. 에스메랄다와 나는 두 팔을 활짝 펴고 비행기 흉내를 내면서 언제나 우리에게 열려 있는 두꺼운 현관을 열고 정원으로 들어섰다.

에스메랄다와 나는 어느 날 오후, 숨바꼭질 놀이를 하다가 고양이 할멈의 집을 발견했다. 담벼락과 전봇대 뒤에 숨으면서 서로를 놀리고 웃어대던 우리가 커다란 성벽 가운데에 열려 있는 문으로 들어서는 바람에 고양이 할멈과 만나게 된 것이다. 그날, 겁도 없이 정원을 뛰어다니던 우리는 잘 깎인 대리석 계단을 폴짝폴짝 뛰어서 현관까지 올라갔다. 현관에 놓인 흔들의자에 앉아 있던 할멈은 동네 시장 어귀에 있는 쌀집 앞에 웅크리고 앉아 볕을 쬐는 고양이를 닮아 있었다. 괴팍한 할멈들이 으레 그러하듯 허락도 없이 들어온 우리에게 불호령을 내릴 법도 했건만, 고양이 할멈은 우리를 오래 알아온 사람처럼 물끄러미 바라보다가 가까이 오라고 손짓을 했다.

고양이 할멈은 무엇이든 알고 있었다. 할멈은 내가 두려워하는 늪에 대해서도 알았고, 마을에 누가 사는지, 어느 집에서 무슨 일이 일어나고 있는지도 잘 알았다. 높은 벽 안에 갇힌 채 밖으로 나오는 법이 없는 할멈이 어떻게 그럴 수 있었는지 지금도 의문이지만, 할멈은 천리안을 가진 사람처럼 세상에서 벌어지는 모든 일을 알고 있었다.

"할머니! 천사를 봤어요!"

숨을 헐떡이며 올라오는 우리를 보며 할멈은 아무 말도 하지 않았다. 먼 허공을 바라보는 할멈이 입을 열기를 기다리는 동안 우리의 흥분도 차차 김이 빠진 사이다처럼 맥없이 주저앉았다.

"암, 알고 있다."

할멈이 흔들의자를 흔들며 조용하게 대꾸했다.

"브이자로 열을 지어 천상으로 돌아가는 천사 떼를 보았지? 너희가 본 천사는 그 대오에서 낙오해 지상에 남겨진 거란다. 겨울이 끝나고 날이 풀리면 곧 천상으로 돌아가겠지. 그때까지 그 천사는 여기에서 유치원 선생을 할 게야."

"유치원이오?"

"저 국민학교에 딸린 부속 유치원 말이다. 예전 선생은 워낙 입이 거세서 애들을 퍽이나 울렸는데 이번 선생은 좀 다를 게다. 동화 구연을 썩 잘하는 선생이지. 동네 아이들을 모아 무료로 동화 구연도 할 게야."

할멈은 할 이야기를 다 끝냈다는 표정으로 흔들의자를 흔들며 침묵 속으로 빠져들었다. 그러나 잠시뿐이었다. 할멈은 언제나 다시 입을 열이 밑도 끝도 없는 이야기를 줄줄 이어갔다.

"대학 축제 말이다. 애야, 불꽃놀이를 본 적이 있니? 사는 건 꼭 불꽃놀이 같은 거란다. 저 위에 무엇인가 있을 것 같아서 어릴 때는 쏜살같이 하늘 높이까지 내달리지. 알고 있니? 시간은 나이만큼의 속력으로 흐른다는 걸 말이다. 그토록 하늘에 닿고 싶은 나이엔 시간이 천천히 흐르기만 하지. 그러다가 나이를 먹으면서 시간에 가속력이 붙으면 어느새 하늘에 와 있는 거란다. 거기서 펑하고 터지면서 화려하게 불꽃을 피웠나 싶으면 어느새 산산조각이 나서 저 깊은 밤의 어둠 속으로 스러지는 법이지. 암암, 그렇지. 그렇고말고."

어린 나로선 이해하기가 힘든 이런 이야기에서부터 류柳 씨 성을 가진 탓에 성격이 버드나무 가지처럼 부드러웠던 남편의 이야기까지, 할멈은 흘러간 세월을 종횡무진하며 별별 이야기를 늘어놓았다. 엄마는 내가 전해주는 고양이 할멈의 이야기를 재미있어했지만 할멈의 친구가 죽은 이야기를 들은 후엔 태도가 바뀌었다.

"뭐니, 그 할머니. 사람이 끔찍한 사고로 죽은 이야기를 너같이 어린애에게 자세히 해주다니. 다시는 고양이 할멈과 이야기하지 마. 에스메랄다와 노는 걸로 충분하지 않니?"

엄마가 평소답지 않게 화를 내는 바람에 고양이 할멈을 찾아가지 않겠다고 약속했지만, 어디까지나 약속일 뿐이었다. 엄마는 마지못해 약속한 내가 토라져서 앉아 있자 기분을 풀어줄 요량으로 전단지를 꺼내어 보였다.

"고양이 할멈에게 가는 대신에 무료 구연동화나 들으러 가. 재미있는 이야기가 아주 많을 거야. 새로 선생이 왔는데 구연동화를 기가 막히게 잘한대."

엄마가 과장하며 들뜬 척을 하는 바람에 이미 알고 있다는 말을 차마 할 수 없었다.

사흘 뒤, 에스메랄다와 나는 국민학교에 있는 한 교실로 찾아갔다. 동네 아이들을 옹기종기 모아놓은 선생은 갖가지 소품을 써가며 '해님, 달님' 이야기를 들려주었다. 호랑이 흉내가 어찌나 실감이 났던지 선생이 호랑이가 아닌지 의심될 정도였다.

그 이후로 우리는 일주일에 한 번씩 열리는 구연동화 교실에 꼬박꼬박 찾아가서 선생의 곁을 맴돌았다. 선생은 아이들이 모두 돌아간 후에 교실이 텅 비어버리면 어설픈 솜씨로 오르간을 연주했는데, 그 모습을 몰래 훔쳐보던 우리는 언젠가부터 오르간 옆에서 선생의 반주에 맞춰 노래를 부르게 되었다. 몇 곡을 끝내고 멋쩍은 표정으로 이마의 땀을 닦은 선생은 배시시 웃으면서 우리를 데리고 빈 학교를 산책했다. 에스메랄다와 나는 선생의 관심을 끌려고 다투며 늪이나 고물, 고양이 할멈의 이야기를 늘어놓았다. 선생은 입가에 걸린 웃음을 결코 떨어뜨리는 법 없이 즐거운 표정으로 우리 이야기에 귀를 기울이다가도 옥상에 이르면 선득하니 불어오는 초겨울 바람 사이에 서서 멍하니 저 아래 운동장을 바라보았다. 깍지 낀 두 손을 기도하듯이 턱 아래에 모으고 서 있는 선생의 머리 위에선 천사의 휘광이 빛났고, 흰 얼굴은 엄숙한 묵상에 잠긴 천사처럼 거룩해졌다. 그럴 때마다 우리는 선생이 바람을 타고 천상으로 돌아갈 것만 같아서 선생의 소맷자락을 잡아당겼다. 천상에서만 피어날 꽃향기를 흘리던 선생은 깜짝 놀라 정신을 차리고는 자신이 천상이 아닌 지상에 머물고 있음을 확인하는 것처럼 주위를 두리번거렸다. 나는 달콤한 꽃향기가 늪의 냄새로 변했음을 느끼며 인상을 찌푸렸다.

"그건 늪이 표식을 해놓았기 때문이란다."

천사에게서 늪의 냄새가 나는 게 이상하다고 말하자 고양이 할멈이 말했다.

"나는 그런 천사를 여러 번 본 적이 있단다. 천사는 원래 늪에서 살 수 없어. 암, 그렇고말고. 그래서 늪은 천사에게 관심이 없단다. 하지만 대오에서 이탈한 천사는 예외야. 늪은 대오에서 이탈한 천사를 유혹하기 위해 자신의 냄새를 천사에게 뿌려놓는단다. 그 냄새가 묻은 천사는 천상으로 돌아갈 때까지 늪의 긴 유혹을 참아내지 않으면 안 돼.”

고양이 할멈이 진지하게 말했다. 선생이 마을에 나타난 후부터 우리가 찾아오는 일이 뜸해졌지만 고양이 할멈은 섭섭한 표시도 달가운 표시도 하지 않았다. 우리는 고양이 할멈이 식물처럼 햇볕을 쬐는 동안 잠시 찾아오는 손님에 지나지 않는 듯했다. 그에 반해 선생은 우리에게 항상 관심이 많았다. 선생은 늘 에스메랄다의 본명을 궁금해 했지만 에스메랄다는 너무 오랫동안 에스메랄다로 불렸기 때문에 진짜 이름이 기억나지 않는다고 했다. 하지만 선생이 본명을 가르쳐달라고 열심히 채근하는 바람에 결국 내게도 한 적이 없는 고백을 했다.

“내 이름은 아빠만 알아요. 아빠가 진짜 이름을 불러주기 전엔 절대 내 이름을 가르쳐줄 수 없어요. 아빠가 남들이 내 진짜 이름을 알게 되면 하늘을 나는 배를 탈 수 없게 될 거라고 했어요.”

에스메랄다는 시무룩해 보였다.

“그렇구나.”

선생이 에스메랄다의 눈치를 살피면서 손뼉을 쳤다.

“에스메랄다는 마법사구나. 마법사는 이름을 두 개 가지고 있어. 진짜 이름과 가짜 이름. 마법사의 진짜 이름은 비밀이라 남에게 함부로 가르쳐주면 안 되는 거지. 그런 거니, 에스메랄다? 너는 풀과 꽃들이 속삭이는 이야기나 나무의 웃음소리를 듣고 선생님에겐 안 보이는 세계를 보는 거니?”

무엇 때문인지 에스메랄다는 선생의 말에 마음이 상한 모양이었다. 에스메랄다는 발딱 일어서더니 뒤도 돌아보지 않고 가버렸다. 나는 몹시 당황하는 선생에게 어깨를 으쓱해 보이고는 에스메랄다를 쫓아 학교를 나왔다. 아직 해가 지지 않았으니까 돌아다니기를 좋아하는 에스메랄다가 집으로 가진 않았을 터였다. 나는 골목골목을 다니며 에스메랄다의 이름을 부르다가 풀이 죽은 채로 고양이 할멈을 찾아갔다. 고양이 할멈은 에스메랄다가 갑자기 사라져버린 이야기를 들으며 조용히 고개를 끄덕였다.

"에스메랄다는 자기 이야기를 들킨 게 무척이나 싫었던 게야. 아무래도 선생은 내가 썼던 이야기를 읽었던 것 같구나. 풀과 꽃들이 속삭이는 이야기를 듣고, 우리의 세계와 잃어버린 세계를 모두 보는 소녀의 이야기를 말이다. 암, 분명 그런 게야. 그 이야기는 분명 에스메랄다의 이야기야. 내 이야기 속에 등장하는 소녀의 아버지는 하늘을 나는 배의 선장이란다. 선장은 가끔씩 우물에 닻을 내리고 사랑스러운 딸을 잠시 지상에 내려놓곤 하지. 언젠가는 우물이 모두 없어진 세상이 오리란 걸 알고 있기에, 그 전에 세상 구경을 시켜주고 싶은 거야."

나는 고양이 할멈이 썼다는 이야기에 대해 더 묻고 싶었지만 할멈이 그럴 여지를 주지 않고 쉰 목소리로 기침을 했다.

"겨울이 한 겹 깊어지고 있구나."

허공에서 대오를 흩트리며 우르르 날아가는 새들을 바라보며 고양이 할멈이 중얼거렸다. 그리고 기이한 전율을 느낀 사람처럼 몸을 부르르 떨며 말했다.

"늪이 노래를 부르며 산에서 내려오고 있다."

그날 이후 에스메랄다는 한동안 나타나지 않았다. 고양이 할멈의 말처럼 겨울이 한 겹 깊어지다가 두꺼운 추위로 변할 즈음에도 그랬다. 덕분에 하나밖에 없는 친구가 없어진 나는 선생의 구연동화 교실에도 가지 않고, 고양이 할멈의 집에도 발길을 끊은채 겨울 내내 방 안에 틀어박혀 책만 읽었다. 엄마는 너무 자주찾아오던 에스메랄다를 귀찮게 여겼던 일은 까마득히 잊고 에스메랄다가 왜 오지 않는지 물었다. 나는 뚱한 얼굴로 대답을 대신했다. 엄마는 위로한답시고 에스메랄다의 아버지가 돌아와 아이를 데려간 모양이라고, 에스메랄다가 날 싫어하게 된 것은 아닐거라고 했다. 그리고 밖에서 아이들 소리가 나면 혹시 에스메랄다가 날 불러내러 오진 않았는지 바깥을 살피곤 했다. 집에만 있는 내가 걱정이 되는 모양이었다.

그런데 내가 밖으로 도통 나가지 않은 것이 꼭 에스메랄다 때문만은 아니었다. 나는 밤마다 노래를 부르며 산에서 내려오는늪의 기척을 느끼고 있었다. 산에서 내려온 늪이 마을을 배회하는 일은 자주 있었지만, 노래를 부르며 이토록 집요하게 조금씩조금씩 내려오는 일은 처음이었다. 질퍽거리며 다가오는 늪을 느끼며 엄마의 품을 파고들 때마다 나처럼 늪의 노랫소리를 들은고물이 집 안에서 뛰쳐나와 구슬프게 울부짖는 소리가 들려왔다. 마치 늪을 그리워하며 부르는 소리 같았다. 나는 늪이 무서워서 밝은 낮에도 밖에 나가지 않았다. 늪의 노랫소리는 밤마다 차차 마을로 가까워지고 있었다.

그리고 그날 밤, 마침내 마을에 닿은 늪이 아가리를 쩍 벌리는 소리를 들었다. 가느다란 실핏줄처럼 마을 전체로 번져 나가던 미세한 균열이 마침내 천지를 갈랐다. 늪이 풍기는 짙은 냄새에 몸서리치던 나는 바짝 마른 잠자리의 날개처럼 부서지는 투명한 날개를 눈앞에서 보았다. 천사의 대오에서 낙오한 선생의 날개였다. 옥상 가장자리에 무엇인가를 기다리며 깊은 묵상에 잠긴 선생이 조금씩 부식되고 있었다. 그리고 마침내 입을 쩍 벌린 늪 속에서 흉악한 물고기가 튀어나와 덥석 선생을 잡아챘다. 나는 비명을 지르기 시작했다. 시커먼 지느러미로 허공을 가로지른 후에 바닥 없는 늪 속으로 텀벙 가라앉은 흉악한 물고기가 선생을 우적우적 씹어 삼키고 있었다. 나는 흉악한 물고기의 입속에서 선생의 뼈가 부서지고 살이 씹히는 소리를 생생하게 들었다. 놀라서 일어난 엄마가 방에 불을 켜고 내 비명을 가라앉히려고 안간힘을 쓰는 동안 내 비명 뒤로 고물의 울부짖음이 메아리처럼 달라붙었다.

내 비명은 나를 꽉 끌어안은 엄마의 품속에서 간신히 잦아들었고, 고물의 울부짖음은 차차 밝아오는 새벽 속을 아스라한 메아리처럼 맴돌다 사라졌다. 나는 하루를 꼬박 앓았다. 다음 날엔 금세 툭 깨질 것처럼 투명하게 푸른 하늘이 마을을 뒤덮었다. 열을 식히려고 내 이마에 올렸던 물수건을 갈기 위해 엄마가 방을 나간 후에 창문 밖의 하늘을 보았다. 이상하리만치 청명하고 고요한 하늘이었다. 나는 늪이 다시 깊숙한 산 속으로 돌아갔음을 알았다. 밖에서 누가 엄마를 찾는 소리가 들렸다. 엄마는 갑자기 찾아온 손님과 함께 수상한 이야기를 두런두런 나누기 시작했다. 나는 간밤에 울부짖던 고물이 동네 사람들을 뿌리치고 산 쪽으로 올라가버렸다는 이야기를 겨우 알아들었다.

"늪에 사는 물고기가 선생을 삼켰어."

며칠 후에 찾아온 에스메랄다가 걱정스러운 표정으로 내 머리 맡에 앉아 입을 열었다. 에스메랄다는 며칠 새 살이 쏙 빠진 내가 어색한 모양이었다.

"너도 그날 밤에 봤지? 고양이 할멈도 물고기가 선생님을 삼키는 광경을 본 것 같아. 고양이 할멈이 혀를 끌끌 차면서 불꽃놀이 이야기를 했어. 불발탄도 있다는 이야기를 깜빡하고 안 해줬구나. 그랬어. 무슨 뜻일까?"

나는 고개를 저었다. 에스메랄다는 그제야 헤헤 웃으며 내 손을 잡았다.

"고양이 할멈에게 가보지 않을래?"

에스메랄다가 제안했다. 나는 망설이다가 에스메랄다와 함께 방을 나왔다. 신발을 신는 나를 걱정스럽게 보던 엄마는 에스메랄다와 함께 나갔다 온다는 말에 적잖이 안심한 모양이었다. 에스메랄다와 나는 여느 때처럼 깔깔 웃으며 뛰는 대신 바짝 마른 삭정이를 툭툭 잡아 뜯으며 고양이 할멈을 찾아갔다. 고양이 할멈은 두꺼운 담요를 두르고 앉아서 의자를 흔들고 있었다.

"선생님은 어떻게 된 건가요?"

할멈은 대꾸 없이 괘가 담긴 통을 흔드는 점쟁이처럼 의자를
한참 흔들었다.

"늪에 삼켜진 거야. 낙오한 천사의 운명이 대개 그렇단다. 인간
은 몹시 끈질기기 때문에 늪이 오더라도, 늪의 물고기가 입을 벌
리더라도 눈을 질끈 감고 못 본 척하거나 도망칠 수가 있단다. 암,
고물이 그랬잖니. 하지만 천사는 다르단다, 얘야. 천사는 너무 순
수해서 항상 늪의 유혹을 느낄 수밖에 없는 거란다."

"늪이 다시 돌아올까요?"

몸을 부르르 떨며 물었다. 고양이 할멈은 멍하니 허공을 응시
하다가 조용히 웃었다.

"넌 잘못 알고 있구나, 얘야. 늪은 움직이지 않는단다. 늪은 결
코 노래를 부르지도 않고, 미끄러져 내려오지도 않아. 움직이는
건, 노래를 하는 건……. 아냐, 그만두자꾸나. 지금 너에겐 이 풍
경이 희미하겠지만 그날이 오면 모두 깨닫게 될 거란다. 네가 나
만큼 늙게 되면 말이다."

고양이 할멈은 더 이상 입을 열지 않았다. 우리 셋은 나란히 앉
아서 느릿느릿하게 지나가는 겨울 풍경을 바라보았고, 나는 신경
질적으로 손톱을 물어뜯었다. 그리고 얼마 지나지 않아 겨울이
끝났다. 회색빛으로 죽어가던 나무에서 연두색 싹이 움트기 시작
했고 농축된 죽음을 안고 무덤처럼 버티던 산 위로 드문드문 풀
이 자랐다.

분홍빛 진달래 꽃봉오리가 뒷산 중턱에서 떼 지어 일어날 무
렵, 산을 삼켜버릴 것처럼 엄청난 기세로 몰려온 천사 떼가 하늘

을 뒤덮었다. 잠시 마을에 머무른 천사들은 마을에 천사를 몇 남기고 다시 날아올라 남하했다. 에스메랄다와 나는 마을에 남은 천사들의 손길을 느낀 나무들이 우르릉우르릉 웃는 소리를 다시 들을 수 있었다. 골목 어귀와 산속, 점차 얇아지는 옷을 입은 사람들 틈에서 우리는 천사들을 쉽게 만날 수 있었다. 나는 부산하게 오가는 천사들을 바라보면서 다시금 기이한 예감을 느꼈다. 에스메랄다의 얼굴이 그날처럼 투명해 보인 적이 없었다. 우물을 보면서 툇마루에 걸터앉은 에스메랄다는 몹시 우울한 얼굴로 무릎에 놓인 책에 낙서를 했다.

"고양이 할멈이 사람은 평생 기다리는 거래."

"뭘?"

"모든 것을."

에스메랄다가 대꾸하며 그림책의 귀퉁이에 삐뚤삐뚤하게 자신의 이름을 적었다.

"나는 널 기다릴 거야. 그러니까 너도 날 기다려줘. 하지만 기다림은 정말 지루해. 아빠를 기다려봐서 알아. 그래서 여기에 적은 내 이름에 마법을 걸어놓았어. 너는 계속 날 기다릴 거야. 하지만 날 기다리고 있다는 사실은 결코 알지 못할 거야."

아마도 내가 어른이 될 날을 기다림을 알지 못하듯이, 혹은 앞으로 다가올 많은 일을 기다림을 알지 못하듯이. 하지만 그때의 나는 에스메랄다의 말에 담긴 깊은 뜻을 알지 못했다.

"언젠가 이 이름을 보게 되거든, 날 기다렸다는 사실을 기억해줘. 미안해, 소중한 친구야. 내 진짜 이름을 가르쳐주지 못해서.

늪이 삼켜버린 선생님이 말했듯이 진짜 이름을 불리게 되면 난 하늘에서 돌아오는 배에 타지 못하거든."

에스메랄다는 내 뺨에 가볍게 입을 맞춘 후에 공기의 요정처럼 발랄하게 대문 밖으로 뛰어나갔다. 갑자기 다시는 에스메랄다를 볼 수 없으리라는 예감이 들었다. 나는 에스메랄다가 뛰어나왔던 우물을 보며 눈물을 흘렸다.

"작별 인사를 하러 온 거였구나."

내 이야기를 들은 엄마가 나를 위로했다. 나는 늪의 냄새가 나는 모친의 품에 안기어 고양이 할멈의 이야기를 떠올렸다. 늪은 결코 움직이지도 노래하지도 않는다. 움직이는 건, 노래하는 건······.

"엄마."

나는 훌쩍였다.

"고양이 할멈이 사람은 모두 기다리는 거래."

"어른스러운 소리를 하네? 넌 어려서 아직 모르겠지만, 원래 삶이란 기다림 그 자체야."

"엄마는 뭘 기다리고 있는데?"

"그야······."

엄마의 답이 대문 안으로 불쑥 걸어 들어왔다.

"어이, 딸! 이지호!"

봄, 물고기가 담긴 양동이를 들고 돌아온 외할아버지 앞에서 팔을 벌린 사람이 내 이름을 외쳤다.

그날, 아빠가 돌아오셨다.

"지호야."

나는 엉겁결에 책을 덮으며 뒤를 돌아보았다. 어느새 외할머니가 오슬오슬 떨면서, 삐걱삐걱 소리를 내는 마루를 밟으며 다가오고 있었다. 외할머니는 잠귀가 밝았다. 툇마루에 앉아 책장을 넘기는 소리에 잠이 깨신 모양이었다. 어영차 소리를 내며 툇마루 아래로 내려온 외할머니는 내 옆에 조용히 앉으면서 메워진 우물을 바라보았다.

등줄기를 타고 내리던 예감은 어느덧 사라졌고, 금세라도 큰 돛을 단 배가 나타날 것만 같았던 구름 사이로 커다란 보름달이 보였다. 우리는 하염없이 무엇인가를 기다리는 사람들처럼 메워진 우물과 수풀에 휘감긴 자전거 앞에 나란히, 오랫동안 앉아 있었다. 오랜 적막은 멀리서 개가 짖는 소리에 깨어졌다. 그리고 바깥에서 묘한 소리가 들리기 시작했다. 노랫소리 같기도 하고 나지막한 곡 소리 같기도 했다. 이상한 소리는 대문 앞으로 가까워졌다가 멀어지면서 계속 이어졌다.

"앞집의 김 씨로구나."

"고물상을 하던 딸기코 아저씨 말씀이세요? 입때껏 여기 살고 계신 줄은 몰랐네요."

"여기 살고 있으면 뭘 하니. 정신이 온전치 못한걸. 예순을 훌쩍 넘긴 후부터 희한하게도 나이를 거꾸로 먹더구나."

외할머니가 짐짓 우습다는 얼굴로 대꾸했다.

"매일 담벼락 앞에 웅크리고 앉아서는 까마득한 옛날, 그러니까 네가 여기 살기도 전의 일을 중얼거리곤 한단다. 이 마을에서 풀과 이야기를 하는 사람은 김 씨뿐일 게야. 그뿐이겠니. 가끔은 나무들이 너무 큰 소리로 웃는다고 깜짝깜짝 놀라기도 해. 이서방이 김 씨 모신다고 퍽이나 고생이다."

"그래요?"

나는 김 씨 아저씨에게 나보다 한참 연상인 딸이 있었음을 기억해냈다. 아마도 그 딸은 지금쯤 결혼을 해서 아이 한둘을 가진 엄마가 되었을 것이고 외할머니가 '이서방'이라고 부르는 사람은 사위일 터였다.

"우습지? 하는 짓이 영판 네 어릴 때와 닮아서 볼 때마다 웃기더구나. 기억나니? 구름 위에 성을 본다며 까치발을 하고, 날아가는 민들레를 보면서 요정을 쫓는다며 대문 밖으로 뛰어가며 넘어지던 일 말이다. 나무를 따라 웃는다면서 갑자기 와르르 웃기도 했지. 까마득한 옛날 일인데도 늙을수록 그 일들이 마치 어제 일 같지 뭐냐. 가끔씩은 그, 뭐냐, 영화처럼 말이다……. 꼭 내가 죽은 뒤에 여기 넋으로 남아서 지나간 일을 다시 되짚어 보는 것이 아닌가 하는 생각이 들 때가 있어. 여기에 멍하니 앉아 있으면 말이다. 네 외할아버지가 자전거 벨을 울리면서 물고기가 담긴 통을 들고 들어오는 게야. 그런데 부엌에서 새까만 머리를 한 웬 새댁이 배시시 웃으며 나오데? 자세히 보니 젊은 나더구나. 어릴 적 헤어진 동무를 생각하다보면 저기 골목길에서 동무와 뛰노는 내가 어렴풋이 지나갈 때도 있어. 희한해서, 원. 죽을 때가 다 되어가서 그런 모양이다."

"별 말씀을 다 하세요."

나는 웃으며 대꾸했다. 그리고 어렸던 시절에 보고 들었던 것들을 가만히 떠올려보았다. 그러나 아무리 눈을 크게 뜨고 바짝 귀를 기울여도 구름은 그저 멍하니 달 사이를 빠져나갔고 나무들은 바람에 흔들리며 서걱서걱 소리를 낼 뿐이었다. 다른 세계를 자유롭게 오가는 일은 미치는 특권이 부여되는 어린 시절에나 가능한 일이었다. 다른 세계로 가는 입구는 우물을 메운 흙만큼이나 조밀한 기다림과 메마른 삶으로 메워져 있었다.

나는 외할머니와 나란히 앉은 채, 잃어버린 세계로 가는 입구가 열리기를 기다리는 사람처럼 멍하니 앉아 있었다. 그러자 진짜 잃어버린 세계가 다시 시작되었다. 메워진 우물 외엔 하나도 변하지 않은 앞마당의 자전거가 반짝반짝 빛이 나고 외할머니는 순식간에 나이를 거꾸로 먹은 듯 젊어 보였다. 그리고 무한히 변주되며 이어지는 노랫가락 같은 도시의 소음과 끊임없이 움직이는 거리의 소란스러움이 아득히 먼 세계의 일로 느껴졌다. 하지만 이미 어린 시절에 보았던 세계를 잃어버린 나는, 그런 느낌이 그저 기시감이라는 것을, 미치는 특권이 부여된 아이도 꿈꿀 권리가 있는 노인도 아닌 내가 이미 이방인임을 명백하게 알고 있었다.

다음 날, 늘어지게 늦잠을 자고 일어나 부스스한 머리를 대충 정돈하고 대문을 나섰다. 엄마가 등 뒤에서 밥을 제대로 안 챙겨 먹고 나간다며 핀잔을 주었다.

"어릴 때는 삼시 세 끼 꼭 챙겨먹어야 직성이 풀리던 애가 어쩌다 저렇게 됐는지 몰라."

끊임없이 잔소리를 이어갈 기세였다. 그런데 고맙게도 외할머니가 부엌에서 엄마를 내쫓으며 실랑이를 벌였다. 나는 다행스럽게 생각하며 대문 밖으로 한 걸음 나섰다. 맞은편 담벼락 앞엔 딸기코 김 씨 아저씨가 아이들에게 둘러싸여 앉아 있었다. 나는 꽤나 진지하게 이야기를 나누는 그 무리 앞을 지나며 나지막이 웃었다. 뒷산에 구미호가 산다는 둥, 늪이 아이를 잡아먹으러 마을로 내려오는 소리가 들린다는 둥, 몹시 아이다운 이야기를 김 씨 아저씨가 하고 있었다. 외할머니 말마따나 김 씨 아저씨는 정신을 놓고 미쳐버린 모양이었다.

나는 썩은 냄새가 물씬 풍기던 도랑을 메워서 만든 둑길을 따라 천천히 걷기 시작했다. 그 옛날, 여기 학교 뒤편엔 여름마다 아카시아 꽃이 진득진득한 꿀을 흘리며 하얗게 꿈처럼 피어났고 멀리서는 뻐꾸기가 청이하게 울었다. 시멘드로 매끈하게 단장한 학교 뒤편을 본 나는 늙어버린 첫사랑을 만난 사람처럼 우울해졌다. 그리고 지금보다 기다릴 일이 훨씬 많았던 시절에 대한 감상으로 빠져들었다. 핸드폰이 울지 않았다면 아마 한참 동안 더 감상에 젖었을 것이다.

전화를 건 그는 학교 정문 앞에 차를 세우고 기다린다고 했다. 정문으로 향한 나는 핸드폰을 조심스럽게 들고 다리 위를 서성이는 그를 보았다. 그는 다가오는 나를 보고 손을 흔들었다.

"진짜 외갓집은 안 보여줄 거야? 인사하고 싶었는데."

"응? 외할머니와 엄마에게?"

"아니, 그 우물에게."

"늘 말하지만 넌 참 별스러워."

"우물에서 소녀가 튀어나오는 상상을 하는 사람은 안 별스럽고?"

나는 웃으면서 그와 나란히 학교 운동장을 걷기 시작했다. 우뚝 선 학교 건물 정면에는 커다란 시계가 달려 있었다.

"거꾸로 가는 시계."

간밤에 외할머니와 나눈 대화가 떠올라서 중얼거렸다. 기민한 그는 내 말을 놓치지 않았다.

"무슨 소리야?"

"간밤에 외할머니가 하신 이야기야. 이미 자신은 죽었고, 여기 남은 넋이 당신의 삶을 영화 보듯 다시 보고 있는 것 같대. 노인이 되면 시계가 거꾸로 가길 바라게 되는 모양이야."

"노인들은 기시감에 시달려."

그가 나란히 서서 시계를 바라보며 말했다.

"우리 할아버지도 말이야. 이거 언젠가 본 적이 있는데, 언제 해본 적이 있는데. 그게 입버릇이야. 그런 말을 계속 듣다보면 나도 전염이 되어버린다니까."

그는 학교에서 나와 마을을 벗어나는 길로 들어서면서도 끈질기게 기시감에 대한 이야기를 했다.

"나도 할아버지처럼 기시감을 느낄 때가 있어. 처음 듣는 이야기긴데 언젠가 들었던 이야기 같기도 하고, 이런 일이 일어날 줄 이미 알았던 것 같기도 하고. 널 처음 봤을 때도 말이야……."

"난 나중에 늙으면 여기에 이층집을 짓고 싶어."

에두른 고백을 모른 척하며 말을 잘랐다. 그는 당황했지만 섭섭함을 내색하진 않았다. 우리는 폐허가 된 집터에 서 있었다. 부서진 블록과 나무토막이 빈터에 이리저리 흩어져 있었다. 나는 발끝으로 돌멩이를 툭툭 걷어찼다.

"지붕은 빨간색으로 하고, 집과 정원을 잇는 매끄러운 대리석 계단을 만들면 좋겠어. 남향으로 놓인 집 앞엔 흔들의자를 가져다가 놓을 거야. 그리고 늙으면 그 흔들의자 위에 고양이처럼 웅크리고 앉아서 햇볕을 쬐며, 거꾸로 가는 시간을 헤아리며 앉아 있어야지."

"우아한 노년 계획이네."

"늘 그러고 싶었어."

나는 우르르 날아올라 멀리 떼 지어 지나가는 새들을 바라보았다.

"이륜아."

"응."

"진짜 이름 안 가르쳐줄 거야?"

그는 가족만이 부르는 내 이름을 아직 몰랐다.

"난 마법사라서 진짜 이름을 함부로 알려주면 안 돼."

그가 허탈한 표정으로 부드럽게 웃었다.

"얼굴 보니까 좋다. 이젠 갈게."

조용히 길을 되돌아와 차 앞에 선 그가 부드럽게 웃는 순간, 알 수 없는 기시감이 등골을 서늘하게 쓸어내렸다. 나는 어릴 때 곧잘 느끼던 직감이 찾아오는 전율을 느끼면서, 눈가에 주름을 만들며 버드나무 가지만큼이나 부드럽게 웃는 이 남자를 바라보았다. 갑자기, 너무나 가당치도 않게, 이 남자와 몇십 년간이나 함께 살아온 것만 같았다. 그리고 실제로 그렇게 되리라는 예감이 들었다. 하지만 나는 내색을 하지 않았고, 그가 탄 차가 멀리 사라질 때까지 노랫소리처럼 들려오는 바람 소리에 귀를 기울이며 서 있었다.

"어디 갔다 오는 길이니?"

돌아가는 길에 마주친 엄마는 시장에 다녀오는 모양인지 무거운 비닐봉지를 두 손에 들고 있었다.

"학교에 산책하러."

그의 이야기는 썩둑 잘라버리고 대꾸했다. 엄마가 인상을 찡그렸다.

"난 그 학교 싫다, 얘."

"응?"

"얘는. 깡그리 잊어버렸네. 그 선생 기억 안 나?"

"누구?"

"동화 구연 잘 하던 선생."

"아! 호랑이 선생님? 기억 나. 그런데 그게 왜?"

"얘가 진짜 싹 잊어버렸네. 난 지금도 그 일 생각하면 소름이 돋아. 너, 어릴 때 늑이 널 잡으러 온다고 잘 울었잖아. 그런데 어느 날 밤에 늑이 선생을 잡아먹었다고 비명을 지르고 한 달 동안 끙끙 앓았어. 다음 날에 그 선생 죽은 이야기를 듣고 얼마나 소름 끼쳤는지 아니?"

"그런 일이 있었어?"

"아유, 애, 말도 마라. 그 선생, 실연당해서 고향에 내려온 거였잖니. 나중에 들으니까 남자 친구가 꼭 자길 다시 데리러 올 거라고 매일 학교 옥상에서 길을 내려다봤다더라. 그걸 알았으면 네가 그 선생이 천사라며 따라다닐 때 나서서 말렸어. 그 선생 죽은 날 밤은 아직도 잊히지가 않아. 너는 늪이 선생님을 잡아먹었다고 울어댔지, 이 씨는 밤새 밖에서 울부짖다가 산속으로 들어갔지……. 뭐, 다 끝난 일이다만, 기억도 하기 싫어."

엄마가 들려준 이야기는 내가 잃어버린 세계에 대한 이야기였다. 저기 날아가는 새 떼 대신 천사들이 지나가고 구름 위로 성이 우뚝 솟아 있었던, 잃어버린 세계. 그리고 그 세계엔 또 무엇이 있었을까. 엄마는 고개를 잘래잘래 흔들며, 어린애의 광기를 감당해내던 악몽 같은 시절을 떨쳐버렸다. 그리고 다시 현실로 돌아왔다. 결혼은 대체 언제 할 생각이니? 나이도 그렇게 먹어가는데. 언제까지 애처럼 그렇게 살 순 없잖니.

나는 핀잔이 섞인 엄마의 잔소리를 귓등으로 흘리며 비닐봉지 하나를 건네받아 나란히 걷기 시작했다. 외갓집 앞엔 아직도 김 씨 아저씨가 앉아 있었다. 엄마는 풀을 잡아 뜯으며 꿈꾸는 사람처럼 먼 곳을 바라보는 그를 측은하게 바라보며 혀를 찼다. 그때 김 씨 아저씨 집의 대문이 요란한 소리를 내며 열렸다. 대문을 나선 남자는 나를 보고 고개를 갸웃거렸다. 나는 어쩐지 낯이 익은 그를 마주하고 우두커니 서 있었다. 외갓집으로 들어가려다 뒤를 돌아본 엄마가 그에게 인사를 건넸다.

"아유, 이서방이네. 그래, 애는 잘 커요?"

"네, 덕분에요."

"덕분이랄 게 있나요. 우리 딸 기억나요? 알아보겠어? 왜, 이서방이 산에서 돌아오기 전에, 정신을 놓고 지낼 때 말이야. 얘가 이서방을 퍽이나 따랐잖아. 늪이 아저씨를 찾고 있네, 아저씨가 늪을 따라 산을 갔네, 그런 소리를 하면서 늘 이서방을 찾았는데."

우수에 젖은 그의 눈빛이 한순간 아이의 눈처럼 반짝였다.

"에스메랄다!"

그가 덥석 내 손을 잡았다.

"그 이름을 아직도 기억해요? 애는 기억을 못하는데?"

모친이 재미있다는 얼굴로 웃었다.

"어릴 때, 자기가 마법사의 딸이라고 하던 일도 기억나요? 자기 이름이 에스메랄다라고 그렇게 고집을 부리더니 제 아빠 오고 난 뒤엔 그 이름을 한 번도 말 안 합디다."

"제가 그랬어요?"

"그랬어."

그가 별빛처럼 반짝이는 눈동자로 나를 바라보며 말했다.

"너만이 나를 이해했어."

엄마는 이서방이 내 손을 놓지 않고 말하는 소리를 들으며 외갓집으로 들어가버렸다.

"요즘도 늪이 부르는 노랫소리를 듣니? 아저씨는 산에서 돌아온 뒤론 한 번도 듣지 못했단다. 그건 미친놈이나 애들한테만 들리는 소리인가 봐. 그런데 참 이상하지. 장인어른 말이다. 내가 늪

이야기를 꺼내면 다시 미친놈이 되려 한다고 야단을 치시더니 저리 정신을 놓아버리신 뒤론 항상 그 이야기를 하신단 말이야. 애들이 늪 이야기를 들더니, 지들도 늪이 부르는 노랫소리를 듣는다네?"

"네에."

나는 어색하게 대답했다. 그는 못내 아쉬운 표정으로 내 손을 놓고 들어가보라는 손짓을 했다. 그리고 장인인 김 씨 아저씨 곁으로 다가갔다. 나는 그가 김 씨 아저씨를 데리고 힘겹게 집으로 들어가는 걸 보면서 외갓집으로 들어섰다.

"엄마, 에스메랄다 이야기를 좀 해봐. 에스메랄다는 내 친구 아니었어?"

뒤를 바라보며 외갓집으로 들어서던 나는 앞에 우뚝 서 있는 엄마에게 부딪혀 넘어질 뻔했다.

"엄마, 왜 그래?"

신경질을 낸 나는 엄마가 툇마루에 앉은 외할머니를 물끄러미 바라보고 있음을 깨달았다. 툇마루에 앉은 외할머니가 허공에 대고 옹알이를 하는 아기처럼 중얼거리고 있었다.

"엄마."

엄마가 조용히 외할머니를 불렀다.

"엄마!"

목소리가 조금 높아지고 나서야 외할머니가 정신을 차렸다. 깜짝 놀라 주위를 휘휘 둘러본 외할머니는 들키지 말아야 할 것을 들킨 사람처럼 어색한 표정을 지었다.

"아이고, 왔냐. 내 정신 좀 봐라. 가끔 이렇게 정신을 놓친다니까. 원, 글쎄 말이다. 저 문밖에서 꼭 내 어릴 적 얼굴을 닮은 애가 들어와서 자전거가 좋다고 하는 거라. 그래서 자전거 좋아하는 사람이랑 결혼하면, 행여 새벽길에 넘어질까 걱정되니까 자전거 타는 남자는 좋아하지 말라고 이야기를 했다."

"할망구, 실없는 소리는. 여기 장바구니나 받아요."

엄마가 애써 아무렇지 않은 듯 신경질을 부렸지만, 행여 외할머니가 정신을 놓을까 염려하는 엄마의 마음이 읽혔다. 나는 부엌으로 들어가는 엄마를 웬일로 만류하지 않는 외할머니의 곁에 앉았다.

"그렇게 외할머니 어린 시절을 닮았던가요?"

"암, 영판이데. 헛것이 보이는 걸 보니, 나도 이제 갈 날이 얼마 남지 않았나보다."

나는 수많은 기다림에 잠식되어가다가 마침내 죽음이라는 단 하나의 기다림만을 남긴 삶을 보았다. 문득 똑바로 가는 시계 앞에서 그가 들려준 기시감에 대한 이야기가 떠올랐다. 나는 외할머니의 손을 잡았다. 사라진 신화와 환상은, 미칠 특권을 누리는 아이들이 잃어버린 세계는, 꿈꿀 권리가 있는 노인과 맞닿아 있었다. 사실 살아가는 동안 느끼는 기시감은, 이렇게 시간을 거꾸로 거슬러 온 노인이 들려주는 모든 기다림이었다.

"지호야. 네 결혼식은 보고 죽어야 할 텐데."

삶은 계속해서 기다림을 만들어낸다. 나는 외할머니의 품에서 매캐한 늪의 냄새를 맡았다. 그러나 짙은 냄새는 외할머니가 아닌 내 품에서 흘러나오는지도 몰랐다. 외할머니가 품은 냄새는 조금씩 증발하고 표백되어 희미해진 늪의 잔향이었다.

"버드나무 가지처럼 부드러운, 류 씨 성을 가진 남자는 어떨까요?"

나의 결혼을 기다리는 외할머니에게 선득한 기시감을 느끼며 물었다. 계집아이, 소녀, 아가씨, 유부녀, 엄마, 아줌마, 할머니. 하나의 기다림이 끝날 때마다 나는 다른 이름을 하나씩 얻는다. 그럴 때마다 내 진짜 이름은 점차 부식되고 흐려진다. 문득 노래를 부르며 산에서 내려와 마을을 배회한다는 늪의 이야기를 떠올렸다. 하지만 늪이 부르는 노래도, 늪의 기척도 느낄 수가 없었다.

외갓집을 떠나 도시로 돌아온 나는 무성한 바람 소리가 늪의 노랫소리가 아닌가 하여 여전히 귀를 기울인다. 그러나 매캐한 삶의 비닥을 쓸어내리는 지느러미 같은 팔을 흔들며 기다림에서 기다림으로 옮겨가는 내 귀엔 그저, 지루함에 못 이겨 흥얼거리는 내 노랫소리가 들릴 뿐이다.

■ 노 래 하 는   늪 은 ……

초등학교(당시엔 국민학교)를 졸업하기 전까지 양산에 살았다. 지금은 시로 승격되었고 아파트가 즐비한 세련된 도시로 변했지만, 당시에 '군'이었던 양산은 시골에 가까웠다. 여름엔 뒷산에서 뻐꾸기가 울었고, 가을엔 콩을 도리깨질하는 풍경이 흔했다. 빨래터가 아직 있었고, 집을 탈출한 송아지가 길을 뛰어다니는 소동도 자주 벌어졌다. 남동생은 먹을 감으러 가거나 개구리며 가재를 잡으러 돌아다녔고, 나는 메뚜기를 잡아 강아지풀에 엮는 동네오빠들을 쫓아다니기도 했다. 그리고 밤엔 기이하고 환상적인 이야기가 담긴 책을, 심지어 엄마 눈을 피해 방에 촛불을 켜놓고 밤새 읽기도 했다. 그 시절은 이제 다시 갈 수 없는 환상의 세계처럼 내 안에 남아 있다.

이제 전혀 다른 곳이 되어버린 유년시절의 장소를 방문할 때면, 이제 사라진 아름답고 평온했던 풍경들이 몹시 그리워진다. 그 풍경 속에 있었던 시절엔 무엇인가를 기다리지 않고 순간순간을 살았다. 매순간이 마법처럼 신비로웠던 시절이었다.

지금 나는 어른이 되었고, 기다린 적이 없었던 많은 것들이 세월 속에서 자연히 내게로 왔다. 그리고 나이를 먹는 동안 인생이 기다림의 연속임을 알아버렸다. 그것을 알고부터 조급해지거나 반대로 너무 지루해진다. 늪의 노랫소리가 더 이상 들리지 않는 것은 이미 내가 늪 속에 살고 있어서인지도 모르겠다.

문 이 열 린 다

문 이 열 린 다

어린 마음에도 레이는 그가 몹시 멋지다고 생각했다. 짙은 눈썹 아래에 움푹 들어간 눈동자는 깊은 늪처럼 사람을 빨아들였고, 가끔 손가락으로 흩트리는 머리카락은 눈썹만큼이나 짙고 검었다. 그리고 조용히 움직이는 붉은 입술에서는 단아한 얼굴선만큼이나 분명하고 눈동자만큼이나 깊은 목소리가 흘러나왔다. 하지만 그는 레이에게 주의를 기울이는 법 없이 할아버지하고만 조용히 대화를 나눌 뿐이었다. 그의 좁은 작업실 벽 위로는 할아버지가 숲을 그린 연작連作이 한 폭의 병풍처럼 이어졌고, 조용한 대화는 모호한 음률音律처럼 숲을 떠돌았다. 레이는 숲 사이를 눈으로 헤매다가 네 벽의 중앙에 그려진 문을 응시했다. 숲 가운데 덩그러니 놓인 문은 기괴했지만, 할아버지의 그림이 풍기는 기이한 분위기와 어우러지면 이상할 정도로 자연스러워졌다. 그래서 그 문이 열리고 다른 세계로 향하는 길이 나타난다 해도 이상하지 않을 것 같았다.

그가 엄격한 할아버지를 깍듯이 대하며 앉아 있어서인지 두 사람은 딱딱한 사제지간처럼 보이기도 했다. 하지만 두 사람만이 아는 이야기가 안개처럼 뭉근히 피어나며 무르익을 때쯤엔 그도 할아버지도 어느새 웃고 있었다. 그럴 때마다 멀거니 그림을 바라보던 레이가 두 사람 쪽으로 고개를 돌렸지만, 웃어주는 할아버지와 달리 그는 한 번도 레이를 쳐다보지 않았다. 그래서 그가 돌아가기 전에 이별 인사를 하고 싶어 한다는 할아버지의 말이 믿기지 않았다. 그에게 다녀오라는 할아버지의 말씀을 듣고 혼자 찾아간 작업실에서 그는 처음으로 레이를 바라보았다. 그와 눈이 마주친 레이는 오묘한 빛깔로 빛나는 눈동자에서 흘러나오는 기괴하고도 무서운 음악소리를 들었고, 점점 넓어지는 동공 속으로 빨려들어 가 사라질 것만 같아서 두려워졌다.

"나는 언젠가 네 남편이 될 거야. 네 할아버지와 그러기로 약속했어."

바보 같은 소리라고 생각했다.

그는 허리를 깊숙이 숙여 그녀의 이마에 부드럽게 입을 맞추었다. 지금 생각해보면, 이별 인사였다.

그는 그림 속에 있는,
문을 열었다.
문으로 들어갔다.

문은 닫혔다.

레이는 현실이 아니라고 생각했다. 그러니까 언젠가 이 기묘한 기억을 묘한 꿈으로 반추하여 다른 사람에게 말하게 될 때, '그림 속의'를 생략하고 그저 이렇게 말하자.

그는 문 속으로 들어갔다.

레이는 결심했다.

한욱은 길을 걸으면서 무수히 반복해왔던 생각을 또 하고 있었다.

열정과 사랑은 결국 끝난다. 시간을 이기는 것은 아무것도 없다. 인간은 과거가 아니라 현재를 살아야 한다.

친구들의 충고인지 자신의 상념인지 모를 문장들이 거친 음표처럼 머릿속의 오선지 위를 쿵쾅쿵쾅 뛰어다녔다. 한욱은 발걸음을 멈추고 호주머니에서 두통약을 두 알 꺼내 으적으적 씹어 먹었다. 약은 더할 나위 없이 썼다. 하지만 상실감이 그의 심장에 매일 뱉어놓는 쓴맛에 비할 바는 아니었다. 그건 환상이었을까.

요즘 들어 5년 전에 홀연히 사라진 아내를 떠올릴 때면 모든 것이 자신만의 환상이었을지도 모른다는 공포에 사로잡혔다. 아내를 향해 불처럼 치솟았던 열정과 사랑이 남긴 추억은 그을음처럼 검은 밤 속으로 그를 끌어당겼다. 때로는 대낮에도 어둠 속을 걷는 자신을 발견하고 소스라치게 놀랐다. 그리고 현실로 돌아오기 위해 안간힘을 썼다. 어쩌면 처음부터 나란 존재하지 않았고 나는, 나의 기억은 바람처럼 부유하는 누군가의 상상은 아닐까. 그렇게 생각할 때마다 현실의 기억이 토막 나고, 시간의 흐름은 덩어리로 굳어졌다.

진땀을 흘리며 발버둥을 치다가 정신을 차리자 제인이 앞에 앉아 있었다. 시간 감각과 기억력이 엉망이 되어버린 그는 제인을 한 시간 전에 만났는지, 일주일 전에 만나 계속 이 자리에 있었는지조차 헷갈렸다. 어디까지 이야기하고 있었더라? 아니, 뭔가 이야기를 시작하긴 했었나? 한욱은 누가 말할 차례인지 알 수 없어서 애꿎은 안경을 매만지다가 눈을 비볐다. 흐릿한 눈앞에 탁자가 있고, 탁자 위에는 제인의 가늘고 섬세한 손가락이 놓여 있었다. 그런데 뭔가 이상했다.

"나, 이제 결혼반지를 안 끼기로 했어."

뭐가 이상한지 몰라 유심히 손가락을 바라보는 한욱을 눈치챈 제인이 날름 말했다. 그리고 작은 결혼반지가 있던 손가락 마디를 만졌다.

이국적인 이름 때문에 종종 외국인으로 오인당하곤 하지만 제인은 토종 한국인이었다. 게다가 외국에서 자라지도 않았다. 제인의 이름은 지구촌 시대를 예견한 부친이 굳이 서양식 이름을 따로 하나 지을 필요 없게끔 지어준 국제적인 이름일 뿐이었다. 학창시절에 한욱은 국제적인 이름이 서양식이라는 법이 있냐며,

'매희May'처럼 동양적인 이름으로 지을 수도 있었다고 장난 삼아 따지곤 했다. 그러면 말문이 막힌 제인은 뭐라 반박할 논리가 없어 더 화를 냈다. 하지만 제인이 결혼한 뒤에는 더 이상 놀릴 수가 없었다. 제인은 교환교수로 와 있던 영국인과 결혼했고, 그 이후엔 부친이 뛰어난 선견지명으로 서양식 이름을 지어줬다는 논리를 우겼기 때문이었다.

제법 나이 터울이 나는 데다 당시에는 국제결혼이 흔치 않아서 집안의 반대가 있었지만, 딸의 이름을 그렇게 지은 데서 알 수 있듯이 제인의 부모님은 그다지 보수적인 분들이 아니었다. 식장에서 제인의 남편을 처음 본 한욱은 나이 터울이 그리 많아 보이지 않는다고 생각했다. 서양인의 나이를 잘 짐작할 수 없기 때문이겠지만, 하객들도 제인의 남편이 동안이라고 수군거렸다.

한욱은 서양인답지 않게 아담한 체구에 귀엽게 생긴 제인의 남편이 마음에 들었다. 그는 몹시 부드럽고 상냥하게 웃었는데, 억세면서도 거만하게 들리는 영국식 악센트로 말할 때면 은근한 기품까지 느껴져서 동화에서 튀어나온 인물처럼 느껴졌다. 그런 그가 3년 전 사라졌다.

영국에서 돌아오던 길이었다. 처음엔 비행기 사고인 줄 알았다. 남편이 죽었다고 오열을 하던 제인은 남편이 비행기에 탑승하지 않았다는 소식을 들었다. 그런데 제인의 남편은 전화 한 통 걸어오지 않았고, 영국에 있는 그의 가족에겐 무슨 영문인지 연락이 도무지 되지 않았다. 한욱의 아내가 사라진 지 3년째가 되던 해였다.

한욱은 제인을 연민하는 한편으로 안도했다. 아내를 잃은 슬픔을 아무리 말해도 이해하지 못하는 사람들과 달리 제인은 한욱의 기분과 감정에 완전하게 공감해줄 것 같았다. 하지만 역시 착각이었다. 인간은 애초부터 서로에게 객체였다. 육체를 결합할 수는 있어도 정신은 결합할 수 없다. 제인은 아내의 추억에 몰입하며 점점 현실을 잃어가는 한욱과 달랐다. 한욱의 현재는 뿌옇게 흐려지며 멀어져만 갔지만, 제인의 현재는 점차 색깔을 찾으며 보다 더 선명하게 돌아오고 있었다.

"잊을 거야."

제인이 예전보다 얕아진 슬픔 속에서 말했다. 한욱은 남편과 함께 했던 시간이 마음을 짓눌러오지 않느냐고 묻고 싶었지만 침묵했다. 그는 자신의 의도와 달리 매우 냉담해 보였다. 제인이 그를 물끄러미 바라보다가 말했다.

"지쳤어."

갑자기 절망이 폐에 차올랐다. 제인은 절망이 자신의 숨통을 끊어놓길 언제나 바랐다. 하지만 그가 있을 때나 없을 때나 아침은 여지없이 돌아왔고, 제인은 살아 있었다. 너무 길었다. 너무 지쳤다.

"삼 년이나 찾았어. 희망이 등대 불처럼 사라졌다 찾아오고, 왔다가 사라져버려서 미치겠어. 찾을 수 있다고 생각해? 아직도 희망을 가져야 할까?"

제인이 흐느꼈다.

"그런데 한욱아. 왜 희망을 가져야 해? 왜 꼭 그이가 아니면 안

되는 거야? 수많은 사람이 죽든 살든 사랑하는 사람과 헤어지면서 살아가고 있어. 얼마 전에 깨달았어. 그이가 돌아오면 줄 사랑이 아직 많기 때문에 그이를 그토록 기다린 걸까? 아니야. 아니었어. 오히려 그이에게 준 사랑이 너무 많기 때문에 그토록 기다린 거야."

제인이 눈물을 닦았다. 그리고 그녀의 목소리가 건조해졌다.

"그러니까 이제 그 사람이 돌아오더라도 줄 사랑이 별로 없어. 한 사람을 사랑하는 양은 항상 똑같아. 가공 포장된 통조림 같은 거지. 포만감이 가득한 행복을 느끼면서 와구와구 먹어 치우느냐, 간에 기별도 안 갈 정도로 깨작깨작 먹어 치우느냐 하는 차이가 있을 뿐이야. 마구 먹어 치우면 금방 끝나고, 조금씩 먹어 치우면 오래 걸리는 거지. 이미 다 먹어 치운 통조림을 보며 언제까지나 멍하니 배고프게 앉아 있을 순 없어. 다 먹은 통조림의 맛을 기억하고 음미하듯 끝나버린 사랑을 추억하고 음미하며 즐기는 법을 배워야 해."

제인의 눈동자가 흔들렸다. 그러나 한욱은 달랐다. 아내의 추억은 나날이 선명해지기만 했고, 현재는 어슴푸레한 꿈처럼 흩어져버렸다. 그는 집으로 돌아갈 때마다 아내를 다시 만났다. 오래전 어느 해, 오늘 날짜에 그랬던 것처럼 아내는 음식을 하고, 콧노래를 부르고, 그를 껴안고 입을 맞춘다. 제인도 처음엔 집으로 돌아갈 때마다 그를 만난다고 했다. 하지만 반년쯤 지난 후에 말했다. 지금 우리는 정상이 아니야.

한욱은 손가락에 낀 결혼반지를 매만졌다.

"오 년 동안 매일 아침, 그래, 오늘 아침에도 아내의 배웅을 받으며 집을 나섰어. 그리고 저녁때쯤 되면 아내가 없다는 걸 깨달으며 아내를 다시 잃어."

"잊어. 너도 잊어야해."

제인의 목소리는 다급했다. 5년 동안 아내만을 비정상적으로 그리워하는 한욱은 분명 미쳐가고 있었다.

"사랑은 통조림이 아냐."

한욱이 단호하게 말하고 일어섰다. 그러자 다시 시간의 흐름이 덩어리 지며 굳어졌고, 아내가 실종된 현실이 멀어졌다. 그는 아내가 기다리는 집을 향해 꿈꾸듯 걷기 시작했다.

"아내에게 돌아갈 수 있을까?"

남자가 결혼반지를 만지작거리며 레이에게 물었다. 레이는 그림을 그리다 말고 심드렁하게 그를 쳐다보았다. 그가 허락도 안 받고 끓여낸 홍차가 두 잔이나 떡하니 식탁 위에 놓여 있었다. 남의 집에 얹혀사는 주제에 배짱이 좋았다.

"왜 기억이 하나도 나지 않는 걸까? 응?"

전형적인 영국인처럼 생긴 그가 지껄였다. 하지만 말투는 쾌활하기 짝이 없었다. 하긴 아무것도 기억하지 못하기 때문에 쾌활할 수 있는지도 모른다. 친구들이 제멋대로 로스트Lost라고 이름을 붙인 그는 어느 날 밤, 길거리에서 발견되었다. 우르르 떼 지어 지나가던 레이의 친구들은 어딘가 이상해 보이는 그가 걱정되어 누구냐, 집이 어디냐, 참견하기 시작했는데 유감스럽게도 그는 아무것도 기억하질 못했다. 그래서 오지랖 넓은 친구들은 이 행인을 납치하는 만행을 저지른 다음, 분명 '이상한' 레이라면 이 남자가 누구인지 알 수 있을 거라며 이 집에 데려온 것이다. 오는 도중 무슨 이야기를 들었는지, 남자는 레이를 보자마자 대뜸 "내가 누구예요?"라고 물었다. 낸들 아나. 황당했던 레이가 얼떨결에 그를 집에 들이고 며칠이 지난 후에 남자는 두 가지가 확실하다고 했다. 동양인인 레이와 레이의 모국어가 낯설지 않고, 결혼반지를 낀 것으로 보아 사랑하는 아내가 있다는 거였다. 두 가지를 생각해낸 것만으로도 갑자기 원기를 찾은 걸 보면 천성이 몹시 낙천적이었다.

"꼭 돌아갈 필요가 있어? 이미 아내는 당신을 잊었을걸. 그러니까 내 집에서 가사 도우미처럼 사는 건 관두고 자신의 생활을 찾는 건 어때?"

"노노. 아내는 분명히 날 아직도 기다리고 있을 거야. 너에게 하는 것만 봐도 알 수 있잖아. 이렇게 상냥하고 다정한 남자니까 난 좋은 남편이었을 거야. 아내는 날 몹시 사랑했을 테고. 그러니 날 잊었을 리가 없어."

"사랑은 통조림처럼 양이 정해져 있는지도 몰라. 바닥이 나면 끝이니까."

홍차를 들이키며 레이가 중얼거렸다. 그나저나 차를 타는 솜씨만은 기가 막힌 남자였다. 대체 어떻게 끓여낸 거람. 로스트가 돌아간다면 이 차맛만은 그리워질 것 같았다.

"무슨 소리야. 사랑이 통조림이라니? 노노. 그런 건 나빠. 남자 친구를 통조림 먹는 것처럼 사랑하면 안 돼."

로스트가 미간을 살짝 찌푸렸다. 일주일에 몇 번씩이나 어디론가 출장을 떠나는 남자 친구에게 레이가 이토록 무심한 것은, 역시 사랑이 부족해서였다.

"그에게 느끼는 감정은 사랑이 아니야. 사랑이라기보다는."

깊이 생각해본 적이 없었다는 듯 레이가 생각에 잠겼다. 레이와 남자 친구는 함께 살았지만 로스트는 그와 별로 이야기를 나누어본 적이 없었다. 아니, 아예 그를 보기도 힘들었다. 같은 집에 살면서도 서로에게 너무 무심한 두 사람이 로스트에겐 나름 충격이었다. 하지만 레이는 별로 상관하지 않는 듯했다.

"사랑이라기보다는?"

"좀 더 생각해봐야겠어."

레이의 답을 기대했던 로스트는 몹시 실망했지만 내색하지 않고 쾌활하게 웃었다.

"사랑이 통조림과 같다는 생각은 언제부터 한 거야?"

"내 생각이 아니야. 한욱이라는 친구에게서 들었어. 걔도 누구에게서 들은 이야기라던데, 인상 깊은 이야기였어."

"한욱? 아내를 잃어버린 친구?"

아내를 잃어버린 한욱을 연민하는 로스트의 얼굴이 어두워졌다.

"한욱은 미쳐가고 있어."

"응?"

"현재도 미래도 없는 나락으로 계속 빠져 들어가는 것 같아. 그에겐 매일 똑같은 날이 되풀이돼. 아내가 있었던 하루 말이야. 그러다가 정신을 차리면 아내가 없다는 걸 깨닫게 되지. 처음엔 눈앞에 보이는 아내가 환상이라고 생각했어. 하지만 이젠 현실과 환상이 뒤죽박죽 섞여버렸어. 어느 날은 아내가 환상이었다가 어느 날은 진짜가 되는 거야."

"노노. 무슨 소리야. 이상하잖아. 선택에 따라 실제와 환상이 바뀌다니. 그런 일은 본 적이 없어."

"본 적이 없기 때문에 이상하다거나 있을 수 없다고 쉽게 결론 내리지 마. 아주 이상한 일도 눈에 익숙해서 그냥 믿는 경우도 많으니까."

레이가 히죽 웃었다.

"생각해봐. 익숙해서 당연하게 여기는 것도 자세히 생각해보면 이상해. 땅속에서 살 수 있나? 물속에서 숨을 쉴 수 있나? 몸에서 빛을 낼 수 있나? 그런데 지렁이나 물고기, 반딧불은 전혀 이상하게 여기지 않거든. 과학자들이 이래저래 연구를 해놓았으니 증거가 있다고 하겠지만, 그런 걸 하나도 모르는 어린애들도 지렁이, 물고기, 반딧불을 당연하게 받아들여. 왜? 눈에 익숙하거든."

"무슨 말을 하고 싶은 거야?"

"다른 세계가 존재한다는 생각을 해본 적 없어? 환상이나 상상 속에나 등장하는 존재들이 사는 세계 말이야."

"어린애들 꿈속에 있겠지."

"그래? 그러면 이건 어때? 새를 한 번도 본 적이 없는 사람이 어느 날 날아가는 새를 본다면 헛것을 봤다고 생각할 거야. 왜냐하면 그가 아는 세상에선 짐승이 하늘을 날 수 없거든. 그래서 새는 분명히 존재함에도 불구하고 그저 환상이나 상상으로 치부되는 거지. 게다가 그 후에 새를 다시 볼 기회가 없으면 더욱 그래. 결국 익숙하지 않기 때문에, 실재하는 것이 실재하지 않는 것이 되어버리는 거야."

로스트는 점점 더 알 수 없다는 표정을 지었다.

"그러니까 말이야, 로스트 경. 내 말은 눈에 익숙하지 않기 때문에 환상이나 상상이라고 여기는 존재들이 사는 세계도 있단 뜻이야."

"영적인 세계?"

로스트의 반문에 레이가 코끝으로 웃었다.

"눈에 보이지 않는 세계가 아니라, 눈에 보이지만 익숙하시 않은 세계를 말하는 거야. 그러니 로스트 경. 눈에 익숙하지 않다고 환상이라고 여기면 안 돼."

"뭐야. 무슨 뜻이야. 더 모르겠어. 그러니까 네 친구인 한욱이 정상이란 뜻이야?"

"아니."

레이가 밉살스럽게 말했다.

"한욱은 미쳐가고 있어."

"그러면, 그 복잡하고 긴 이야기의 결론은 뭐야!"

남자 친구와도 이런 희한한 이야기를 나누는 걸까, 생각하면서 로스트가 짜증을 냈다. 레이는 히죽 웃었다.

"사라진 한욱의 아내가 요정이라는 이야기를 하고 싶었어. 한욱이 내 말을 믿는다면 아내를 찾을 수 있을 거라는 결론이지."

"레이. 정말 재미있는 이야기이긴 하지만."

로스트가 우아하게 어깨를 으쓱했다.

"요정과 결혼했다는 사람은 본 적이 없어."

"지금까지 뭘 들은 거야. 게다가 자기가 누구인지도 모르는 남자의 말에는 별로 귀 기울이고 싶지 않아."

레이가 심드렁하게 대꾸하고 입을 다물었다. 그때, 멍하게 앉은 두 사람 사이로 바람 소리가 들렸다. 바람은 큰 소리를 내며 노래하듯이 휘몰아쳤다.

"무지개 끝의 황금을 캐러 떠나는 난쟁이 광부들이 부르는 노랫소리야."

로스트가 쾌활하게 웃으며 말했다.

"아니야. 바람 소리야."

레이가 무심히 대꾸했다.

한욱은 이제 될 대로 되라는 심정으로 걷고 있었다. 머릿속이 꽉 막혀서 아무 생각도 떠오르지 않았다. 지난주에 몇 시간쯤 잤더라. 갑자기 현기증이 일었다. 세상이 돌고 있는지, 자신이 돌고 있는지 모를 지경이었다. 날 버리고 떠난 여자를 찾아 5년이나 헤매는 나는 예전에 돌았으니까 지금은 세상이 돌고 있는 거다. 아니야, 세상은 어차피 매일 시속 1609킬로미터로 돌아버리잖아. 그는 현실의 낮이 사라지고 과거의 밤이 찾아오는 것을 느끼며 히죽 웃었다. 아내가 집에서 기다리고 있는데, 나는 지금 여기서 어디로 가고 있는 걸까. 어디로 가는 길이었을까.

그렇다. 레이를 만났다. 어제? 일주일 전에? 그런 건 중요하지 않았다. 레이는 다짜고짜 미치기 전에 아내를 만나야 한다고 했다. 그리고 아내는 요정이라고 했다. 인간과 사랑에 빠진 요정은 인간이 죽을 때까지 떠나는 법이 없는데, 이상한 일이라고도 말했다. 위로처럼 들리긴 했지만, 이상한 말이었다. 하지만 그다지 놀라진 않았다.

대학시절부터 레이는 좀 유별난 데가 있어서 친구들은 그녀를 '이상한' 레이라고 불렀다. 레이의 유별난 점에 이상하게 마음이 끌렸던 한욱은 잠시 동안이지만 레이를 좋아한 적이 있었다. 서툴게 고백을 해보았지만, 레이는 한 치의 수줍음이나 미안한 기색 없이 결혼할 사람이 있다고 했다. 레이와 함께 다니는 남자를 한 번도 본 적이 없었던 한욱은 거짓말이라고 생각했다. 그래서 짓궂게 누구냐고 물었다. 그러자 레이는 그와 말해본 적은 딱 한 번밖에 없지만 어쨌든 결혼할 생각이라고, 정색을 하고 말했다.

— 일생일대의 저주야.

레이는 달갑잖은 표정으로 심드렁하게 덧붙였다. 이상한 레이답게, 이상한 소리였다. 하지만 대학을 졸업한 후 얼마 지나지 않아 남자 친구가 친구들 모임에 나타났다.

— 일생일대 저주의 원흉이야.

그를 데려온 레이는 야단법석인 친구들에게 그를 심드렁하게 소개했다.

아내를 만나기 전이었고 아직까지 레이를 좋아하는 감정이 남아 있었던 터라 조금 상처를 받았다. 하지만 레이에게 느꼈던 감정이 풋사랑에 지나지 않았음을, 아내를 만나고야 깨달았다.

한욱은 아내를 떠올렸다. 아내는 떠났다. 아내는 아직 남아 있다. 어느 쪽이 현실인지 알 수 없는 상태에서 극심한 두통이 찾아왔다. 호주머니에 손을 넣어 두통약을 꺼냈다. 제인은 자리에서 일어나며 다시 말했다.

— 그저 인연이 다한 거야. 사랑도 열정도 다 무의미해. 시간이 지나면 점점 옅어지다가 먼지처럼 바스러져버려. 그저 아련한 기억만이 열정의 그을음처럼 옛사랑의 온기를 일깨우겠지. 그 온기를 보듬고 사는 일이야말로 순리인 거야.

순리. 그는 두통약을 으적으적 씹어 먹으며 눈을 감았다.

미안해. 아내가 말했다. 아니, 제인이 말했던가? 아냐, 레이인가? 뒤섞이는 기억을 추스르려 애쓰면서 주먹을 불끈 쥐었다. 현실을 보지 않으면 안 된다. 눈이 만들어내는 환상 대신 본질을 마주하지 않으면 안 된다. 그는 악을 쓰며 눈을 떴다.

어두운 밤이었다. 차가운 밤공기 덕분에 머릿속이 명쾌해졌다. 오랜만에 마주한 선명한 현실이 그의 머릿속을 오가던 환영보다도 더 낯설었다. 하지만 오늘 밤은 본질을 보지 않으면 안 된다. 한욱은 적막이 가득한 들판을 가로질러 걸었다. 달빛이 꿀처럼 흘러내리고 있었다. 풀 위에서 반짝반짝 빛나는 달빛을 보면서 요정이 나타나도 이상하지 않을 거라는 생각이 들었다. 어째서인지는 알 수 없었지만, 기묘한 밤의 어둠과 미묘한 달빛 속에서 무엇을 보고 듣더라도 믿을 수 있을 것만 같았다. 그는 천천히 걸었다. 이 광활하고 적막한 풍경이야말로 적나라한 현실이었다. 이 선명한 현실 속에서, 비현실적인 일이 일어날 거라고 레이가 말했다.

— 돌았어?

그가 물었다. 레이는 차갑게 코끝으로 웃으며 대답했다.

— 아니, 하지만 너는 일찌감치 돌아버렸잖아.

"저기 걸어오는 저 녀석이야."

레이가 로스트에게 말했다. 소란스러운 야시장에서 화려한 홍차 찻잔을 구경하던 로스트가 화들짝 놀라서 고개를 돌렸다. 하지만 아무도 보이지 않았다.

"진짜 아내를 찾을 수 있을까?"

"너? 아니면 한욱?"

짓궂은 물음이었다. 하지만 레이는 째려보는 로스트를 무시했다.

"찾을 수 있을 거야. 사랑을 되찾으려는 사람은 항상 용감하거든. 용감함이 지나쳐서 광기가 돼버려 탈이지."

"찾은 다음엔? 한욱의 아내는 요정이라고 했잖아. 내가 알기로 요정은 인간보다."

"인간보다 오래 살지."

"요정이 불쌍해."

로스트가 고개를 살짝 저었다.

"인간이 죽으면 추억을 보듬다 결국엔 사랑했던 인간을 차차 잊겠지. 네 친구의 아내가 요정이라면 그게 싫어서 도망친 거야."

"일반적으론 요정이 인간보다 오래 살지만 항상 예외는 있어."

레이가 한욱을 쳐다보며 말을 이었다. 앞으로 다가오던 한욱이 방향을 바꾸어 뒤돌아섰다.

"인간을 사랑한 요정은 인간보다 오래 살지 못해. 인간의 사랑을 잃은 순간에 시들어버리지. 인간이 살아 있는 동안 잃어버리든, 인간이 죽는 순간에 잃어버리든."

그 말을 들은 로스트가 찻잔을 손에 들고 천천히 일어섰다. 모두가 흥겹고 소란스러운 야시장 한가운데에서 불현듯 외로워졌다. 야단스러운 야시장 위로 남몰래 늘어지는 달빛을 그는 알고 있었다. 그립다. 로스트는 손가락 위의 결혼반지를 내려다보며 눈가를 닦았다.

그립다. 당신이.

한욱은 바람 소리만이 요란하게 들리는 들판 가운데에서 숨을 몰아쉬었다. 그는 완전히 혼자였다. 선명한 현실이 그를 절망의 나락으로 끌어들였다. 아내는 없다. 다시 볼 수 없다. 절망이 폐에 차오르다가 혈관을 타고 심장을 침범했다. 박동하는 심장이 절망을 목구멍까지 올려 보냈다. 그는 절망을 토했다.

"아내를 돌려줘!"

그렇게 큰 소리를 내어본 적이 없었다.

그렇게 큰 소리를 들은 적이 없었다.

갑자기 모든 풍경이 멈췄다. 로스트는 손에 들고 있던 찻잔을 자신도 모르게 떨어뜨렸다. 찻잔이 깨어지는 소리가 유난히 크게 들렸다. 그리고 마음속에서 무엇인가가 깨어졌다. 로스트는 조용히 입술을 달싹이다가 마침내 외쳤다.

"돌아가고 싶어!"

그렇게 큰 소리를 내어본 적이 없었다.

그렇게 큰 소리를 들은 적이 없었다.

메아리처럼 한욱에게 돌아온 '무엇'의 목소리에 갑자기 풍경이 변했다.

현상이 옷을 벗고 본질만이 남았다. 눈에 익숙했던 풍경이 모두 낯설어졌다.

요괴와 난쟁이와 도깨비들이 야시장 한가운데에 선 한욱을 향해 눈을 희번덕거리고 있었다. 처음 보는 낯선 풍경이었다. 오직 저기 서 있는 '이상한' 레이만이 익숙하다.

바람 소리가 괴괴한 적막하고도 광활한 들판에 로스트는 혼자 서 있었다. 처음 보는 낯선 풍경이었다. 오직 저기 서 있는 '이상한' 레이만이 익숙하다.

레이는 두 세계의 경계에 서 있었다.

"인간이 우리 세계에서 살 수 없어. 그는 미쳐버릴 거야."

"말했잖아? 한욱은 이미 미쳤어."

레이가 들판에 서 있는 로스트에게 대답했다.

"알고 있었어? 내가 거래에 응할 거라는 걸? 그와 바꿔치기 해서 이 세계로 다시 건너올 거라는 걸?"

"몰랐어."

레이가 심드렁하게 대꾸했다.

"그리웠는데."

로스트가 달빛 아래로 펼쳐진 들판을 보며 말했다.

"한욱의 아내도 나처럼 도망친 거야?"

"아니."

레이가 무심히 대답했다.

"두더지가 내 물감을 훔쳐가서 그린 구멍에 빠지는 바람에 이 세계로 돌아와서 못 돌아가고 있던 거야."

"다행이다. 어쨌든 행복한 쪽이 있어서."

로스트가 쾌활하게 웃었다.

"이렇게 시들어버릴 줄 알았다면 도망치진 않았을 텐데. 하지만 제인도 언젠간 시들어가겠지? 나처럼."

그가 잿빛으로 변하며 중얼거렸다.

"인간을 사랑한 우리는, 그들이 죽든 살든 사랑을 언젠가는 반드시 잃어버리니까."

로스트가 천천히 시들기 시작했다.

"그걸 아는 인간 쪽은 더 힘들어. 일생일대의 저주를 받은 기분이랄까."

"왠지 조금 위로가 됐어."

로스트가 침묵했다. '모든' 풍경을 보고 '모든' 풍경에 익숙한 레이는 완전히 시들어버린 요정이 바람에 날려 흩어지는 들판과 낯선 풍경 속에서 달려 나오는 아내를 마주 안는 한욱이 서 있는 소란스러운 야시장을 동시에 보면서 팔짱을 꼈다.

　그림 속에 있는 문이 열렸다.
　그림 속에 있는 문에서 그가 나왔다.
　— 네 할아버지 말씀대로구나. 인간은 이렇게 빨리 자라는구나.
　그가 말했다.

　어릴 때 읽었던 민화 중에서 요정이 바꿔친 아이 이야기가 유독 인상이 강렬했다. 요정의 나라로 간 아이와 인간의 세계에서 살게 된 요정이 각자 어떻게 살았을지 너무 궁금해서 상상을 펼쳤던 기억이 난다. 이 글은 그 상상의 연장이다.

　끝없이 상상을 펼쳐 나가던 어린 시절에 엄마를 따라갔던 야시장은 경이로운 상상의 무대였다. 야시장은 어둠 속에 생겨난 작은 도시 같았고, 그 안에서 펼쳐지던 흥겨운 풍경은 신비롭기까지 했다. 소란스럽게 오가는 사람들 틈을 걸을 때면 거기 어딘가에 요정이나 요괴, 도깨비가 정체를 감추고 돌아다니고 있을 것만 같았다. 사랑하는 인간을 잃기 싫어서 먼저 도망친 요정이나 홀연히 사라진 사랑하는 요정을 찾아다니는 인간도 어쩌면 거기에 있었을지 모르겠다.

사랑이 영원하다고 믿는 사람도 있고, 그렇지 않다고 주장하는 사람도 있다. 어느 쪽이 진실인지는 알 수 없지만, 요정도 인간도 결국엔 죽음을 맞이한다는 사실에서 보면 후자가 조금 더 진실에 가까운 것 같다. 그러나 사랑은 자연히 생겨나는 것이 아니라 선택하고 결정하는 것이다. 사랑은 끝내기로 선택하고 결정하는 순간 끝나고, 지속하기로 결정하면 계속 이어진다. 아마도 성숙한 사랑은 자신의 선택과 결정을 존중하고 지켜 나가는 노력과 의지에서 오는 것이 아닌가 한다. 상대가 요정이든, 인간이든.

불 의 춤

불 의 춤

고화산高火山 정상에서 벌어지는 봄의 제전이 사흘 앞으로 바짝 다가오면서 '불의 춤'을 추기로 예정되어 있는 화희들의 춤 연습이 마당 곳곳에서 벌어졌다. 불을 다스리는 화희들의 손에서 촛불처럼 작게 피어난 불은 이윽고 하늘을 향해 높이 치솟았다. 화려한 불꽃은 화희들의 춤사위를 따라가며 긴 옷자락처럼 공중에서 춤을 추었다. 흡사 불덩이들이 춤을 추는 듯한 광경이었다. 류아는 그 광경에 감탄하면서 화희들의 움직임을 따라 춤을 추었다. 하지만 아직 동녀인 류아는 정식으로 불의 춤을 출 수 없었고, 불을 사용하지도 못했다. 동녀의 신분을 벗어나 화희가 되려면 아직 3년을 더 기다려야 했다. 화희들의 곁에서 춤을 추던 류아는 마당으로 나온 비화를 보고 춤을 멈췄다.

비화는 조금 들떠 있었다. 오늘은 비화가 동녀의 신분을 벗고 화희가 되는 날이었다. 나이가 찬 동녀들은 화희가 되기 위해 봄의 제전 사흘 전에 고화산 꼭대기에 있는 별가別家로 들어간다. 별가에서는 마을에서 올라온 사내들이 동녀들과 합궁하려고 기다렸다. 별가로 들어간 동녀들은 봄의 제전을 사흘 앞둔 밤에 소녀를 벗고 여인이 된다. 일생에 단 한 번뿐인 의식인 동시에 딸을 얻을 수 있는 유일한 기회였다.

"언니는 좋겠어요."

춤을 멈춘 류아가 비화에게 다가왔다. 아직도 젖살이 채 빠지지 않은 통통한 볼이 발그레했다.

"다가오는 봄의 제전을 시작으로 이젠 매년 불의 춤을 출 수 있게 되는 거지요?"

"그래."

비화가 춤을 추느라 흐트러진 류아의 머리를 매만져주었다. 사흘간 사내와 합궁을 끝내고 막 여인이 된 화희는 다음 날 벌어지는 봄의 제전에서 처음으로 불의 춤을 춘다. 드디어 어엿한 화희로 인정을 받는 것이다.

"왜 꼭 별가에 가서 사내와 합궁을 해야만 불의 춤을 출 수 있는지 모르겠어요. 허락만 한다면 저도 잘 출 수 있는데 말이에요."

"별가에 다녀오지 않은 동녀의 춤은 아무리 뛰어나도 뭔가 모자란다고 하더구나."

"누가요?"

"화두님께서."

"어째서 그런지 물어보지 그러셨어요?"

"별가에 다녀와 보면 알게 된다고 그러시더구나."

"흐응."

류아가 입술을 삐죽였다. 봄의 제전이 돌아올 때마다 류아는 불의 춤을 추고 싶어 안달이었다. 불을 사용하라고 허락만 한다면 어설픈 화희들보다 더 잘 출 자신이 있는데 동녀이기 때문에 불의 춤을 추어서는 안 된다니 화가 났다. 겨우 사흘간 별가에 가서 사내와 합궁을 한다고 어설픈 춤 솜씨가 일취월장할 리는 없다. 류아는 춤 솜씨가 자기보다 못한 화희들이 미워졌다. 나이가 많다는 이유 하나로 춤 솜씨가 좋은 자신보다 먼저 불의 춤을 추다니 정말 공평하지 않았다.

"이제 겨우 삼 년 남았잖아."

그런 속마음을 잘 아는 비화가 류아를 달랬다.

"절제하고 기다려. 인내와 절제를 확실히 익히지 않으면 제대로 된 화희가 될 수 없단다."

"꼭 화두님 같은 말씀을 하시네요. 저는 봄의 제전 준비나 거들러 가야겠어요."

류아가 혀를 쏙 내밀어 보이고는 뛰어가버렸다. 춤 솜씨가 뛰어난 만큼 욕심이 많은 아이였다. 뛰어가는 류아를 보며 자신도 모르게 활짝 웃던 비화는 누가 볼세라 황급히 웃음을 거뒀다. 인내와 절제를 확실히 익히지 않으면 제대로 된 화희가 될 수 없다. 어릴 때부터 귀에 딱지가 앉도록 듣던 말이었다. 지금도 몹시 싫은 그 말을 류아에게 하고 있다니 나이를 먹으면 어쩔 수 없는 모양이었다.

비화는 그날 밤, 화두에게서 같은 말을 또 들었다.

"인내와 절제를 확실히 익히지 않으면 제대로 된 화희가 될 수 없다."

화희의 우두머리인 화두가 별가로 출발하기 전 불러 모은 동녀들에게 한바탕 설교를 했다. 희끗희끗한 긴 머리를 단정히 늘어뜨린 화두는 언제나 근엄했다. 별빛만큼이나 날카롭고 차가운 눈빛과 절도 있는 동작은 화려하고 명랑한 불과 어울리지 않았다. 그러나 불은 화려하고 명랑한 동시에 위험했다. 잠깐 방심하면 감당할 수 없을 정도로 치솟아버린다. 그래서 불을 가두고 다스릴 수 있는 얼음처럼 차가운 절제가 필요했다.

화두는 여기에 있는 동녀 중 몇이나 자신의 말을 이해하는지 궁금했다. 어릴 때부터 줄곧 들어온 터라 아마도 태반이 잔소리라고 여기며 건성으로 듣고 있지 싶었다.

"절제는 넘치지 않는 것이다. 모자라지 않는 것이다. 넘치지도 모자라지도 않게 언제나 균형을 유지해야 한다."

화두는 딴생각에 빠진 동녀들을 보며 속으로 한숨을 쉬었다. 그러나 어차피 별가에 다녀온 후에 불의 춤을 추게 되면 화희가 된 동녀들은 깨닫게 된다. 몇천 번 들었어도 마음에 썩 와 닿지 않았던 말이 휘휘 불타오르는 불의 춤 속에서 날카로운 얼음 조각처럼 심장에 박혀 죽을 때까지 사라지지 않게 될 것임을.

"불을 다스리듯이 마음을 다스리고 절제하여 제대로 된 화희가 되어 돌아오너라."

드디어 길었던 화두의 설교가 끝났다. 출발을 알리는 소리를 들은 동녀들이 설렘 속에서 웅성거렸다. 꼭 딸을 얻으면 좋겠다는 잡담과 처음으로 불의 춤을 추게 되어서 설렌다는 이야기들이 동녀들 사이에서 오갔다. 그러나 그런 소리도 별가가 눈에 보이는 곳에 이르자 그쳤다. 비화는 기대와 설렘으로 마음이 벅차서 어떤 말도 입 밖에 낼 수 없었다.

　이름을 알 수 없는 자신의 어머니도 그 언젠가 꼭 같은 마음으로 이 길을 걸었을 것이다. 딸이 태어나면 이름을 무엇이라고 할까. 비화는 오랫동안 생각해온 이름을 이것저것 떠올렸다. 화희들은 아들을 낳는 법 없이 항상 딸을 낳았다. 딸이 태어나면 생모는 비밀에 붙여지고 화희들이 공동으로 딸을 키운다. 그래서 모두가 어머니고, 자매였다. 생모가 가지는 유일한 권한은 딸의 이름을 지어주는 것이었다. 비화라는 이름을 정하기까지 어머니도 이토록 많은 생각을 하셨을까. 그런 생각을 하며 비화는 마침내 활짝 열린 별가의 문 안으로 들어섰다.

　별가는 수십 칸의 방이 이어진 넓고 커다란 기와집이었다. 널찍한 마당에서 동녀들을 맞은 화희는 오도카니 선 동녀들의 이름을 하나씩 부르고, 방의 이름이 적힌 종이를 건넸다. 이제 사흘만 지나면 불의 춤을 출 수 있다. 비화는 불로 변한 듯이 화려하게 불의 춤을 추는 자신의 모습을 떠올리며 방문을 열었다. 방에 앉아 있던 사내가 벌떡 일어섰다. 짙은 눈썹과 꼭 다문 입술이 몹시 강해 보인다.

　"긴장을 푸세요."

　그제야 사내가 피식 웃었다. 나이가 찬 동녀와 합궁하여 그를 화희로 만드는 사내를 마을에서는 '사흘 남편'이라고 불렀다. 겨우 사흘간 남편 노릇을 한다 하여 놀리는 말이었다. 화희와 합궁한 사흘 남편에게는 손에 쥐어본 적 없는 큰돈이 주어졌지만, 그대신 봄의 제전이 끝나면 마을을 떠나야만 했다. 낯선 사내의 얼굴을 보며 비화는 부용을 떠올렸다. 화희들의 심부름으로 마을을 오가다 만나 어릴 적부터 친구처럼 보아온 남자였다. 사흘 남편을 맞은 자리에서 부용이 보고 싶어지다니 이상했다.

사내는 무심히 앉은 비화의 긴 머리를 매만졌다. 단 사흘간이긴 해도 일생에 유일한 남자다. 그런데도 비화의 마음은 여전히 딴 곳에 있었다. 부용이 보고 싶다. 상냥하고 자상한 부용이 여기에 있으면 좋겠다. 왜 그런 마음이 드는지 모르겠다.

사내는 비화를 뚫어져라 쳐다보았다. 얼굴이 곱상하고 도도해 보이는 여자였다. 평생 감정을 절제하며 살아가는 화희라 그런지 표정만 보고 기분을 짐작하긴 힘들었다. 어색하게 딴 곳을 쳐다보던 비화가 조용히 고개를 돌려 남자의 눈을 보았다. 사내의 뜨거운 눈길이 비화의 숨통을 틀어막았다. 비화는 입때껏 알지 못했던 사내의 욕망과 정체를 알 수 없는 감정을 느꼈다. 비화는 덜컥 겁이 났다. 등골을 따라 한기가 지나갔다. 둥둥. 둥둥. 춤과 함께 어우러지는 북소리처럼 심장이 세차게 뛰었다. 마음을 절제하는 법을 익히지 않았더라면 그 자리에서 풀썩 주저앉고 말았을 것이다. 가까스로 마음을 가라앉힌 비화가 등 뒤로 문을 닫았다.

"서툴러도 이해하십시오. 조심스럽게 다루겠습니다."

사내가 조심스럽게 다가와 어설프게 비화를 품에 안았다. 꽉 안으면 부서질까봐 소중하고 또 소중하게 다뤄주었다. 사내의 체취 때문에 코끝이 매웠다. 다리에 힘이 풀린 비화는 매달리듯 사내의 어깨를 안았다. 단단하고 넓은 가슴이 벽처럼 비화를 가뒀다. 누구에게도 내보이지 못한 은밀함이 샅샅이 드러나고 차마 말로 다하지 못하는 감정이 몸을 타고 몸으로 전해진다. 비화는 사내에게 몸을 내맡긴 채로 부용을 생각했다. 그래, 나를 안고 있는 사내가 부용이라 생각하자. 몸의 중심에서 불이 일었다. 가빠져오는 심장 소리가 북소리처럼 온몸을 두드린다. 춤이다. 이것은 불의 춤이다. 불꽃보다 뜨거운 열기가 몸속에서 너울거린다. 비화는 벌거벗은 사내의 등을 안은 채로 부용을 생각하며 마음으로 불의 춤을 추었다.

별가에서 보내는 사흘간 비화는 내내 부용을 생각했다. 무심히 보던 부용의 모습 하나, 하나가 이상하게 눈에 밟혔다. 간절하게 부용이 그립고, 그를 생각할 때마다 몸과 마음이 뜨거워졌다. 그토록 손꼽아 기다리던 봄의 제전이 벌써 오늘이건만, 이제 그런 일은 아예 뒷전이었다. 화희답지 않았다. 자격부족이었다. 비화는 부용에게 간절하게 마음이 갈 때마다 마음을 추스르려고 노력했다. 다스려지지 않는 이런 마음은 처음이었다. 이런 감정이 무엇인지는 평생 배운 적이 없었다.

별가를 떠나면서 비화는 사내에게 인사를 했다. 어디에 가서 살든 잘살라는 당부도 했다. 사흘간 정이 든 동녀들은 사흘 남편을 안고 애틋하게 인사를 나누었지만, 비화는 그저 덤덤했다. 비화의 인사에 사내는 그저 조심스럽게 고개를 조아렸다. 고갯마루에서 비화는 뒤를 한 번 돌아보았다. 그 사흘이 대관절 무엇이기에, 사흘 남편과 덜컥 사랑에 빠진 동녀들이 애끓는 마음으로 연신 뒤를 돌아본다. 하지만 이상했다. 사내가 아니라 부용을 뒤에 두고 떠나는 것처럼 마음이 아팠다. 다시 돌아갈 수 없는 길을 가는 기분도 들었다. 이제 오늘부터 화희다. 동녀처럼 함부로 마을로 내려갈 수도 없고, 부용과 예전처럼 어울릴 수도 없다. 기껏 봄의 제전에서나 부용의 얼굴을 볼 수 있을 것이다. 그러자 왈칵 부용이 간절하게 그리워졌다.

화두님, 대체 이 마음이 무엇입니까.

부용과 함께 보냈던 시간과 그와 나누었던 이야기들이 돌덩이처럼 무겁게 마음을 짓눌렀다. 그때는 몰랐다. 함께 보낸 시간이 그토록 소중하고 특별해서 어떤 인생을 살아가게 되든지 평생 그 시간을 쭉 간절하게 그리워하게 될 줄은 몰랐다. 그러나 비화는 울지 않았다.

그날, 마침내 봄의 제전이 열렸다. 봄의 제전은 고화산 정상에 사는 화희들의 춤으로 시작된다. 고화산 위에 우뚝 솟은 솟대의 불을 지키는 화희들이 추는 '불의 춤'은 장관이었다. 휘휘 휘어 감는 춤사위와 함께 화희들의 손끝에서 뻗어 나온 불이 춤을 추었다. 불을 얻기 위해 봄의 제전에 찾아온 사람들은 불에 데지 않으려고 멀거니 서 있었다. 점점 화려해지며 치솟는 불길과 함께 불의 춤은 정점을 향했다. 불의 춤에 홀려 자신도 모르게 한 발짝 앞으로 나선 한 남자의 옷깃이 아슬아슬하게 비화의 불을 스쳤다. 비화는 빙글빙글 몸을 돌려 남자에게서 한 발짝 물러섰다. 한 걸음 다가오면 한 걸음 물러선다. 불에 데지 않으려면 안전한 거리를 유지해야했다. 그러나 불의 춤에 취하다보면 구경꾼들도 화희들도 그 사실을 깜빡 잊곤 했다. 그래서 가끔 불에 타버리는 구경꾼도 있었다. 비화는 절정을 향해 치닫는 북소리를 들으며 높이 뛰어올랐다. 둥둥 울리는 소리가 북소리인지 심장 소리인지 구분할 수 없었다. 숨이 가빠오고 가슴은 터질 것 같다.

둥둥. 둥둥.

심장 소리와 북소리가 한데 어울려져 온 세상을 울린다. 비화는 그제야 불의 춤을 완전히 이해했다. 이건 사랑이다. 다시 불길이 치솟고, 한 발짝 다가온 남자가 아슬아슬하게 스쳐 지나가는 불길에 화들짝 놀라 뒷걸음질 쳤다. 사랑이다. 자신의 위험조차 잊을 만큼 강렬하지만, 한 걸음 다가오면 한 걸음 물러서야만 한다. 불을 다스리듯, 마음을 다스리며 절제하지 않으면 안 된다. 간절한 마음으로 부용을 떠올린 순간 몸을 불사르듯이 치솟은 불길을 다스리며 비화는 마음을 다잡았다.

그렇게 춤을 추는 비화를 보는 류아의 마음은 복잡했다. 대체 별가에서 사흘간 무슨 일이 있었기에 비화의 춤이 저렇게 변했나 싶었다. 똑같은 동작이지만 비화의 춤은 강렬했다. 류아는 간절해지다가 치솟고, 치솟다가 잠잠해지는 비화의 춤 속으로 점점 빨려 들어갔다. 도무지 눈을 뗄 수가 없었다. 분명 완벽하게 춤을 추지는 않는데, 도무지 이해할 수 없는 힘이 마음을 붙잡는다. 비화뿐만이 아니었다. 어설프게 춤을 추던 동녀도 전혀 다른 느낌의 춤을 추었다. 자신보다 못한 동녀의 춤이 그토록 아름답게 변해버린 것을 보자 졌다는 기분이 들어서 분했다.

불의 춤이 끝난 뒤에 사람들에게 불을 나누어 주는 일이 끝나자마자 류아는 비화를 찾았다. 낯익은 뒷모습을 발견하고 반갑게 뛰어갔지만, 비화가 화두와 이야기를 나누고 있어서 끼어들 수가 없었다. 멀뚱히 곁에 선 류아는 두 사람의 대화에 가만히 귀를 기울였다.

"화두님, 대체 그 마음이 무엇입니까?"

"아마도 그건 사랑이겠지."

"대체 사랑은 무엇입니까?"

"사랑은……."

화두가 조금 심술궂게 웃었다.

"사랑은 불의 춤이다."

"당황스러워요. 제가 이리도 부용을 마음에 품었었는지 몰랐습니다."

비화가 울먹였다. 류아는 화희가 감정을 절제하지 못한다고 화두가 불호령을 하리라 생각했다. 그러나 화두는 가만히 비화의 어깨를 두드렸다.

"평생 잊지 못한다면, 평생 사랑하여라. 평생 불의 춤을 추어라. 부족하지도 않고, 넘치지도 않게 균형을 잡고 다스려라. 부족하지 않으니 불타오르고, 넘치지 않으니 춤을 출 수 있다."

"돌아온 다른 이들도 저와 똑같습니까? 그 아이들도 저와 같은 마음입니까?"

"똑같진 않다."

"그러면 저만이 특별한 것입니까?"

화두가 짧게 한숨을 쉬었다.

"특별하지. 하지만 사랑은 세상을 살아가는 사람의 수만큼 존재한다. 그러니 사랑은 각기 다르지만, 모든 사랑은 특별하다. 그래서 모든 화희가 자신만의 특별한 불의 춤을 추게 되는 거지."

"화두님도 마음에 사랑이 있으십니까? 잊지 못한 사내가 있으십니까?"

비화의 질문에 화두는 먼 곳을 바라보았다. 류아는 화두의 다음 말을 기다리며 귀를 쫑긋 세웠다. 늙은 화두가 마음에 품은 남자가 있다니 자못 우스웠다. 불의 춤을 출 기력도 없는 화두가 한때는 철을 만난 꽃처럼 싱싱했음을 류아는 도무지 상상할 수 없었다.

"나는 누군가를 사랑한 적이 없다. 시작조차 해본 적이 없어."

화두는 그 말을 남기고 자리를 떴다. 그제야 류아는 비화에게 반갑게 아는 척을 했다.

"언니, 별가는 어땠어? 오늘 불의 춤이 정말 멋졌어. 별가에서 특별 수업이라도 받은 거야?"

류아가 재잘재잘 질문을 던져댔다.

"무슨 일이 있었어? 즐거웠어? 딸은 낳을 것 같아? 이름은 정했어?"

비화는 대답 없이 류아의 머리를 쓰다듬었다. 평소 같으면 질문이 너무 많다고 핀잔 주며 상대해줬을 텐데, 이상했다. 비화는 사흘 동안 류아가 따라잡을 수 없을 만큼 순식간에 어른이 되어 버린 것 같았다. 류아는 비화에게서 묘한 거리감을 느꼈다.

"다음에 이야기하자꾸나."

비화는 류아의 기분이 상하지 않도록 달래듯 말하고는 멀어졌다. 이상하게도 비화의 뒷모습이 낯설었다. 다른 사람 같았다. 류아는 비화가 자신은 모르는 세계로 가버린 기분이 들어 섭섭했다. 어째서 불의 춤이 그렇게 발전했는지 답을 얻을 수 없어서 짜증도 치밀었다. 류아는 발로 땅을 한 번 구르고 뒤돌아섰다. 불의 제전이 끝났으니 마을에 무복 세탁을 맡겨야 했다. 쪼르르 달려간 류아는 무복이 담긴 자루를 한 화희에게서 건네받았다. 먼 마을까지 가야 할 일이 까마득했던 화희는 대신 가겠다는 류아의 말에 반색을 했다.

무복 세탁을 맡기러 간다는 핑계로 마을로 내려가 잠시 놀다가 돌아갈 생각이었다. 류아는 생각보다 무거운 자루를 질질 끌다시피 하며 낑낑댔다. 그러다 갑자기 손이 가벼워졌다. 뒤를 돌아보니 한 소년이 있었다. 무복 세탁을 하는 자윤의 일손을 거드는 지빈이었다.

"뭐야, 이거. 고화산에서는 여자애에게 이런 일도 시켜?"

지빈이 가볍게 자루를 들어 올려 어깨에 걸쳤다.

"고화산엔 여자밖에 안살아."

"가자. 자윤님에게 가는 거지?"

지빈이 한 손으로 어깨의 자루를 잡고 류아와 나란히 걸었다. 할 말이 없었지만, 어색하진 않았다. 말이 없다니, 재잘재잘 한 시라도 입을 다물지 못하는 류아만 본 화희들이 알면 기겁을 할 일이었다. 하지만 류아는 지빈과 있으면 별로 말을 하지 않았다. 이상하게도 너무 편안해서 입을 꾹 다물고 있어도 대화를 하는 기분이었다.

"아까 불을 받으러 고화산에 갔다가 불의 춤을 봤어."

지빈이 문득 입을 열었다.

"불은 아궁이에 잘 넣었어? 제대로 못 다루면 다쳐."

걱정이 된 류아가 지빈의 손을 눈으로 살폈다.

"넌 왜 불의 춤을 안 춰? 만날 제일 잘 춘다고 자랑하면서."

만약 고화산의 화희가 그런 말을 했다면, 지기 싫어하는 류아는 발끈해서 말싸움을 벌였을 것이다. 그러나 진지한 지빈을 힐끔 본 류아는 말문이 막혀버렸다. 항상 지빈에겐 솔직해진다. 왜 그런지 이유는 도무지 알 수 없지만.

"동녀는 불의 춤을 못 춰. 삼 년 뒤에 나이가 차서 별가에 다녀온 뒤에 화희가 되어야 불의 춤을 출 수 있어."

"그래? 아, 그러고 보니 청석 형이 이번에 사흘 남편이 되어 별가에 갔었다."

"청석 형?"

"응. 옆집에 사는 형이야. 아까 만나서 인사를 했는데 완전히 넋이 나갔더군. 이거야 원. 여자가 그렇게 좋은지."

"여자? 사랑 때문 아니야? 별가에 갔다가 돌아온 비화 언니는 사랑 때문에 계속 화두님과 이야기를 하던걸?"

"내참, 사랑이 무슨 번개에 구워 먹는 콩이야? 겨우 사흘 만에 사랑에 빠지게."

"빠져? 무슨 소리야? 사랑이 함정이나 구덩이 같은 거야?"

지빈이 류아를 빤히 쳐다보았다. 말똥말똥한 류아의 눈을 본 지빈은 류아가 정말로 아무것도 모른다는 사실을 깨달았다. 사랑에 대해 설명해주려던 지빈은 그만두었다. 솔직히 자신도 사랑이 뭔지 잘 몰랐기 때문이었다. 그래도 역시 새까만 류아의 눈을 보면 정말 기분이 좋았다. 자신도 모르게 류아를 계속 빤히 쳐다보던 지빈은 허둥지둥 정신을 차렸다.

"뭐, 어쨌든 삼 년이 지나서 별가에 다녀와야 네가 추는 불의 춤을 볼 수 있다는 거네."

"응. 그때 사흘 남편이 너면 좋겠다."

얼굴이 벌겋게 달아오른 지빈이 걸음을 우뚝 멈췄다.

"뭐, 뭐, 뭐야. 너 그게 뭔지 모르고 지금 지껄이는 거지!"

"싫어? 사흘 동안 별가에서 같이 놀면 재미있을 거라고 생각했는데."

지빈은 얼굴이 벌겋게 달아오른 채 말없이 성큼성큼 걸었다. 자윤의 집이 바로 코앞이었다.

"싫어? 싫은 거야?"

류아가 지빈에게 보챘다. 지빈은 말없이 싸리문을 열고 들어가 마당에 자루를 내려놓았다.

"둘이서 무슨 이야기를 그리 재미있게 하고 오느냐."

툇마루에 앉은 자윤이 히죽 웃었다. 길고 하얀 머리를 한 가닥으로 질끈 묶은 자윤은 화두보다 더 나이가 많아 보였다.

"이 동녀가 저더러 사흘 남편이 되어달라고 청하지 뭡니까."

지빈이 옆에 있는 류아를 손가락으로 가리켰다. 자윤은 큰 소리로 웃었다.

"싫어?"

류아가 뾰로통해진 얼굴로 지빈을 돌아보았다.

"그런 일을 마다할 사내놈이 어디 있느냐."

"왜요? 왜 사내들은 사흘 남편이 되는 일을 마다하지 않나요? 돈 때문인가요?"

"아무렴 돈도 돈이지만……."

자윤이 말끝을 흐리며 지빈을 의미심장하게 쳐다보았다. 진정되었던 지빈의 얼굴이 다시 벌겋게 달아올랐다. 류아가 그런 지빈을 빤히 바라보았다.

"사, 사, 사흘 남편이 되면 같이 딸을 만들어야 되는 거야. 그리고 딸을 만들려면 너와 내가, 그, 그, 그러니까. 그러니까."

지빈은 채 말을 못 맺고 휙 돌아서 밖으로 달려 나가버렸다. 그 모습을 본 자윤이 껄껄 소리를 내며 한참 동안 웃었다.

"제가 싫은가봐요."

"글쎄다. 그렇다기보다 사흘 남편이 되면 널 다시 못 보니까 섭섭해서 그럴 테지."

자윤이 지빈의 마음을 모르는 척하고 툇마루에서 내려와 신발을 신었다.

"무복이 내려온 것을 보니 봄의 제전은 무사히 다 끝난 모양이로군."

자윤이 자루를 열고 안에 있는 무복을 꺼냈다. 류아는 툇마루에 앉아 자윤이 하는 일을 물끄러미 지켜보았다.

"별가에서는 대체 무슨 일이 있었던 걸까요? 비화 언니의 춤이 변했어요. 어떻게 그렇게 잘 추는지 놀랐지 뭐예요. 비화 언니는 사랑 이야기를 하던데, 그게 뭐지요? 자윤님은 아시나요?"

"글쎄. 알았던 적이 있었던 것 같기도 하고."

"그런 대답이 어디 있어요. 화두님과 비화 언니가 나누는 이야기는 아무리 들어봐도 무슨 소린지 모르겠어요."

"화두님은 사랑이 뭐라고 하시더냐?"

"불의 춤이라고 했어요."

"현명한 대답이시로군."

"비화 언니는 어떤 사내를 평생 못 잊을 거래요."

"흐음."

"언니가 화두님에게도 그런 사내가 있느냐고 물었어요."

무복을 늘어놓던 자윤이 허허 웃었다.

"자윤님은 나이가 많으시지요? 여기서 일어난 일은 모두 아시지요? 화두님에게도 그런 사내가 있었나요?"

"있었지."

무복을 다 늘어놓은 자윤이 툇마루에 털썩 걸터앉았다.

"화희는 모두 사흘 남편이 있으니까. 어디 보자. 화두님의 사흘 남편이라면 꼭 너와 지빈이만 할 때 알고 지내던 수오로구나."

그 말을 들은 류아가 마구 웃었다. 자윤은 그 이유를 알 수가 없어 류아를 빤히 쳐다보았다.

"왜 웃는 게냐?"

"우습잖아요. 화두님이 나처럼 어린 시절이 있었다니까요."

"예끼, 인석아. 사람이 갑자기 늙은이 되는 법이 세상에 어디 있다더냐."

"그러면 자윤님도 지빈처럼 어렸을 때가 있었겠네요."

"그걸 말이라고 하느냐. 지빈이 놈과 비할 수가 없을 만큼 잘생긴 소년이었느니라."

류아가 까르르 웃으며 바닥에 닿지 않는 발을 대롱대롱 흔들었다.

"그러고 보니 화두님이 추시는 불의 춤을 다시 한 번 보고 싶어지는구나."

"화두님의 춤이오? 화두님은 화희들의 우두머리시니까 불의 춤도 굉장히 잘 추셨겠지요?"

"별로 그렇지도 않았어. 오히려 신통치 않았지. 불의 춤은 겨울 동안 움츠렸던 새싹들이 솟아오르듯이 참고 절제하던 감정을 마음껏 흘려보내며 추는 춤이다. 화두님은 너무 절제심이 뛰어나셔서인지 불의 춤만은 잘 추지 못했어. 그 절제 덕분에 우두머리가 되셨으니 나쁜 일은 아니다만."

자윤은 화두가 동녀이던 시절에 춤 연습을 하는 화두 곁에서 북을 쳐주던 생각이 났다.

"너만 할 때 화두님의 춤 솜씨가 워낙 빼어나서 화희가 되면 정말로 불의 춤을 잘 추실 줄 알았는데 좀 의외였다. 그러고 보니 봄의 제전에 가본 지 벌써 이십 년이 넘었구나."

류아가 흔들던 다리를 멈추고 자윤을 쳐다보았다. 자윤은 옛날 생각이라도 하는지 두 손을 소맷자락에 감추고 앉은 채로 말이 없었다.

"절제 때문에 불의 춤을 못 추다니요. 화희들은 불을 다스리듯 마음을 다스리며 절제하지 않으면 안 되는데, 이상한 말씀이세요. 자윤님 말씀대로면 화희는 불의 춤을 못 추게요?"

"쯧쯧. 지나치면 그렇다는 말이다. 화두님이 조금만 마음을 놓아버리고 불의 춤을 추셨다면 정말 굉장했을 게다. 딱 한 번, 사흘 남편인 수오와 헤어지고 맞은 봄의 제전에서 추셨던 불의 춤은 지금도 잊히지가 않는다. 굉장했지. 다시는 그런 춤을 추시지 않았지만, 지금도 춤사위만 두고 보자면 화두님을 따라올 화희가 없느니라."

"그러면 제가 그 춤사위를 배울래요. 화두님께 가르쳐달라고 부탁해볼래요."

류아의 얼굴이 욕심으로 빨갛게 달아올랐다. 류아의 근성을 아는 자윤이 슬며시 웃으며 고개를 가로저었다.

"화두님이 겨우 동녀의 말을 듣고 불의 춤을 다시 추시겠느냐? 게다가 이젠 너무 나이 들어 불의 춤을 출 근간이 되는 사랑도 다 잊으셨을 텐데."

"무시하시는 거예요? 저는 동녀들 중에서 제일 춤을 잘 춰요."

류아가 자윤을 노려보았다.

"사랑, 사랑. 그게 대체 뭐기에 불의 춤을 추는 데 꼭 필요하단 말인지 모르겠네요."

류아가 분하게 발을 굴렀다.

"별가에 다녀온 뒤에 화희가 되면 알게 된다."

자신만만하고 철없는 류아가 귀여워진 자윤이 류아의 머리를 쓰다듬었다. 류아는 분한 얼굴로 자윤의 팔을 밀어내더니 인사도 없이 대문 밖으로 달려가버렸다. 자윤의 집으로 다시 돌아오던 지빈이 뛰어가는 류아를 물끄러미 쳐다보았다. 어린애들은 언제나 어른이 되고 싶어 안달이었다.

"지금이 얼마나 소중하고 특별한 시간인지 알 턱이 없겠지."

자윤이 기둥에 기댄 채로 중얼거렸다.

한달음에 고화산을 뛰어 올라간 류아는 대문을 들어서기 전에 걸음을 멈추고 숨을 몰아쉬었다. 숨이 가빠서 가슴이 터질 것만 같았다. 숨을 고른 후에 무복이 든 자루를 맡긴 화희를 이리저리 찾아다녔지만 보이지 않았다. 봄의 제전이 끝난 터라 다른 화희들과 모여 어디에서 쉬고 있는 모양이었다. 본채 주변을 한참 돌아다닌 류아는 결국 그 화희를 찾지 못하고 별채로 이어지는 대문 안의 정원으로 들어섰다. 연못을 지나쳐서 본채로 향하던 류아는 연못 위 누각에 앉아 있는 비화와 화두를 보았다. 비화는 아직도 무복을 입은 채였다. 류아는 살그머니 누각 위로 올라갔다. 화두는 류아를 보았지만 가타부타 말을 하지 않았다. 화두의 눈치를 보던 류아는 누각 구석에 앉아서 연못 속의 물고기에게 밥을 주는 척했다.

"평생 이 마음이 가라앉지 않으면 어쩌지요?"

"불의 춤을 추어라."

아까부터 화두는 비화가 무슨 말을 해도 그렇게만 답했다. 비화는 갑갑해서 견딜 수가 없었다. 그저 불을 춤을 추라니. 춤을 추지 않는 시간에는 이 마음을, 이 사랑을 어쩌란 말인가. 부용이 떠오르자 왈칵 마음에서 다시 불이 치솟았다.

"이 사랑이 영영 끝나지 않으면 어쩝니까."

"영원히 불의 춤을 추어라."

물고기를 내려다보던 류아가 힐끔 비화를 쳐다보았다. 비화는 고개를 숙인 채로 입술을 꼭 깨물었다. 화희가 저토록 감정을 드러내는 일은 본 적이 없었다. 사랑이라는 것이 그렇게나 대단한가 싶어 류아는 덜컥 겁이 났다.

"불의 춤을 추다가 이 마음과 사랑이 끝나면 그때는 어찌 되는지요?"

"불의 춤을 그만두고 나처럼 뒷방 늙은이가 되면 된다."

비화는 허탈하게 웃었다. 농담인지 진담인지 알 수 없는 말이었다.

"물러가겠습니다."

결국 어떤 위로도 얻지 못한 비화가 울상으로 물러났다. 류아는 누각을 내려가는 비화의 뒷모습을 물끄러미 보다가 무릎으로 기어 화두에게 다가갔다. 단정하지 못한 행동이었지만, 호기심이 많고 성질이 불 같은 류아를 내심 귀여워하는 화두는 야단을 치지 않았다.

"그러면 화두님은 사랑이 끝났기 때문에 불의 춤을 못 추시는 겁니까?"

화두는 순진한 류아의 질문에 자신도 모르게 슬며시 웃고 말았다.

"화두님의 춤사위는 굉장하다고 들었습니다."

"그런 소리는 어디에서 들은 게냐?"

"화두님, 화두님이 추시는 불의 춤을 제게 가르쳐주실 수는 없나요?"

류아가 다급하게 화두를 졸랐다. 거침없는 류아에게 놀란 화두는 어이가 없어서 소리를 내어 웃어버렸다. 어쩐지 이 대책 없는 말괄량이를 놀려주고 싶었다.

"보여주고 싶어도 이젠 이 마음에 사랑이 없어서 불의 춤을 추지를 못하겠구나. 어쩔 테냐? 네가 이 늙은 할망구의 마음에 다시 사랑을 찾아줄 사내라도 찾아오겠느냐?"

"찾아오면 불의 춤을 보여주실 건가요?"

끈질긴 아이였다. 있을 수 없는 일을 믿는 모습이 귀엽다. 정말로 이런 늙은이가 다시 마음에 불이 일 만큼 뜨거운 사랑을 할 수 있다고 믿는 건가. 화두는 속으로 웃었다. 늙어갈수록 사랑도 같이 늙어간다. 누군가를 편안히 마음에 담는 사랑은 할 수 있을지 몰라도 마음에 불이 뜨겁게 일어나는 젊은 사랑은 할 수 없다. 하지만 상기된 류아를 실망시키기 싫어 거짓말을 했다.

"오냐. 그러면 내 불의 춤을 보여주마."

"그러면 제가 꼭 수오 님을 찾아오겠습니다. 약속해요."

류아의 입에서 튀어나온 이름 때문에 화두는 잠시 멍해졌다.

참으로 오랜만에 들은 이름이었다. 단 사흘간이었다고 해도 자신을 품은 유일한 남자인데 이젠 얼굴마저 희미했다. 그저 어렴풋한 모습이 기억이 날 뿐이다.

"수오 이야기는 누구에게서 들었느냐."

"자윤님이 말씀해주셨습니다. 사흘 남편에 대한 사랑 때문에 아름다운 불의 춤을 추셨다고 했어요."

"정말로 그 말을 믿어버린 거로구먼."

화두가 혼잣말처럼 중얼거렸다. 화두가 사랑한 남자는 사흘 남편인 수오가 아니라 자윤이었다. 그 마음이 무서워서 숨겼다. 수오를 좋아한다고 거짓말을 하고 사흘 남편으로 삼아버렸다. 별가에서 돌아온 날, 수오가 그렇게 좋으냐고 물은 자윤의 면전에 대고 자신이 추는 불의 춤을 보면 알 것이라고 심술궂게 대답해버렸다. 자윤은 화두가 추는 불의 춤이 그를 향한 마음인지 꿈에도 몰랐다. 그저 떠나버린 사흘 남편을 향한 마음이라 짐작한 자윤은 언제부턴가 봄의 제전에 나타나지 않았다. 먼발치에서 화두의 춤을 본 적이 있는지는 몰라도, 화두는 자윤을 못 본 지 수십 년째였다. 지금 어떤 모습으로 변했는지 가끔 궁금했다. 화두가 기억하는 자윤은 여전히 젊고 총기 있는 눈을 빛내는 사내였다. 한때 세상에서 가장 소중했던 남자는 나이를 먹지 않은 모습으로 이젠 늙어버린 사랑 안에서 살아간다. 그렇게 사랑이 늙어버렸기에 다시 자윤을 본다 해도 불의 춤을 출 수는 없다.

"지난번에 비화에게서 듣자니 지빈이라는 아이와 어울려 다닌다면서?"

심경이 복잡해진 화두가 화제를 돌렸다. 가만히 내버려두면 류아가 언제까지나 물고 늘어질 것 같았다. 류아는 지빈의 이름이 나오자 입술을 삐죽였다.

"널 좋아하는 눈치라고 하던데, 동녀는 몸가짐을 바르게 하고 항상 감정을 절제해야 한다."

"절 좋아하긴요. 다음에 사흘 남편이 되어달라고 했더니 내빼기나 하구선."

"그렇다면 됐다. 너무 가까이 가진 마라."

화두가 자리에서 일어섰다.

"언젠가 너도 알게 되겠지만, 잊지 마라. 사랑은 불과 같다. 적당한 거리에 있으면 온기를 느끼지만, 너무 가까이 가면 덴다. 지나치게 가까이 가면 불타버린다."

화두는 누각을 내려가면서 다시 자윤을 떠올려보았다. 지나치게 가까이 가서 까맣게 불타버린 마음은 재가 되었고, 시간이 흘러 그 재마저 흔적이 없었다. 시작도 해보지 못하고 타버린 사랑이었다.

류아는 화두의 사흘 남편이었던 수오를 찾기 위해 무던히도 공을 들였다. 심지어 봄의 제전 의식을 도와주는 촌장을 찾아가서 화두의 명이니 수오를 찾아내라고 했다. 그 소식을 전해 들은 화두는 기가 막혔지만, 그냥 내버려두었다. 수오를 한 번쯤 보고 싶어 그런다 싶은 자윤은 류아를 돕기로 마음먹었다. 그는 장사를 하러 마을을 떠나는 장사치들에게 수오의 행방을 알아보라고 부탁을 했다. 그런 노력이 헛되지 않아, 장사치들이 수오의 소식을 하나씩, 둘씩 들고 마을로 돌아왔다. 다섯 남매의 아비가 되었다고 했다. 손녀와 손자도 있다고 했다. 어느 마을에서 장사를 하다가 떠났다는 소문도 있었다. 아직까지도 어디에 있는지는 분명치가 않았다.

그리고 무더운 여름을 지나 슬슬 선선한 바람이 불 때쯤, 비화에게 청천벽력과 같은 소식이 들렸다. 마을로 심부름을 갔던 류아가 가져온 소식이었다. 부용이 결혼을 했다. 언니와 곧잘 어울리던 동무에게 생긴 좋은 소식이라며 류아가 싱글벙글 웃었지만 비화는 마음이 편치 않았다. 부용과 결혼한 여인네가 꼭 비화를 닮았더라는 말이 오히려 마음 아팠다. 비화는 안말 없이 그저 며칠간 쉬지 않고 마당에서 불의 춤을 추었다.

불 같은 젊은 사랑이 비화의 마음에서 뻗어 나와 불의 춤이 되었다. 화회들은 확확 불길이 치솟는 비화의 춤 곁에 갈 엄두를 내지 못했다. 화두는 그저 화희들에게 비화의 춤이 무르익었다고 했다. 화두는 비화가 딱하기도 했고, 부럽기도 했다. 사랑하는 남자를 다른 여인에게 뺏긴 슬픈 마음을 알기에 비화가 딱했지만 그토록 아름답게 불의 춤을 출 수 있음이 부러웠다.

류아는 비화가 추는 불의 춤을 바라보는 화두의 시선에 담긴 복잡한 심경을 오해했다. 복잡한 심경을 감탄이라고 여긴 류아는 혹시나 화두가 굉장하다는 춤사위를 비화에게 가르쳐줄까봐 마음을 졸였다. 수오를 찾아오면 불의 춤을 보여주겠다는 화두의 약속을 믿었지만 불안하기가 이만저만이 아니었다. 류아는 장사치들이 전해준 소식을 이리 모으고 저리 모아서 수오의 행방을 더욱 열심히 좇았다. 대충 수오의 행적을 정리한 류아는 수오가 있을 법한 마을에 다녀와달라고 지빈을 꼬드겼다. 동녀라서 마을을 떠날 수가 없으니 대신 다녀오라고 했다. 지빈은 몇 번 거절했다. 두 사람이 실랑이를 할 때마다 자윤은 자못 우스웠다. 사내는 여인네에게 당최 이기지를 못한다. 하물며 마음에 둔 여자아이가 저토록 보채는데, 지빈이 언제까지 버틸까 싶었다. 역시나 지빈은 끝까지 버티지를 못했다. 계속 버티는 지빈의 면전에서 류아가 울어버렸기 때문이었다. 감정을 절제하는 법을 익혀 화희가 되어야 할 동녀가 울다니, 화두가 보았다면 단단히 야단을 쳤을 일이었다.

가을에 길을 떠난 지빈은 겨울을 알리는 찬바람이 불 때쯤 돌아왔다. 지빈이 돌아왔다는 소식을 들은 류아가 고화산에서 한달음에 달려왔다. 지빈을 본 류아는 놀랐다. 겨우 두 달쯤 보지 못했을 뿐인데, 그사이 키가 불쑥 자랐고 제법 사내 티가 났다. 어쩐지 어색하고 낯설었다. 아무렇지도 않은 척 말을 걸었지만, 심장이 콩닥콩닥 뛰고 긴장이 되었다. 요상한 감정이었다. 하지만 류아는 그런 감정을 감추고 수오의 일만 물어댔다. 지빈은 오랜만에 만났는데 반가운 기색도 없이 수오의 일만 궁금해 하는 류아가 섭섭했다. 그는 불퉁하게 수오를 만났다고 했다.

"화두님이 보고 싶어 하시니 올봄에 벌어지는 봄의 제전에 한 번 오시라고 청했어."

"그랬더니?"

"놀라면서 꼭 오겠다고 하더라."

여전히 류아에게 골이 난 지빈이 심드렁하게 내뱉었다. 류아는 팔짝팔짝 뛰면서 좋아했다. 그 모습을 본 지빈의 마음이 조금 풀어졌다. 그리고 기분이 좋아진 류아가 고맙다고 지빈을 끌어안자 세상을 다 얻은 마음이 들었다. 그 모습을 웃으며 바라보던 자윤은 옷깃을 여몄다. 수오가 온다는 말을 들은 화두가 어떤 표정을 지을지 궁금했다.

수오가 온다는 말을 들은 화두의 반응은 신통치 않았다. 그저 그러냐고 고개를 끄덕였다. 좀 다른 반응을 기대했던 류아는 김이 빠졌다. 혹시나 화두의 마음이 변했나 싶어 진짜 불의 춤을 보여주실 거냐고 약속을 확인하고 싶었지만, 화두의 기분이 좋지 않아 보여서 차마 물을 수가 없었다.

낭패였다. 화두는 류아의 성미를 알면서 덜컥 약속을 해버린 일을 후회했다. 그렇지만 이미 엎지른 물이었다. 사랑이 무엇인지 가물가물한 판에 불의 춤이라니 터무니가 없었다. 류아에게 무어라고 변명을 해야 할지 벌써부터 골치가 아팠다. 그러나 어차피 어린애였다. 알아듣게 설명하면 될 일이다. 화두는 봄의 제전까지 기다리기로 했다. 수오가 나타나지 않는다면 가장 쉽게 일이 해결된다. 온다고 했다지만, 사흘 남편이 마을로 돌아와서는 안 된다는 금기가 있으니 쉽게 올 작정을 하진 않을 것이다. 화두는 섣불리 류아에게 변명을 해서 위신을 깎느니 봄의 제전까지 기다리기로 마음을 굳혔다.

그리고 얼마 지나지 않아 긴 겨울이 끝났다. 화두는 만날 때마다 불의 춤 타령을 하는 류아를 피해 다녔다. 그런 눈치를 챈 류아는 더 안달이 나서 수오가 봄의 제전에 오지 않으면 어쩌나 걱정을 했다. 동녀만 아니라면 수오가 있는 곳에 가서 코뚜레라도 꿰어 끌고 오고 싶었다.

결국 수오는 끝끝내 봄의 제전이 열리는 날까지 나타나지 않았다. 사흘 남편은 한 번 마을을 떠나면 돌아올 수 없다. 그 금기를 깨기가 쉽지 않았을 것이다. 게다가 벌써 세월이 이렇게 지났는데, 굳이 먼 길을 달려올 만큼 간절한 마음도 없지 싶었다. 자윤은 그런 생각을 하면서 세월이 미워졌다. 그렇지만 불의 춤을 보이지 않을 핑계가 생겼으니 화두에겐 잘된 일이었다. 자윤은 올해 봄의 제전엔 얼굴을 비추기로 했다. 이미 쭈그렁 할멈, 할아범이 되어버린지라 서로 별 감흥은 없겠지만, 그래도 반갑긴 하지 싶었다.

봄의 제전이 열리는 날, 자윤은 지빈을 데리고 일찍 집을 나섰다. 오랜만에 오르는 고화산은 기억보다 훨씬 가파르고 험했다. 젊은 시절엔 가깝게 느껴지던 정상이었건만, 늙은 지금은 정상까지가 까마득했다. 자윤과 지빈은 생각보다 한참을 걸려 정상에 올랐다. 막 불의 춤이 시작되는 참이었다.

제일 춤을 잘 추는 화희가 서는 자리에 비화가 섰다.

두둥.

북소리가 한 번 크게 울리자 화희들이 가볍게 움직였다.

두둥, 두둥.

북소리는 거세게 뛰는 심장 소리처럼 점점 빨라졌다. 화희들의 손끝에서 휘휘 뻗어 나가기 시작하는 불꽃을 보며 사람들이 탄성을 질렀다.

불의 춤이다. 사랑이다. 마음에 품은 격정이 불꽃으로 변해 치솟고, 절제하던 감정이 뜨겁게 흘러나오며 대지를 데운다. 불의 춤과 함께 다시 봄이 돌아온다. 차가운 겨울이 불의 춤 속에서 사라진다. 비화는 부용을 생각하며 불의 춤을 추었다. 빙글빙글 돌아가는 몸이 흡사 커다란 불덩이처럼 움직이고 소맷자락이 공중으로 날릴 때마다 크게 뻗은 불길이 위협적으로 사람들의 머리 위에서 선을 그렸다.

화두는 류아를 옆에 거느리고, 춤을 추는 화희들의 뒤편에 섰다. 류아는 화두의 춤을 볼 수 없어서 내심 실망한 채로 비화의 춤을 지켜보았다. 불의 춤이 남긴 열기 속에서 풍경이 이지러졌다. 류아는 그 풍경 속에서 자윤과 지빈을 보았다. 지빈이 자윤과 함께 맞은편에 서 있었다. 화두는 그쪽을 향해 손을 흔드는 류아를 보고는 맞은편으로 시선을 던졌다. 류아와 어울린다던 그 소년인가 싶어 지빈을 자세히 살피던 화두는 문득 옆에 선 늙은이가 낯익다 싶었다. 늙은이는 불의 춤이 아니라 화두를 보고 있었다. 화두는 그제야 흰 머리를 질끈 묶은 늙은이를 알아보았다. 키가 자윤만 하고, 이목구비가 자윤을 닮았다. 화두의 심장이 쿵 내려앉는 소리가 들렸다. 늙은 사랑 안에 살던 그 남자였다. 그 순간, 마음속에서 결코 나이를 먹지 않았던 그 남자가 순식간에 늙어버렸다.

사랑했던 모습은 온데간데없었다. 밤처럼 검던 머리카락은 하얗게 변했고, 총기로 번득이던 눈은 흐려졌다. 간절했던 사랑은 세월에 닳고 닳은 늙은이와 함께 닳아버렸다. 그때, 화두의 마음이 길을 잃었다. 불타버린 마음 뒤에 남은 불씨가 마지막 힘을 쥐어짜면서 불타올랐다.

"저 영감탱이가 이제 와서 날 잡아먹을 작정이구나."

화두의 혼잣말을 들은 류아가 의아하게 화두를 쳐다보았다. 화두는 맞은편을 보며 빙그레 웃었다. 화두가 웃다니. 류아는 얼떨떨했다. 불의 춤은 막바지에 이르렀다. 겨울을 태우며 치솟던 화희들의 불길이 잦아들고 요란하게 울리던 북소리가 천천히 느려졌다. 고수가 북채로 매화점을 치는 소리가 따딱 울리자 화희들이 완전히 불길을 거두고 관중들에게 인사를 올렸다. 화두는 박수 소리와 요란한 함성을 들으며 들어오는 비화를 맞았다.

"수고하였다."

"절제를 너무 잃은 춤이라 부끄럽습니다."

비화가 한숨을 쉬었다.

"부끄럽기는. 나는 항상 너처럼 그리 춤을 춰보았으면 싶었다."

"당치도 않으신 말씀이십니다. 이제 불의 춤이 끝났으니 사람들에게 불을 나누어 줄까요?"

"아니, 기다려라."

화두가 불쑥 비어 있는 넓은 터로 나섰다.

"사람들에게 하실 말씀이라도 있으십니까?"

"아니다. 오늘은 내가 춤을 한 번 추련다."

화두가 춤을 추다니? 비화를 비롯한 화희들은 모두 귀를 의심했다. 이토록 늙은 화희가 불의 춤을 추었다는 이야기는 들은 적이 없었다.

"무리십니다. 혹시 쓰러지면 어쩌시려고요."

"거기, 늙은이. 이리로 내려와서 북채를 좀 잡으시게."

화두가 말리는 말을 귓등으로 흘리며 자윤을 가리켰다. 자윤은 너털웃음을 터뜨리며 화두 앞으로 다가왔다.

"많이도 늙었구먼."

화두가 자윤을 맞으며 애틋하게 말을 걸었다. 한때 여름처럼 찬란했던 사랑을 품었던 사내 앞에서 이리 마음이 덤덤하다니 어쩐지 서글펐다.

"꼭 자기는 늙지 않은 것처럼 말하는군. 늙은 할망구가 웬 노망이야. 춤이라도 추시게? 새로이 마음에 둔 사내라도 있는가?"

자윤이 껄껄 웃었다.

"웃음소리도 영판 영감이네그려. 있네. 새로이 마음에 한 사내가 들어오는구먼."

"무슨 소린가?"

화두는 잠자코 고수가 앉아 있는 자리를 가리켰다. 자윤은 더 묻지 못하고 고수가 있는 자리로 가서 그를 밀치고 북채를 잡았다. 화두는 류아를 가까이 불렀다.

"류아야, 내가 추는 불의 춤을 보고 싶다고 했더냐?"

"그렇습니다."

"그러면 잘 보아라. 내 오늘 진짜 불의 춤을 보여주마. 무복을 가져오너라!"

다급히 화두를 말리려던 비화는 화두의 기세에 눌려 잠자코 자신이 입고 있던 무복을 벗어 화두에게 입혔다. 불의 춤이 끝난 줄 알고 흩어지려던 사람들은 무복을 입은 화두가 성큼성큼 터의 가운데로 나서자 일제히 화두를 보았다.

두둥.

자윤이 두드린 북이 춤의 시작을 알렸다.

두둥, 두둥, 두둥.

북소리와 함께 화두의 심장이 뛰었다. 천천히 춤사위가 시작되었다. 절제되고 절도 있는 화두의 손을 따라 긴 소맷자락이 흔들렸다. 불은 아직 시작되지 않았다. 느릿느릿 자리를 돌면서 화두는 시간을 거슬러 올라갔다. 사랑하지 않으려고 그리도 마음을 다스려서 시작도 하지 못한 사랑이었다. 이제 그 사내는 여기에 없다. 그저 그 사내의 껍질 같은 늙은이가 남았을 뿐이다. 그런데 이상하다. 시작도 못한 사랑이, 그 사내가 사라진 지금에야 시작된다.

휙 공중으로 소맷자락이 날리고 마침내 약한 불길이 흘러나왔다. 화두의 춤이라서 잔뜩 기대를 했던 사람들이 실망하는 소리를 냈다. 그러나 화두는 서두르지 않았다.

두둥, 두두두둥.

자윤이 두드리는 북소리가 빨라졌다.

자윤, 화희라면 누구나 알아. 인간은 불과 같아. 적당히 가까이 있으면 온기를 느끼지만 너무 가까이 가면 데지. 지나치게 가까이 가면 불타고 말아. 그래도 가끔 당신을 보면 세상을 떠도는 마음이 머물 곳을 찾았는지도 모른다는 생각이 가끔 들었어.

거센 불꽃이 치솟았다. 사람들의 함성 소리를 들으며 비화와 류아도 넋을 놓았다. 어느 화희의 불꽃과도 견줄 수 없는 거대한 불이 화두의 손길을 따라 춤을 추었다. 한 걸음, 다시 한 걸음. 화두는 사뿐히 발로 대지를 밟고 다시 솟구쳤다. 긴 소맷자락이 어지럽게 허공을 휘돌고 그 끝에서 불꽃이 살아 움직였다. 불의 춤에 취한 화두는 별가로 가던 그날로 돌아갔다. 자윤을 버리고 다른 사내에게 가면서도 울지 않았다. 말하지 못한 마음을 삭이고 또 삭이면 얼음 조각처럼 꽁꽁 얼어붙을 줄만 알았다.

그런데 자윤, 참 이상하지. 나는 시간이 이토록 흐른 지금에야 그때 시작도 하지 못한 사랑을 시작해. 지금의 당신이 아니라 이제 사라져버린 그 젊고 앳된 사내를 사랑하기 시작한 거야.

젊은 자윤이 불 가운데 있었다. 간절히 손을 뻗어도 닿지 않는다. 이젠 다시 다가갈 수 없다. 그런데 다가갈 수 없는 이제야 사랑을 깨닫는다. 자윤의 혼례식이 생각났다. 작고 어여쁜 색시는 눈이 부실 정도로 아름다워서 질투가 일었다. 자신이 자윤에게 줄 수 없는 상냥함과 따스함이 그 여자에게 있었다. 봄 같은 여자였지.

자윤, 항상 당신에게서 눈을 떼지 못했어. 뭔가 해주지 못해서 안달이 났었지. 그래서 어이가 없을 정도로 상냥해져버렸어. 웃기지? 상냥함과는 상극인 화희 주제에. 하지만 언제나 어떻게든 상처 입혀버리고, 그 사실에 다시 상처 입어버리기 일쑤였지. 아무리 노력해도 진심 따위 조금도 전해지지 않았어.

그날 밤도 이처럼 춤을 추었다. 마음에서 일어난 불길이 점점 뜨거워진다. 어지럽게 발로 땅을 밟으며 화두는 아찔하게 현기증이 일었다. 조바심이 난 사람들이 낮은 신음 소리를 냈다.

마음이 멎었던 그 밤, 마음속에서 무엇인가가 깨어나. 차가운 달빛, 딱딱한 대지. 마음은 그저 겨울의 절정을 향해 치닫고, 그날 밤 봄은 끝났지. 온 힘을 다해 불의 춤을 추던 그 순간, 달려오는 바람이 영혼을 부숴버리고 세상이 불타버리길 바랐어.

화두가 다시 공중으로 향해 힘껏 솟구쳤다. 북소리인지 심장 소리인지 분간할 길 없는 세찬 소리가 머릿속에서 둥둥 울렸다. 함께 웃으며 마을 골목길을 걷던 앳된 소년이 불 속에서 웃었다.

그때는 그 시간이 그토록 소중하고 특별한지 몰랐어. 그때는 지금보다 덜 웃었지만, 좀 더 격렬했고, 무엇인가에 솔직해지는 일에도 많은 힘이 필요하지 않았지. 속마음을 죽이고 감정을 절제하며 마음을 다스리는 화희로 터무니없이 늙어버린 지금, 지금에야 온 힘을 짜내어 당신을 향해 달려간다.

오랜 세월 동안 삭여왔던 눈물이 마침내 흘러내렸다. 화두는 점점 격렬하게 불의 춤을 추었다. 흔들리는 불길 사이로 류아와 지빈이 보였다. 소리를 지르는 마을 사람들의 소리는 다른 세상에서 들려오는 소리 같기만 하다. 비화가 황급히 달려오는 모습이 보였다.

다가오지 마라. 나는 지금 불이다.

숨이 가빠왔다. 하지만 화두는 소맷자락을 허공으로 높이 던지고 마음에서 치솟은 불을 놓지 않았다. 북소리가 멈췄다. 늙은 자윤이 달려오는 모습도 보였다. 화두는 그래도 불의 춤을 멈추지 않았다.

류아와 비화는 발을 동동 굴렀다. 절제를 잃어버린 불의 춤이었다. 불길이 잦아들지 않고 치솟아 화두를 불태웠다. 화두는 불 자체가 되어 춤을 추었다. 화희들이 불을 끄려고 우왕좌왕했지만, 불을 끌 수 있는 방법이 없었다. 자윤은 그저 멍하니 손을 놓고 화두를 바라보았다.

진짜 불의 춤이다. 일생에 단 한 번뿐인 춤이다. 화두는 세상을 다 불태울 기세로 뜨겁게 불타오르는 불을 다스리지 않았다. 그저 그 불꽃 가운데에서 빛나는 소년을, 잃어버린 사랑을 볼 뿐이었다. 그러자 풍경이 하나둘씩 사라져가고, 오로지 사랑했던 남자만이 남았다. 그로써 그 남자는 온 세상이 되었다.

■ 불 의 춤 은 ……

    환상문학웹진 거울에서 발간한 『타로카드 22제: 타로카드 단편선』에 수록된 글이다. 참여한 작가들은 메이저 아르카나 카드를 한 장씩 맡아 그 이미지대로 단편을 썼는데, 내 카드는 '절제'였다.

    절제는 정도에 넘지 않도록 알맞게 조절한다는 의미로서 미덕으로 여겨지는 경우가 많다. 그러나 지나친 절제는 억압과 유사해지고, 억압된 것들은 틈을 노리다가 반드시 분출하기 마련이다. 특히, 오랫동안 억압된 감정은 폭발적으로 표출되어 종종 파괴적인 결과를 가져온다. 그래서 많은 심리학자들이 심리건강을 위해 솔직한 감정표현을 권장하지만, 절제가 미덕인 사회여서 그런지 감정표현보다 감정억압이 더 바람직하게 여겨지는 것 같다.

그런 생각을 하다보니 절제가 미덕인 사회에서 감정을 너무 절제하는 바람에 많은 것을 놓쳐버린 사람의 회한이 무엇인지, 절제라는 미명하에 억압된 감정이 마침내 반등해서 솟구칠 때의 위력이 어떤 결과를 낳을지 궁금해졌다. 쓰고 나서 다시 읽어보니, 감정을 절제하는 편인 내 자신이 가진 회한과 두려움 그리고 바람을 들킨 것 같아서 살짝 무안해지기도 했다.

　　결국 자신을 불사른 화두가 애틋하면서도 자유로워져서 다행이다 싶었는데, 해방감을 더 맛본 쪽은 오히려 나인 것 같다.

사 방 들 은 기 다 린 다

사 방 들 은 기 다 린 다

그러니까, 그때 나는 스무 살이었다.

아침마다 조깅을 하는 고즈넉한 골목에는 정원 딸린 저택들이 많았다. 교통이 불편한 고지대에 지어진 저택들은 높은 담을 나란히 하면서 멋진 산을 배경으로 서 있었다. 거기에서 내려다보이는 아파트에 살던 나는 저택을 그다지 좋아하지 않았다. 저택을 보면 어김없이 부의 불평등한 분배가 떠올랐기 때문이었다.

저택 주인들은 성냥갑처럼 따닥따닥 붙은 집 덕분에 원치 않는 사생활 침해를 당하는 현대식 생활에서 자유로웠다. 저택 앞을 지나는 아스팔트 길은 언제나 깔끔했고, 같은 운동복을 입어도 어쩐지 더 세련되어 보이는 저택의 주인들이 맑은 공기를 들이마시며 그 길 위를 가볍게 달리곤 했다. 생활에 찌든 얼굴로 마주칠 때마다 애들 성적이 어떠네, 요즘 어느 집 차가 바뀌었네, 하면서 서로의 사생활을 들여다보지 못해 안달 난 아파트 주민과 그들은 어딘가 달랐다. 그들은 여유로운 얼굴로 낯익은 내게 미소로 인사할 뿐, 어디에 사느냐, 무엇을 하느냐 묻는 일이 결코 없었다. 그래서 그들이 좋으면서도 싫었다. 아마 세상이 불공평함을 인정하고 싶지 않은 스무 살이어서 그랬을 것이다.

하지만 복잡한 감정과 별개로 나는 낡은 저택의 정취를 사랑했다. 담 너머로 가지를 흔드는 나무들과 예술적으로 각이 진 저택의 지붕이 산에서 흘러 내려온 안개에 가려질 때면 그곳은 잠시 다른 세상이 되었다. 지금에 와서 말이지만, 안개가 짙은 날에는 요정이 안개 사이로 지나가는 소리가 종종 들렸고 가끔은 날개옷을 입은 선녀들이 지나가는 모습도 어렴풋이 보였다. 그런 이계異界의 풍경을 자주 느낀 덕분에 나는 턱시도를 입은 토끼가 외알 안경 너머로 나를 바라보며 시간을 물어도 전혀 놀라지 않을 준비가 되어 있었다. 그래서 안개가 자욱이 낀 그날 아침, 내가 가장 아름답다고 생각하는 저택 안으로 일곱 명의 난쟁이가 춤을 추듯 들어가는 광경을 보고도 놀라지 않았다.

일곱 명의 난쟁이들은 산타클로스의 자루처럼 생긴 커다란 자루를 메고 개미처럼 줄지어 저택 안으로 들어갔다. 나는 가까이 다가가 자세히 보려다 희미한 안개가 어쩐지 편안해서 난쟁이들이 저택 안으로 모습을 감출 때까지 그냥 그 자리에 서 있었다.

난쟁이들이 굼뜨게 저택 안으로 들어가고 나자 어떤 여자가 나타났다. 나는 망설이다가 여자를 향해 다가갔다. 머리카락을 단정하게 올려서 꽂은 비녀는 우아했고, 얼굴은 단아하고 기품이 있었다.

"안녕하세요."

여자가 고개를 가볍게 숙이자 비녀의 끝에 매달린 작은 방울이 딸랑딸랑 소리를 냈다. 저택에 사는 사람과 말로 인사를 나누기는 처음이었다. 나는 머쓱한 얼굴로 '네.'라고 대답을 했던 것 같다. 그런 후에 더 할 말을 못 찾아서 멀뚱히 서 있었다. 그러자 여자가 거리낌 없이 내 앞으로 다가와 손을 내밀었다.

"이야기 많이 들었어요."

누굴까. 어째서 나를 알고 있을까.

온갖 생각이 스쳐 지나갔다. 친구를 통해 알았거나 부모님과 아는 사이일지도 몰랐다. 그러나 여자가 누군지 전혀 짐작이 가지 않았다. 그래서 나는 스무 살다운 능청을 떨었다.

"턱시도를 입은 토끼가 그렇게 말했다면 안 놀랐을 거예요."

여자가 눈을 동그랗게 뜨고 나를 한참 바라보더니 갑자기 웃기 시작했다. 여자의 몸이 흔들릴 때마다 맑은 방울 소리가 울렸다.

"그냥 해본 소리예요. 절 어떻게 아세요?"

여자의 웃음 때문에 민망해진 내가 머리를 긁적이며 물었다.

"친구들에게서 자주 당신 이야기를 들었어요. 예의 바르고 착한 청년이라고 하더군요. 내 친구들은 수줍음이 많아서 안개가 짙게 끼는 날에만 이 길을 오가는데, 그럴 때마다 당신이 안개 너머에 서서 조용히 지나가도록 배려해준다고 고마워해요."

저택의 주인들도 수다를 떤다는 사실은 처음 알았다. 안개로 정체를 가려야 할 만큼 대단한 사람들의 칭찬에 조금 뿌듯해진 나는 수줍게 웃었다.

"그래서 꼭 당신을 만나보고 싶었어요. 그런데 혹시 아르바이트 자리가 필요하지 않나요?"

"네?"

"아까 집으로 들어가는 난쟁이들을 봤죠? 제가 돌봐야하는데 낮에는 늘 일을 나가야 하거든요. 적당한 사람 구하기 힘들어서 고민이었는데 친구들이 당신을 추천하더군요. 아르바이트비는 넉넉하게 줄 테니까 점심때에 와서 내가 돌아올 때까지 난쟁이들을 돌봐주지 않을래요? 내키지 않으면 거절해도 괜찮아요."

나는 일곱 명의 난쟁이를 어떻게 돌보라는 말인지 몰라서 망설였다. 하지만 시급을 3만 원이나 준다고 여자가 말하는 바람에 더 생각하지 않고 고개를 끄덕였다. 여자는 내일 오후 1시까지 저택으로 와서 벨을 누르라는 이야기를 남기고 저택으로 들어가 버렸다.

다음 날 아침에 일어난 나는 어제 있었던 일이 현실 같지 않았다. 산에서 흘러 내려온 짙은 안개 속에서 근사한 아르바이트 자리를 쉽게 구한 것이 어쩐지 믿기지 않았다. 오후 1시에 맞춰 가파른 길을 헐떡이며 오르면서도 산안개에 홀렸다는 의심은 풀리지 않았다. 나는 저택의 벨을 누르면서, '그런 일 없어요.'라는 목소리가 흘러나와도 전혀 개의치 않겠다고 마음먹었다. 그러나 어제의 일은 확실히 현실이었다. 벨을 누르자 대답도 없이 저택 문이 열렸기 때문이다.

스르르 열린 저택 문 안에는 멋진 정원이 펼쳐져 있었다. 근사한 색의 돌에 에워싸인 작은 연못 안에는 금빛 잉어가 우르르 떼지어 다녔고, 잘 다듬어진 정원수들이 초록빛 구름처럼 뭉게뭉게 여기저기 흩어져 있었다. 현관에 나온 여자는 사방을 둘러보며 천천히 다가오는 나를 재미있다는 표정으로 바라보다가 저택 안으로 안내했다. 저택 안은 체육관만큼이나 넓었다. 방이 없고 주방과 거실만으로 이루어진 구조 때문이었는데, 거실에는 낡은 전축과 커다란 스피커 외에는 별로 가구가 없었다. 매화가 핀 화분을 놓은 작은 선반, 벽 한 면을 가득 메운 고풍스러운 수묵화가 장식의 전부였다.

"어제 내 소개를 안 했죠? 하란이라고 해요."

얼떨떨하게 서 있는 내게 여자가 말을 건넸다.

"누나라고 부를까요?"

"전 보기보다 나이가 많아요. 누나가 아니라 할머니라고 불러야 할걸요."

하란이 장난스럽게 대꾸하며 이층으로 이어진 나무 계단을 향해 손뼉을 두 번 쳤다.

"내려들 오너라!"

하란이 아랫사람을 부리는 것처럼 단호하게 명령했다. 나는 그 모습을 보며 자신이 부리는 정령을 불러내는 마녀를 떠올렸다. 그러나 내 눈앞에는 일곱 정령 대신 일곱 사람이 내려왔다. 네 사람은 여자, 세 사람은 남자였는데 어째서 어제는 난쟁이로 보였는지 알 수가 없었다. 일곱 사람 중 세 사람은 아직 어린애여서 난쟁이처럼 보였지만, 나머지 네 사람은 성인이었다. 그들은 힐끔힐끔 나를 곁눈질하면서 기이한 행동을 반복했다. 계속 손톱을 물어뜯고, 눈을 반복적으로 깜빡이고, 다리를 떨고, 몸을 앞뒤로 뒤흔드는 이상한 행동을 보고서야 왜 시급이 높은지 깨달았다.

"정신지체인가요?"

나는 언젠가 재활원에서 자원봉사를 한 적이 있었다.

"그런 식으로 말하지 마요."

하란은 기분이 상한 것 같았다.

"특별한 아이들이에요. 어디에서 왔는지, 언제 어디로 보내야 하는지 알게 될 때까지 당분간 여기에 머물러야 해요. 처음엔 조금 거부감도 들겠지만, 이 아이들이 얼마나 매력적인지 곧 알게 될 거예요. 이 애들의 특별함을 설명하자면."

하란이 말을 멈추고 생각에 잠겼다. 마치 이런 설명을 할 날이 올 줄 몰랐다는 표정이었다. 재활원에서 봉사하는 동안 저런 표정을 짓는 부모들을 본 적이 있다. 현실을 인정하지 않고 자식의 장애를 특별함으로 승화시키려는 헛된 노력을 하는 부모들 말이다. 하란이 부모는 아니지만, 이들을 매우 특별하게 여기고 있음은 분명했다.

"사방Savant이라고 해야겠어."

하란이 중얼거리며 입을 열었다.

"사방 증후군이라고 해야 무리가 없을 것 같군요. 혹시 레인맨이라는 영화를 알아요?"

더스틴 호프먼의 놀라운 연기를 떠올리며 고개를 끄덕였다.

"그래요, 레인맨이 일곱 명 있다고 생각하면 돼요. 물론 이 애들 모두가 떨어지는 이쑤시개 개수를 정확히 세는 재능을 가진 건 아니지만."

"네에. 그러면 전 이 사람들과 뭘 해야 하나요? 제가 함께 해야 할 프로그램이라도 있나요?"

"프로그램?"

하란이 갑자기 크게 웃었다.

"프로그램, 프로그램. 멋진 말이군요."

자꾸 웃으며 하란이 말했다.

"그 말을 꼭 써먹어야겠어요. 그래요, 우리는 사방들에 대한 프로그램을 가지고 있어요. 하지만 당신이 진행할 프로그램 같은 건 없답니다. 그냥 여기에 머물러주면 돼요. 간혹 예기치 못한 사고가 나지 않도록 주의하고, 식사나 용변을 잘하는지 보살펴주세요. 내가 잘 가르쳐놓았으니까 힘들진 않을 거예요."

하란이 매력적으로 웃으며 일곱 사람을 잔잔한 눈길로 바라보았다. 그런 뒤, 멋진 조각보 가방을 들고 현관을 나서버렸다. 나는 눈을 계속 깜빡이고, 손톱을 물어뜯고, 다리를 흔들고, 상체를 추처럼 앞뒤로 흔들며, 괴상한 소리를 중얼거리고, 낮게 칵칵 소리를 지르는 일곱 사람 앞에서 잠시 혼란에 빠졌다.

"자."

하란을 흉내 내어 손뼉을 두 번 친 나는 일제히 나를 향하는 열네 개의 눈동자 앞에서 긴장하며 헛기침을 했다. 뭐라고 하지.

"하고 싶은 일을 하세요."

그 말 외에 할 말이 없었다. 그리고 그들도 그 말을 바란 것 같았다. 일곱 명은 내 말이 떨어짐과 동시에 제각기 하고 싶은 일을 시작했다. 기이하게도 사방들은 지치지 않고 한 가지 일에 몰두했다. 가만히 눈을 깜빡이며 앉아 있거나 끝없이 중얼거리고, 백지에 그림을 그리거나 시와 숫자를 썼으며, 헤드폰을 끼고 키보드 건반을 두드리거나 스피커에서 흘러나오는 음악에 맞춰 춤을 췄다. 그리고 무료해진 내가 방해를 할라 치면 부드럽던 표정을 순식간에 바꾸어 덤벼들었다. 그들이 스스로 쉴 때까지 내버려두어야 함을 일주일이 지난 후에야 깨달았다. 집착하는 행동에서 벗어나 가끔 쉬기도 하는 것을 보면 어쨌든 사방도 인간이었다.

하란은 지친 그들이 하나둘씩 저녁 식사를 마칠 때쯤에 돌아왔다. 그녀는 언제나 한 시간만 더 있어달라고 부탁했고, 일당을 넉넉하게 계산해주었다. 하지만 집에 돌아가도 할 일이 없었던 나는 일당을 받은 뒤에도 저택에 머물러 있다가 돌아오곤 했다.

2주쯤 지나서 긴장이 풀리자 그들과 보내는 시간은 점점 무료해졌다. 거실은 내가 침범할 수 없는 일곱 개의 세계가 공존하는 광막한 우주였다. 일정한 거리를 유지하고 거실에 앉은 우리 여덟 사람 사이에는 가까이 갈 수 없는 별의 척력이 분명히 존재했다. 한없이 좁아진 우주 같은 그 거실에서 나는 사춘기 때 겪었던 외로움보다 더 절대적인 고독을 느꼈고, 공존이 결코 고독을 해결하지 못함을 뼈저리게 느꼈다. 한 가지 일에만 열중하는 일곱 개의 별은 눈에 보이지만 결코 닿을 수 없는 멀고 먼 세계였다. 나는 언덕 위에 누워 별자리를 음미하는 소년처럼 그들의 행동 패턴을 음미하는 수밖에 없었다. 그제야 오로지 한 가지 일에만 집중하는 일곱 사방이 우주의 별들처럼 독특함을 알게 되었다. 나는 그들의 개성을 보고 별명을 붙였다.

매일 눈만 깜빡이는 사방의 별명은 천리안이었다. 예쁘장한 소녀인 천리안의 입버릇은 "보고 있어"였다. 뭘 보고 있느냐고 놀림 삼아 물어보아도 무슨 소린지 모르겠다는 표정으로 여전히 "보고 있어. 보고 있어. 보고 있어."라고 반복해서 대답한다.

끝없이 중얼거리는 사방은 노스트라다무스로 부르기로 했다. 웅얼거림은 괴상했지만 자세히 들어보면 과거와 현재와 미래에 대한 이야기들이었다. 그걸 알고부터는 그녀의 옆에 앉아 역사 이야기를 들려주는 라디오를 듣듯이 그녀의 말을 청취하곤 했다.

그렇게 노스트라다무스와 나란히 앉아 있으면, 항상 그림만 그리는 사방이 나와 노스트라다무스의 초상화를 그려댔다. 아직도 내 책장의 한구석에 소중하게 꽂혀 있는 초상화는 흑백사진으로 착각할 정도로 정교했지만, 하란은 그림에 영혼이 담기지 않았다고 했다. 나는 한동안 그를 피카소라고 부를까 고민했는데, 그가 그 이름에 별로 반응을 않는 데다가 괴팍하게 굴어서 고흐라고 불렀다. 사실 고흐라는 이름도 별로 좋아하지 않는 것 같았지만 일부러 가래를 끓이듯 '흐'를 발음하면 언제나 고개를 돌리고 나를 쳐다보았다.

숫자를 늘 써대는 사방에겐 가우스라는 별명을 붙였다. 못생긴 가우스의 이름을 소녀에게 붙이기가 미안해서 여자 수학자로 유명한 네더라고 부를까도 생각해 보았지만, 그냥 가우스라고 정하기로 했다. 기분이 내키면 레인맨이라는 별명으로 부르기도 했다. 가우스는 이름 그대로 놀라울 정도로 계산을 잘했는데, 특히 마트에서 무시무시한 위력을 발했다. 가우스는 나와 마트에 장을 보러 갈 때마다 내가 카트에 담는 음식이나 물건의 칼로리와 가격을 곧잘 계산했다. 덕분에 계산을 하기도 전에 총액과 총 칼로리를 늘 알 수 있었다. 칼로리가 표시되지 않는 식품을 바구니에 담을 때면 괴상한 큰 소리를 내는 바람에 인터넷에서 칼로리 표를 구해주어야 했던 일이 기억난다. 하지만 가우스의 이상한 버릇은 이사도라에 비하면 아무것도 아니었다.

가우스와 나를 따라 마트에 올 때마다 이사도라는 골칫거리였다. 사뿐사뿐 걷는 이사도라를 제일 좋아하긴 했지만, 마트에서 흘러나오는 음악에 어깨를 들썩이다가 춤을 추기 시작하면 걷잡을 수가 없었다. 소녀의 어설픈 춤에서 끝나면 애교스럽기라도 하련만, 마트 안을 종횡무진하며 온갖 식품과 카트를 이용해 괴상한 탑을 쌓거나 이상한 모양을 만들기도 하고 각종 야채와 음식을 이용해서 행위예술을 하는 이사도라 때문에 나는 수없이 마트의 직원에게 사과를 해야 했다. 하지만 화를 내던 마트 직원도 천진한 이사도라와 눈이 마주치면 한풀 꺾여서 적당히 주의를 주는 데 그쳤다. 그런 일이 몇 번 반복되자 아예 박수를 치며 이사도라를 응원하는 직원들도 있었다.

그런 이사도라에 비해 시인과 베토벤은 정말 얌전한 예술가였다. 시인은 백지에 조용히 시를 쓰다가 꿈꾸는 것 같은 눈으로 망연히 나를 쳐다보곤 했다. 삼촌이 제법 유명한 시인이었기에 나는 시인의 실상을 잘 알았다. 삼촌과 어울려 다니는 시인들은 세 부류였다. 혈관에 술을 들이부으며 살거나, 터무니없이 까다롭고 진지하거나, 시와 별개로 철딱서니가 없는 부류. 하지만 시인의 눈동자는 정말로 아름다운 시인의 눈동자였다. 아직도 인간이 가보지 못한 심해의 비밀이 담긴 것 같고, 세상의 꿈이란 꿈이 모두 거기서 흘러나오는 것만 같아서 나는 늘 그 눈동자에서 눈을 뗄 수 없었다.

마지막으로 베토벤은 구겨진 인상 때문인지 음악가 베토벤과 진짜 닮아 보였다. 그는 늘 헤드폰을 끼고서 키보드로 작곡이나 연주를 했지만 남에게 음악을 쉽게 들려주지는 않았다. 그런 점에서 일곱 행성 중 가장 외로웠다. 그는 헤드폰 안에서 울려 퍼지는 세계를 내보이지 않았고, 그를 두른 두꺼운 장벽은 하란만이 걷어낼 수 있었다.

하란은 기분이 좋은 밤에 맥주 한 병을 들고 정원으로 나와 베토벤을 불러냈다. 하인을 부리듯 '짝짝' 손뼉이 두 번 울리면 램프의 지니처럼 육중한 베토벤이 연기처럼 조용히 나아와서 그 동작만큼이나 부드러운 음악을 연주했다. 심각하고 구겨진 그의 인상과는 달리 그가 연주하는 음악은 유리로 된 별을 두드리는 듯이 맑고, 축제가 벌어지는 강 위를 홀로 스쳐지나가는 바람처럼 자유로웠다. 그래서 저택의 정원은 산안개가 낀 골목만큼이나 다른 세계로 변용했다. 하란은 빛나는 별들 사이로 점점 확장되는 밤을 바라보며 흥얼거리다가 내게 맥주를 권했다. 하지만 나는 늘 거절했다. 그러면 하란은 작은 맥주 한 병을 천천히 혼자 비운 후에 나를 저택의 문까지 데려다주었다. 문이 등 뒤에서 '짤깍' 소리를 내며 닫히고 음악이 사라지면, 나는 나만의 베토벤이 들려준 음악을 휘파람으로 불면서 저택 앞을 지나 아파트로 돌아갔다.

아파트에 함께 사는 삼촌은 내 아르바이트에 이상야릇한 의심을 품고 있었다. 시인의 상상 치고는 너무나 현실적인 의심이었다. 하란이 유괴범일지도 모른다는 것이었다. 나는 차라리 하란이 마녀라는 상상이 더 그럴듯하다며 삼촌의 말을 일축했다. 삼촌은 두고 보라고 말했다.

"그 여자는 그 불쌍한 아이들을 하나둘씩 해치워버릴걸?"

그 말을 들은 다음 날, 가우스가 사라졌다. 삼촌의 상상을 전혀 믿지는 않았지만 가우스가 없어진 일은 큰 충격이었다. 하지만 하란은 아무런 설명을 하지 않았고, 내가 알 필요가 없다는 반응을 보였다. 삼촌의 의심이 맞을지 모른다는 생각이 들어서 경찰서에 신고할까 고민도 했지만 결국 그러진 않았다. 그 후로 장을 볼 때면 가우스가 한없이 그리웠다. 우울한 내 기분을 알아챈 이사도라는 마트에서 저지르던 야릇한 예술행위를 한동안 그만두었다. 내 기분을 생각해준 사방은 이사도라뿐만이 아니었다. 날 한 번도 제대로 쳐다본 적이 없는 천리안마저도 몇 번이나 곁눈질하며 내 눈치를 보았다. 내가 거기에 있음을 처음 안 것 같은 표정으로 말이다.

시인은 의기소침해져 있는 내 앞에서 서성이다가 시를 열 편이나 선물로 주었다. 하란의 앞에서 낭독할 뿐, 한 번도 내게 보여준 적이 없는 시들이었다. 나는 어리벙벙한 얼굴로 시를 받아들었고, 노스트라다무스가 내 귀에 속삭였다.

"괜찮아요. 우주가 흐르고 있어요. 가져가요. 주세요. 다음은 시인이에요. 올 거예요. 갈 거예요. 다음은 우리 차례예요. 갈 거예요. 만날 거예요. 울지 마세요."

나는 그들과 헤어지고 10년이 넘게 흐른 뒤에야 노스트라다무스의 말뜻을 이해했다. 그러나 당시에는 제멋대로 지껄이는 소리로밖에 들리지 않았다.

"분위기가 왜 이래?"

베토벤이 연주하는 우울한 음악을 들으며 하란이 인상을 찌푸렸다. 그날 나는 처음으로 하란이 권하는 맥주를 거절하지 않았다. 맥주에서는 오로지 쓴맛만이 느껴졌다.

"가우스는 좋은 곳으로 갔어요? 좋은 시설이에요? 좋은 사람들이 보살피고 있는 거죠?"

"넌 내 친구들에게 들은 것보다 훨씬 좋은 사람이구나."

하란이 기분 좋게 웃었다. 하지만 베토벤이 연주하는 음악은 점점 더 우울해졌다. 하란은 무겁게 가라앉는 음악에 맞추어 천천히 고개를 젖히고 밤하늘을 바라보았다. 공교롭게 별이 떨어지고 있었다.

"가우스는 좋은 곳으로 갔어. 반쪽의 영혼을 찾았거든. 언젠가는 가우스를 다시 보게 될 거야. 약속할게."

"가우스가 결혼이라도 했다는 말씀이세요?"

하란은 말없이 웃으면서 음악을 따라 나직이 허밍을 했고, 나는 쓰디쓰게 느껴지는 맥주를 말없이 들이켰다. 그리고 얼마 지나지 않아 아르바이트가 끝났다. 가우스가 사라진 후에 며칠 간격으로 나머지 사방도 하나둘씩 떠났고 내게 달라붙기를 좋아하는 이사도라만이 저택에 남았다. 하란은 밤마다 나와 맥주 마시는 일을 여전히 즐겼지만 황량한 저택에는 가슴에 스미는 밤의 어둠만 있을 뿐, 밤의 어둠으로 스미는 음악은 없었다. 하지만 나는 사방들이 어디로 보내어졌는지 묻지 않았고, 하란은 결코 설명하려 하지 않았다.

"이 애들은 특별해."

약간 취한 하란이 무서운 비밀을 말하는 것처럼 중얼거렸다.

"사방은 언제나 반쪽 영혼을 기다리고 있어. 반쪽 영혼도 언제나 사방들을 갈망하지. 하지만 만나서 하나가 되는 일은 아주 드물어. 대개는 사방이 아닌 쪽에서 그 깊은 갈망을 포기하니까. 하지만 사방은 언제까지나, 언제까지나 기다리지. 심지어 그 반쪽 영혼이 이미 없어진 것을 알면서도 그래."

눈을 게슴츠레 뜬 하란은 아르바이트가 오늘로 끝이라고 했다. 나는 어쩐지 하란이 미워서 고마웠다고만 말했다. 음악이 사라진 저택의 문까지 나를 배웅한 하란은 내 옆에 붙어 떨어지지 않으려는 이사도라를 달래며 억지로 떼어놓았다. 야릇한 행위예술을 즐기는 이 사랑스러운 소녀가 내게 건네는 깊은 애정이 느껴져서 나는 한없이 슬퍼졌다.

"나는 도무지 당신 말이 무슨 뜻인지 모르겠어요. 하지만 사방이 반쪽 영혼을 만나면 좋은 일인 거죠? 이사도라는 반쪽 영혼을 만날 수 있을까요? 그 반쪽 영혼은 좋은 사람인가요? 잘 보살펴 줄까요?"

하란은 천천히 몸을 낮춰서 이사도라의 뒤로 몸을 숨겼다. 그리고 복화술사처럼 말했다.

"갈 거예요. 만날 거예요. 울지 마세요."

나는 하란 대신 이사도라가 작별 인사를 해주면 정말 좋겠다고 생각하면서 아파트로 돌아왔다.

그날은 내 인생에서 '이별의 날'로 정해져 있었는지 식객으로 몇 년 머물던 삼촌도 서울로 올라가고 없었다. 부모님은 식객을 덜었음에 행복하면서도 넉살 좋은 삼촌이 없어져서 서운해 했고 나는 책상 위에 올려놓았던 시인의 시가 행방불명된 일에 분개했다. 넉살 좋고 뻔뻔하기까지 한 삼촌 짓임이 뻔했다. 나는 갈망의 끝을 본 표정으로 그 시를 읽던 삼촌을 기억하고 있었다.

아니나 다를까, 얼마 지나지 않아 그 시들이 삼촌의 이름으로 발표되었다. 하지만 원작 그대로가 아니었다. 도무지 뻔뻔한 인간이 썼으리라 생각되지 않는 시들엔 시인의 기교와 흔적이 남아 있었지만, 삼촌의 시이기도 했다. 몇 년이 흐르는 동안 열 편의 시를 개작해 모두 발표한 삼촌은 그 후로도 줄줄이 시를 써내더니 최고의 시인이 받는 상까지 거머쥐었다. 사람들이 삼촌 이름 앞에 '천재'라는 말을 붙이는데, 아연실색할 지경이었다.

하지만 바빠진 삼촌과 만날 기회가 없어서 시인의 시를 훔쳐간 일을 따질 수가 없었다. 그런데 이상하게도 신문에 실리는 삼촌의 얼굴이 점점 시인의 얼굴을 닮아갔다. 넉살좋고 뻔뻔스럽던 낯짝 위에서 부리부리하게 빛나던 눈동자가 조금씩 부드러워지는가 싶더니 꿈에 물든 진짜 시인의 눈동자처럼 보였다. 어째서 전에는 시인과 삼촌이 닮았다고 생각하지 못했는지 이상했다. 근사하게 변한 삼촌을 다시 만난 나는 삼촌의 눈에 인간이 가지 못한 심해의 비밀이 담겨 있음을 보았다. 세간의 말처럼 세상의 꿈이란 꿈은 모두 그 눈동자에서 쏟아지고 있는지도 몰랐다.

나는 시인의 눈동자가 떠올라서 멍하니 삼촌을 바라보다가 내 책상 위에서 시인의 시를 훔쳐 간 일을 따지고 들었다. 삼촌은 어이없어 하며 단호하게 말했다.

"무슨 소리야? 그 시들은 내가 부산에서 썼어. 너야말로 내 시를 가져가서 읽은 다음에 왜 제자리에 갖다 두지 않은 거야?"

거짓말 말라고 아무리 따져도 삼촌은 내가 이상하다고 말했고 부모님마저 삼촌이 그 시를 쓸 때 옆에서 지켜보았다고 거드는 바람에 더 이상 따지고 들 수가 없었다.

그 후에 삼촌이 계속 시를 발표하는 동안, 나는 사방들을 닮은 사람을 많이 보았다. 가우스 이래 최고의 수학적 재능을 타고난 여자라고 신문에서 소개하는 천재적인 여수학자의 얼굴은 진지했던 가우스의 얼굴을 닮아 있었다. 사람들은 마트의 카트에 물건을 담을 때마다 가격과 칼로리를 강박적으로 계산하는 그녀의 습관을 재미 삼아 떠들었다. 또한 나는 마침내 영혼이 담긴 고흐의 그림을 유명한 화가의 전시회에서 보았고, 거리에서 지겹도록 들려오는 베토벤의 음악을 들었다. 그럴 때마다 여전히 일곱 명의 사방이 앉은 거실에 있는 기분이 들었다.

아르바이트를 그만둔 후에 하란을 다시 만난 적은 없다. 저택의 주변을 서성이기도 했고, 용기를 내어 벨을 눌러보기도 했지만 저택에는 하란을 모르는 낯선 사람들이 살고 있었다. 그들은 저택이 아주 오랫동안 비어 있었으며, 그동안 여기에 거주한 사람이 있다면 법을 어긴 거라며 불쾌한 내색을 비쳤다. 그래서 나는 기묘한 아르바이트를 잊어버리고 살기 시작했다. 이제는 삼촌을 보며 시인을 떠올리지 않았고, 가우스를 닮은 수학자나 고흐를 닮은 화가 그리고 베토벤을 닮은 음악가도 사방과 연관시키지 않았다. 그러나 아내가 낳은 첫딸을 품에 안았을 때, 먼 옛날에 사라진 위대한 예언자의 이름을 붙였던 사방의 말과 이사도라 뒤에 섰던 하란의 말이 떠올랐다.

— 갈 거예요. 만날 거예요. 울지 마세요.

이사도라의 이목구비를 닮은 딸의 입술이 옹알옹알 움직였다. 아내는 한없이 기쁜 표정으로, 장차 딸이 커서 뭐가 되겠느냐고 물었다. 나는 딸의 갈망이 반쪽의 영혼을 만날 만큼 깊고 무거울 것이라고 말했고, 마트에서 야릇한 행위예술을 펼칠 정도로 예술에 미친 예술가가 되리라고 했다. 이제 스무 살이 된 딸은 마트에서 온갖 물품과 카트, 음식을 가지고 야릇한 예술을 펼치곤 한다. 그럴 때마다 직원에게 사과하지만, 내 딸의 얼굴을 신문에서 익히 보아 알고 있는 그들은 매우 너그럽게 사인을 한 장 부탁한다.

천재적인 재능은 사람에게서 사람에게로 옮겨가는 것처럼 보인다. 한 분야에서 천재로 불리던 사람이 죽으면 얼마 지나지 않아 비슷한 재능을 가진 '제2의 천재'가 등장한다.

천재들의 놀라운 업적을 보고 있노라면, 천재들은 태어나자마자 명화를 그리거나 명곡을 작곡하고, 불후의 명작을 쓰고, 우주의 비밀이 담긴 수학적 발견을 했을 것만 같다. 그러나 창조성을 오래 연구한 학자들은 한 분야에서 적어도 10년 이상 꾸준히 쌓은 전문적인 상식과 경험이 재능과 맞닿을 때에야 비로소 천재적인 창조성이 발휘된다고 한다. 지능이 낮은 대신 극단적인 우뇌의 발달로 인해 매우 뛰어난 재능을 가지게 되는 서번트 증후군이 놀라운 발견이나 업적으로 이어지지 않는 것을 보면 학자들의 견해가 타당해 보인다.

어딘가에 숨어서 때를 기다리는 재능을 만나고 펼치기 위해 오랫동안 한 분야를 천착하면서 뚜벅뚜벅 외길을 걷는 이들이 찬란하게 빛나는 순간이 있기를 빌어본다.

제목의 '사방'은 서번트 증후군과 혼동되지 않도록 '서번트'를 프랑스식 발음으로 표기한 것이다.

마을로 오는 기차

마 을 로 오 는 기 차

구름 한 점 없는 늦여름 하늘은 누가 뭐라든 파래서, 파란 물감
이 뚝뚝 흘러내려 푸른 비로 변해도 놀라지 않을 것 같았다. 시끄
러운 매미 울음 사이로 불쑥 솟아오른 노란 해바라기는 태양을
보며 조용히 흔들리고 있었다. 그 흔들림에 맞추어 내가 앉은 흔
들의자가 끼익, 끼익 소리를 내며 앞뒤로 흔들렸다. 엄마를 기다
리며 울던 옆집 아이는 울음을 그쳤는지, 더 이상 울음소리가 들
리지 않았다. 멀리, 지평선과 평행선을 이루며 뻗어 나가는 철로
가 보였다.

언덕 아래에서 양 떼를 몰아가던 장님 아저씨가 이쪽을 향해
손을 흔들었다. 하지만 나는 마주 손을 흔들지 않았다. 손을 흔
들어도 아저씨는 어차피 보지 못할 테니까. 양 떼의 퀴퀴한 냄새
를 실어온 바람은 해바라기 근처에서 노란 냄새를 담뿍 안은 다

음 지나갔다. 그런데 항상 이 시간에 들리던 절름발이 아저씨의 망치 소리가 들려오지 않았다. 이 시간쯤에 장을 보러 가는 귀머거리 아저씨가 옆집에서 문을 열고 나와서 연신 고개를 갸웃거렸다. 나는 아저씨가 엉거주춤 들고 있는 장바구니를 보면서 2시가 맞노라고 말했다. 내 입술을 읽은 귀머거리 아저씨는 히죽 웃더니 고개를 갸웃거리면서 터덜터덜 언덕을 내려갔다.

오후 2시를 알리던 절름발이 아저씨의 망치 소리는 여전히 들려오지 않았다. 귀머거리 아저씨가 그 사실을 어떻게 알았는지 의아했지만, 망치 소리가 날 때마다 발치가 쿵쿵 울리던 것이 기억났다. 한참 멀어진 귀머거리 아저씨는 언덕을 내려가서 점점 철로에 가까워지고 있었다.

그리고 옆집에서 아이가 빽 울음 터트리는 소리가 들렸다. 파란 하늘을 찍찍 갈라버릴 것처럼 날카로운 아이의 울음은 아무리 기다려도 그치지 않았다. 유모가 시장에 가버린 것이 틀림없었다. 나는 울고 있는 아이를 옆집에서 데리고 나왔다. 벌써 여섯 살이나 먹은 아이를 가슴에 안고 등을 토닥거렸지만 아이는 한참 동안이나 울음을 그치지 않았다. 자장가라도 불러주고 싶었지만 아는 자장가가 없었다. 게다가 자장가는 이런 오후에 어울리지도 않았다. 흔들의자의 흔들림에 몸을 맡기는 동안 아이는 어느새 지쳐 잠이 들어버렸다. 아이의 이름은 '울보'였고 내 이름은 '해바라기 아가씨'였다. 하지만 원래 내 이름은 '기차 아가씨'이다.

여기 사람들은 내가 기차에서 태어났다고 말한다. 그러나 사실은 달랐다. 기차에 실린 나를 마을사람이 끄집어냈을 때, 나는 벌써 여섯 살이었다. 기차에 실린 짐 틈에 있던 나를 누가 집어서 꺼냈는지는 모른다. 기차엔 마을 사람들에게 꼭 필요한 것만 실려 오는데, 당시 마을에는 아이가 필요한 사람이 없었다. 게다가 눈이나 다리가 없거나, 소리를 듣지 못하거나, 웃지 못하거나 혹은 울지를 못하는 사람들 사이에 살기엔 내가 터무니없이 완전하고 건강했다. 한참 의논한 마을 사람들은 나를 다시 기차를 태우기로 결정했지만 기차는 이미 떠난 뒤였다. 그래서 나는 여기에 남게 되었다.

하지만 나를 데려가려는 사람은 없었다. 나는 언덕에 있는 해바라기 근처에 홀로 앉아서 계속 철로만 바라보았다. 키 큰 해바라기 옆에서 입을 꾹 다물고 한곳만 바라보는 내가 측은했던 사람들이 가끔 음식을 갖다 주었다. 마을 사람들은 내가 해바라기 밭을 떠나지 않는 것을 일주일쯤 지켜보고서야 나를 거둬들였다. 그러나 아무도 나의 양부모 역할을 자청하며 나서지 않았다. 나는 필요한 물건들 틈에 끼어서 잘못 배달된 '물건'이었고, 이 마을 사람들은 불필요한 물건을 자신의 삶 속으로 받아들이지 않았다. 하지만 내가 줄곧 해바라기 밭에서 누군가를, 기차를 기다린다고 여겨서 내게 이 집을 내어주었다. 그리고 나는 기차를 기다리는 이 마을의 일부가 되었다.

무언가 하나씩 부족한 마을 사람들은 너무나 건강한 나를 여전히 신기한 표정으로 쳐다본다. 하지만 악의는 없었다. 남을 바라보는 시선에 악의를 담기엔 이 마을의 풍경 자체가 너무나 선량했다. 나는 품속에서 뒤척이는 아이의 등을 토닥거린 다음에 행여 유모가 오나 해서 멀리 아래를 내려다보았지만 아무런 기미가 없었다. 다만 선로를 따라 하염없이 걸어간 귀머거리 아저씨만이 저 멀리 까만 점처럼 보일 뿐이었다. 아이가 기다리는 유모는 아이를 가질 수 없는 여자였는데 엄마가 떠나버린 아이를 친엄마처럼 길렀다.

아이의 엄마는 나를 싣고 온 기차에서 어떤 물건을 집었고, 기차가 떠난 후에 어디론가 사라졌다고 한다. 아이의 엄마가 기차에서 무슨 물건을 집었는지는 알 수 없지만 운이 좋았음은 확실했다. 자신에게 필요한 물건이 기차에 실려 있는 경우는 드물기 때문이었다. 하지만 아이와 나를 비롯한 마을사람들은 여전히 기차를 기다린다.

품속에서 깨어난 아이가 고개를 들었다. 아이는 사방을 두리번거리며 눈을 비비고는 나를 빤히 올려다보았다. 나는 아이에게 웃어준 다음 아이를 내려놓았다. 아이는 나를 빤히 바라보다가 내 옷자락 끝을 쿡쿡 잡아당겼다. 함께 걷자는 뜻이었다. 나는 하늘색처럼 새파란 모자를 쓰고 아이의 손을 잡았다. 그리고 길가에 선 해바라기를 스치며 언덕을 내려가기 시작했다.

내려가는 도중에 우리는 한 부부를 만났다. 남편은 웃을 수 없는 남자였고, 부인은 울 수 없는 여자였는데 남편이 웃고 싶을 때는 부인이 웃고, 부인이 울고 싶을 때 남편이 운다. 두 사람이 우리를 반가워하며 인사를 했다. 아이의 유모를 봤는지 예의 바르게 물어보았지만 두 사람은 고개를 저었다. 그러고는 기차역에 있을지 모른다고 조용히 숙덕거렸다. 나는 어째서 그런 말을 하느지 물으며 두 사람을 번갈아 쳐다보았다. 아이가 부부를 빤히 바라보며 내 손을 꽉 잡았다.

"기차가 올지 모른다고 모두 떠들고 있어."

남편이 말했다. 그러자 부인이 웃지 못하는 남편 대신 웃었다. 웃음을 그친 부인은 입술을 살짝 내밀고 힘겹게 입을 열었다.

"또 사람들이 사라질지도 몰라."

부인은 울고 싶은 것처럼 보였다. 그러자 남편이 울 수 없는 부인을 측은한 표정으로 바라본 후에 구슬프게 눈물을 뚝뚝 흘렸다. 나는 이 기묘한 광경이 썩 마음에 들지 않아서 고개를 가볍게 숙여 헤어지는 인사를 대신했다. 두 사람은 마주 고개를 숙이고는 기차역으로 향했다. 나는 아이의 손을 잡고 선 채로 두 사람의 뒷모습을 물끄러미 바라보았다. 그때 멀리서 바람이 휙 불어왔다. 아이는 날아가지 않도록 모자를 꽉 붙잡는 내 모습이 재미있는지 킥킥 웃었고 나도 킥킥 마주 웃었다. 그리고 이내 신들린 사람들처럼 크게 웃음을 터트렸다.

하지만 아이는 곧 언제 그랬냐는 얼굴로 입술을 일그러뜨리며 '유모'라고 속삭였다.

"갈까?"

나는 아이의 시선이 멀리 기차역을 향하는 것을 보고 물었다. 아이는 조용히 고개를 끄덕였다. 우리는 앞서간 부부와 거리를 유지하며 천천히 걷기 시작했다. 바람이 불 때마다 파랗게 물이 오른 풀들이 귀찮은 듯이 서걱서걱 소리를 내었다.

내가 어렸을 때 기다린 것은 아마 엄마였을 것이다. 엄마의 얼굴은 기억나지 않는다. 단지 아련한 느낌만이 남아 있다. 포동포동하고 따뜻한 팔과 얼굴을 파묻으면 따뜻하던 가슴 그리고 조용하게 안심을 시켜주는 목소리. 모두 엄마라는 단어에서 연상되는 구태의연한 느낌이다. 그러니까 내게 남아 있는 엄마의 느낌은 상상에 지나지 않는지도 몰랐다.

"엄마가 기억나?"

내 손을 꼭 잡고 종종 걸음으로 걷고 있는 아이에게 물었다.

"따뜻해."

아이가 대꾸했다. 나는 아이가 넘어지지 않도록 걸음을 늦췄다.

"유모는?"

조금 걷다가 발걸음이 다시 빨라지려는 찰나에 다시 물었다.

"따뜻해."

아이는 다시 대꾸한 후에 나를 빤히 바라보았다. 나는 키들키들 웃다가 아이를 번쩍 들어 올려 팔에 안고 눈높이를 맞추었다.

"나는?"

"따뜻해."

우리 둘은 다시 크게 웃었고, 나는 팔이 아파서 아이를 바닥에 내려놓았다. 같은 대답을 반복했던 아이는 갑자기 유모에게 흥미를 잃었는지 기차역과 반대쪽으로 내 손을 잡아당겼다. 우리는 언덕 위에 있는 집으로 다시 걷기 시작했다. 해바라기는 노랗게 빛나며 여전히 우리를 기다리고 있었다. 돌아오는 우리를 맞는 해바라기의 마음 따위를 내가 알 턱이 없다. 다만 내가 엄마를 기다렸던 것처럼 태양이 가까워지기를 기다리는 해바라기의 마음만을 느낄 뿐이다.

매미 소리가 맴맴 들려오자 갑자기 더위가 느껴졌다. 나는 집으로 올라가는 나무 계단 아래에 주저앉았다. 아이는 내 옆에 드리워진 그림자 속에 얌전히 숨어서 파란 하늘과 서걱서걱 흔들리는 풀을 바라보았다. 엄마를 기다리는 나와 엄마를 기다리는 아이는 태양을 기다리는 해바라기의 큰 키에 위축되지 않았다. 기다리는 마음은 셋 다 모두 똑같은 높이로 여기에 쑥쑥 자라 있는 것이다.

엄마가 오면, 나는 가정법으로 중얼거렸다. 아이는 나를 따라 엄마가 오면, 중얼거렸다. 하지만 우리는 둘 다 그 뒤에 어떤 바람을 달지 않았다. 엄마는 기차에 버린 나를 잊고 어디에선가 다른 자식들과 함께 행복하게 잘살고 있을지도 몰랐다. 하지만 버림받았다는 느낌이 싫었다. 나는 열 지어 지나가는 애꿎은 개미들을 손가락 끝으로 툭툭 눌러 죽여버렸다. 아이는 나를 따라 개미를 툭툭 눌러 죽이기 시작했고 무고한 개미의 시체들이 곧 우리의 앞에 널렸다.

엄마가 오면, 나는 다시 중얼거렸다.

"해바라기 아가씨도 엄마가 있어?"

아이가 멍하니 철로를 바라보는 내게 물었다. 나는 대꾸하지 않고 멀리 철로만을 바라보았다. 아이는 더 이상 묻지 않고 개미를 몇 마리 더 죽여버린 뒤에 지겨워진 얼굴로 벌떡 일어섰다.

유모는 여전히 돌아오지 않았고 나는 아이의 손을 잡지도, 아이를 안지도 않았다. 아이는 뭔가를 바라는 얼굴로 나를 계속 바라보다가 입술을 실룩였다. 곧 울 거라는 신호였다. 몸만 어른인 나는, 같이 엄마를 기다리는 아이에게 동지의식을 느끼면서 여섯 살로 퇴행했다. 아이가 울면 나도 같이 울 것만 같았다.

하지만 '울지 마, 이 바보야'라고 소리를 내지르려는 순간 멀리서 종소리가 바람을 타고 들려왔다. 종소리는 땡땡땡 세 번 연달아서 세 번 계속되었다. 그리고 기차가 온다는 고함 소리가 들렸다. 나는 선로를 바라보는 아이를 내버려둔 채 천천히 몸을 일으켰다. 기차의 기적 소리가 분명히 들려오고 있었다. 귀 언저리를 배회하며 멀리서 들려오던 소리는 점점 가까워졌고 곧 이쪽으로 다가오는 기차의 까만 몸통이 보였다.

"기차다!"

나는 소리치며 달리느라 모자가 벗겨진지도 몰랐다. 하지만 뒤에서 악을 쓰며 크게 우는소리가 들리는 바람에 오래 달리지도 못하고 멈춰 섰다. 내 모자를 주워서 달려오다가 넘어진 아이가 앙앙 소리를 내며 하늘이 깨어지도록 울고 있었다. 내버려두고 가려던 나는 아이가 나처럼 버려진 신세임을 생각하고 아이에게로 돌아갔다. 그리고 아이를 안고서 기차역을 향해 달리기 시작했다.

숨을 헐떡이며 선로를 따라 뛰는 동안 점점 가까워 온 기차는 나와 나란히 달리다가 곧 나를 추월했다. 나는 기차역에서 수선을 떠는 사람들을 바라보면서 아이를 안은 채 열심히 달렸다. 탐욕으로 가득 찬 사람들이 기차의 화물칸 앞에 모여 있었다.

아이가 사람들 틈에 있는 유모에게 손을 뻗었지만 유모는 알아채지 못했다. 아이는 이미 유모의 안중에 없었다. 유모는 비대한 몸을 흔들면서 탐욕스러운 눈으로 화물칸을 바라보고 있었다. 그때, 기차가 빽 소리를 냈다. 아이는 놀라서 움찔거리다가 내 품에 안겼다. 아이를 내려놓고 싶었지만 혼자 내버려두는 것이 싫어서 아이를 계속 안고 있었다. 아이는 내 품에 안긴 채, 눈으로 유모를 계속 좇았다.

기차는 다시 빽 소리를 냈고, 드디어 화물칸이 열렸다. 아이와 나는 화물칸을 뚫어져라 바라보았다. 나는 기차에서 태어났고 아이의 엄마는 기차가 도착한 날 어디론가 사라졌다. 그러니까 기차에는 내가 해바라기와 함께 기다리고 기다렸던 엄마나, 아이가 울면서 기다리는 엄마가 들어 있을지도 모르는 일이었다.

나는 사람들이 화물칸을 향해 우르르 달려드는 바람에 놀라서 한 걸음 뒤로 물러섰다. 오후 내내 여기에 와 있었을 절름발이 아저씨가 제일 먼저 화물칸에 달려들었다. 이리저리 물건을 헤치던 아저씨는 헤헤 웃으면서 손에 든 물건을 높이 들어 보였다. 절름발이 아저씨의 손에 들린 의족이 검은 기차의 몸통에서 반사된 빛에 번쩍였다. 하지만 내 착각인지도 모르겠다. 절름발이 아저씨는 자신의 짧은 다리를 떼어내고 의족을 달았다. 그러자 떨어져 나온 짧은 다리가 의족이 되고, 의족이 진짜 다리가 되었다. 이제 그는 더 이상 절름발이 아저씨가 아니었다. 똑바로 걷는 아저씨가 된 그는 활짝 웃으면서 펄쩍펄쩍 뛰어 어디론가 사라졌다.

그다음에 소리를 친 사람은 아이의 유모였다. 유모는 화물칸에서 집은 약을 꿀꺽꿀꺽 삼킨 후에 다가와서 아이의 머리를 한 번 쓰다듬고 멀어져갔다. 그러나 아이는 평소처럼 유모에게 칭얼거리지도, 떼를 쓰지도 않았다. 아이는 나처럼 사람들을 가만히 지켜보기만 했다. 나는 유모가 아이를 버렸음을 알았다. 유모에게 욕구불만 덩어리처럼 붙어 있던 살은 약을 먹은 순간 사라졌다. 늘씬해진 유모는 평소 소원대로 멋진 남자를 만나서 자신의 아이를 낳을지도 모른다.

아까 만났던 부부 중 울지 못하는 아내가 눈물을 뚝뚝 흘리는 것이 보였다. 하지만 실망한 표정으로 서 있는 남편은 여전히 웃지 못했다. 두 사람을 보고 있는 동안, 눈이 밝아진 장님 아저씨가 보물처럼 들고 다니던 작대기를 내던져버렸다. 그런 식으로 사람들이 하나둘씩 화물칸에서 자신에게 필요한 것을 집거나 실망해서 돌아갔다.

아이와 나는 출발을 알리는 기차의 기적 소리가 삑삑 울렸을 때에야 비로소 기차의 화물칸으로 다가갈 수 있었다. 역무원은 사람들이 버리고 간 의족이나 불임이나 울지 못하는 병이나 의안 같은 것을 꼼꼼하게 챙겨서 화물칸에 다시 실으며 아이와 나를 쳐다보았다.

역무원은 사람들이 버린 물건들을 모두 실어 가느냐는 질문에 귀찮은 얼굴로 고개를 끄덕였다. 화물칸에는 나의 엄마도 아이의 엄마도 없었다. 나는 다음번 기차를 다시 기다려야 하나 잠시 망설였고 그건 아이도 마찬가지였다. 나는 파란 하늘과 여전히 언덕 위에서 태양을 기다리는 해바라기를 쳐다보았다. 그런 뒤 역무원에게 버릴 것을 천천히 건네주었다. 그 모습을 물끄러미 보던 아이가 자신도 뭔가 주어도 되는지 부끄럽게 물어왔다. 나는 잠자코 고개를 끄덕였다. 역무원은 아이의 손에서 건네받은 것을 내 것과 함께 화물칸에 집어 던졌다. 기차는 화물칸이 정리되자 곧장 기적을 울리고 기차역을 떠났다. 뒤늦게 도착한 귀머거리 아저씨는 이번에도 늦고야 말았다고, 떠나가는 기차 꽁무니를 보며 통곡했다.

나는 아이와 함께 여전히 해바라기가 서 있는 언덕으로 돌아왔다. 그리고 흔들의자에 함께 앉아서 선로를 내려다보았다. 아이는 여전히 울보이고, 나는 여전히 해바라기 아가씨이다. 하늘은 점점 더 푸르게 높아지고 있었다. 매미의 울음소리가 사라지자 잠자리 떼가 하늘을 뒤덮고 해바라기가 하나둘씩 시들기 시작했다.

아이와 나는 흔들의자에 몸을 맡긴 채, 다음 기차가 언제 올지 궁금해 하기 시작했다. 아주 오랫동안 수심에 잠겼다가 최근에야 겨우 다시 집을 나서게 된 귀머거리 아저씨는 장님 아저씨가 내팽개치고 간 양 떼를 돌보는 데 더 흥미를 보였다. 나는 휘이휘이 양 떼를 몰다가 내게 손을 흔드는 귀머거리 아저씨에게 마주 손을 흔들었다.

한참 후에 언덕을 올라온 귀머거리 아저씨는 울게 된 부인이 웃지 못하는 남편을 버리고 사라진 이야기를 들려주었다. 유모나 절름발이 아저씨나 장님 아저씨도 사라지기는 마찬가지였다. 귀머거리 아저씨는 사라진 절름발이 아저씨의 망치 소리 대신에 내가 선물한 시계를 보고 시간을 확인한다. 이야기를 끝낸 귀머거리 아저씨는 다음번에 기차가 올 때는 절대로 늦지 않겠다고 다짐했다. 그리고 다음번엔 아이와 내가 바라는 것도 기차가 꼭 싣고 올 것이라고 말했다. 버릴 것을 기차에 실어 보낸 아이와 나는 공범자처럼 킥킥 웃으면서 아무런 대꾸를 하지 않았다.

우리는 귀머거리 아저씨가 돌아가고 난 후에도 흔들의자에 앉아 흔들리면서 다음 기차에는 뭘 버릴지 심각하게 의논했다. 시들어버린 해바라기 밭 가운데에서 우리는 아무것도 기다리지 않았다.

"엄마."

아이가 막 잠이 들기 전에 그렇게 말하면서 스르르 내 품 안으로 무너져 내렸다.

"응."

나는 그렇게 대꾸한 후에 내가 지어낸 자장가를 부르면서 흔들의자를 앞뒤로 삐걱삐걱 움직이기 시작했다. 구름 한 점 없는 늦여름의 하늘은 누가 뭐라든 파래서, 파란 물감이 뚝뚝 흘러내려 푸른 비로 변한다고 해도 놀라지 않을 것이다.

　주변 사람들과 이야기를 나누다보면 다들 남에게 부러움을 느끼는 것이 한두 가지 정도 있다. 물질적인 것일 때도 있고, 다른 사람이 가진 재능이나 성격인 경우도 있다. 어떤 사람들은 부러워하는 것에 그치지 않고 피나는 노력을 하기도 한다. 나중엔 자신이 부러워했던 사람을 넘어서는 경우도 있다. 그래서인지 심리학자 애들러는 열등감과 열등감의 극복을 통한 우월성의 추구를 인간의 가장 중요한 삶의 동기로 꼽기도 했다.

　그런데 열등감의 극복이 내게 없는 것을 소유하고자 하는 소유욕과 이어지는 경우가 많은 것 같다. 이 글에 나오는 사람들도 자기에게 없는 것을 실어다 주는 기차를 한없이 기다린다. 소유를 통해 열등감은 극복될 수 있을까? 열등감의 반대말은 정말로 우월감일까? 만약 그렇다면 왜 또 다른 열등감이 등장하여 더 많은 것을 소유하고 더 우월해지려 하는 악순환이 계속되는 것일까. 이 글을 쓰는 동안 계속 그런 질문을 스스로에게 해보았던 것 같다. 나름대로의 답을 글로 써서 내어놓았지만, 무엇이 자신의 결핍을 채우고 충만하게 하는지 고민하고 결정하는 것은 읽는 분들의 몫이다. 이 글이 그런 고민을 하는 계기가 된다면, 그것으로 족하다.

온우주
단편선

백 마리째의 양

백 마 리 째 의 양

비가 오기 시작했다. 보슬거리던 빗줄기가 굵어지며 후드득후드득 가슴 위로 내려앉더니 곧 온몸을 적신다. 지루한 장마가 시작된 지 벌써 보름째다. 처마 밑 툇마루에 앉아 하늘을 올려다보았다. 연신 쏟아지는 빗줄기는 하늘을 뚫고, 공기를 가르고 다시 어둠을 뚫는다. 지루한 장마 속에 갇힌 하루하루마다 곰팡이가 핀다. 어둑어둑한 하루는 시작도 맺음도 없이 빗물과 함께 흘러가고, 낮과 밤은 구분되지 않는다. 그저 저놈의 빗소리만이 창가를 시끄럽게 울릴 뿐이다.

건넛방에서 숙모의 가래 끓는 숨소리가 들려온다. 숨소리의 박자를 세어본다.

하나, 둘, 셋 그리고 다시 하나, 둘, 셋. 또다시 하나, 둘, 셋.

그러다가 이 시답지 않은 놀이가 싫증나서 그만둔다.

그러나 저놈의 빗줄기는 싫증을 모르는지 계속 같은 박자로 어둠을 가른다. 나는 귀를 틀어막고 방으로 들어가서 누웠다. 눈을 감아보았지만 이미 잠드는 일에도 싫증이 난 지 오래다. 그래서 오늘 무엇을 했는지 가만히 생각해본다.

아침에는 늘 그랬듯이 신문을 읽었다. 전날과 같은 기사는 없었지만 새로운 기사 역시 없었다. 누군가 자살을 했고, 살인을 하거나 살해되었고, 폭행을 하거나 폭행당했다. 원작을 표절한 닮은 이야기들이 지루하게 반복된다.

신문에 흥미를 잃을 때쯤에 숙모가 밥상을 차려왔다. 밥과 김치 그리고 된장찌개. 지루하게 반복되는 밥상이다. 똑같이 차려진 점심 밥상에 앉을 때까지 툇마루에 앉아서 장맛비를 바라보았다. 마당에 떨어지는 빗방울의 수를 세고, 비를 맞을 때마다 휘어지는 풀잎의 각도를 유심히 관찰해보았지만 채 반나절이 지나기도 전에 싫증이 나고 말았다.

밥, 김치 그리고 된장찌개. 숙모가 점심 밥상 귀퉁이에 마른 김을 올린다. 아침 밥상과 달라지려고 마른 김이 바득바득 애를 쓴다. 그러나 김을 다 먹고 나자 밥상은 다시 아침의 것과 같아져버렸다. 밥상을 치운 다음엔 텔레비전을 보았다. 네모난 틀 속에 펼쳐지는 영상에 잠시 흥미가 일었다. 가수들은 화려한 옷을 입고 노래하고, 드라마 주인공들은 갈등하다가 행복해지거나 불행해진다. 그러나 결국 새로운 것은 없다. 늘 새로움을 흉내 내는 오래된 현재만이 여기에 머문다. 텔레비전을 끈 후엔 툇마루에 앉아서 하늘을 올려다보며 계속 빗소리를 들었다. 지독하게도 지루한 장마다.

오늘 한 일을 모두 생각했는데도 아직 잠은 들지 않는다. 가만히 양을 떠올리며 수를 센다.

한 마리, 두 마리, 세 마리…….

아흔아홉 마리의 양이 상상 속의 울타리를 뛰어넘어 어디론가 사라졌다. 그리고 그 일이, 백 마리째 양이 막 등장했을 때 벌어졌다. 백 마리째 양이 지루한 숫자를 거부하고 울타리 앞에서 모습을 감추었다.

"솔직히 얘기해. 당신이 숙모를 죽였잖아. 그때 집에 있던 사람은 당신이랑 숙모 둘뿐이었어."

앞에 앉은 남자가 윽박지른다. 나는 대답 대신 시선을 떨궜다.

"말을 하라니까! 벙어리야?"

남자가 책상을 내리친다.

"난 안 죽였어요."

처음으로 낸 목소리는 작고 가늘었다. 남자는 그제야 흥분을 가라앉히고 한숨을 내쉬었다.

"좋아요. 입을 열었으니 시작해봅시다. 그날 밤에 뭘 하고 있었어요?"

남자의 굳은 얼굴을 가만히 바라보며 그날 밤에 있었던 일을 더듬는 동안에도 창밖에 내리는 빗소리는 쉬지 않고 이어진다.

"마루에 앉아서 밖을 내다보다가 잠자리에 들었어요. 하지만 불면증 때문에 잠이 오지 않았어요. 그래서 양을 세기 시작했던 것 같아요."

"그랬던 것 같다고요?"

"아니, 분명히 양을 셌어요. 정확히 아흔아홉 마리까지 셌어요."

남자가 사납게 나를 노려보았다. 날카로운 눈빛이 갈고리처럼 내게 걸린다.

"그리고 그 후에 무슨 일이 있었죠?"

멍하니 남자를 바라보았다. 울타리 앞에 서 있던 백 마리째 양이 사라졌어요. 말하려 하지만 입이 떨어지지 않는다. 달싹거리는 내 입술에서 나올 말을 기다리던 남자의 참을성이 조금씩 바닥나는 느낌이 든다.

"이봐요, 솔직히 얘기합시다. 그러다가 당신은 자리에서 일어났어요. 그리고 부엌에서 칼을 꺼내 들고 숙모의 방으로 간 겁니다. 그런 후에."

힘이 바짝 들어간 남자의 주먹이 허공을 날카롭게 쑤셨다.

"우리가 도착했을 때, 당신은 칼을 들고 피 칠갑이 된 방에 서 있었어요. 숙모의 시체를 멍하니 내려다보던 것은 기억납니까?"

어렴풋하던 기억이 그제야 조금씩 선명해진다. 상상 속에서 뛰쳐나간 백 마리째 양이 방바닥에 누워 있었다. 포근한 털은 피처럼 짙은 진홍색이다. 그러나 착각이었다. 내 발 앞에 잠든 붉은 양은 가래 끓는 숨소리를 내던 숙모였다. 더 이상 숨소리의 박자를 셀 일은 없겠구나. 나는, 문득 생각했다.

"나는, 아니에요. 안 죽였어요."

그가 납득할 만한 이야기를 하고 싶지만 선명하던 기억이 다시 뿌옇게 흐려진다.

"미치겠네."

남자가 옆에 있는 의자를 신경질적으로 걷어찼다. 짜증을 꾹꾹 누른 목소리에 힘이 들어간다.

"불면증 때문에 깨어 있었다면서요. 그런데 이웃이 비명 소리를 듣고 일어나서 신고를 할 때까지 본 것도 들은 것도 없단 소립니까? 그게 말이 돼요? 게다가 당신은 현장에서 흉기까지 손에 쥐고 있었어!"

점점 커지던 남자의 목소리가 고함으로 끝나고, 나는 본능적으로 몸을 움찔거린다. 하지만 더 이야기할 것이 없다. 나는 다시 입을 다물고 안으로 침잠한다. 그리고 사라져버린 백 마리째 양의 행방을 궁금해 한다. 머릿속에 펼쳐지는 기억의 갈림길을 이리저리 따라가보지만 양의 흔적은 없다. 홀로 지친 남자는 오랜 시간이 지난 후에야 나를 방으로 돌려보냈다.

나는 좁고 낯선 방의 벽에 등을 기대고 눈을 감았다. 그리고 세차게 쏟아지는 빗소리에 귀를 기울였다. 다시 눈을 뜬 후에야 금세 잠이 들었음을 깨달았다. 빗소리가 그친 창밖에서 밝은 빛이 들어왔다. 손바닥만 한 하얀 하늘을 바라보는 동안 문이 열리고, 누군가 들어오고, 나는 생경한 복도를 걷고, 어딘가에 닿는다. 걸음을 멈춘 후에 부드럽게 불리는 내 이름을 들었다.

모든 것이 낯선 이곳에서 유일하게 낯익은 얼굴이 나를 바라보고 있었다. 얼굴이 일그러진 그녀가 미간을 찌푸린다.

"어떻게 된 거야?"

그녀의 뺨이 씰룩거렸다. 심히 당황했거나 화가 났다는 표시이다.

"혹시 신문 가지고 왔어?"

대답 대신 묻는다. 그녀는 하려던 말을 잠시 미루고 아직 펴지도 않은 조간신문을 내밀었다. 신문이 풍기는 잉크 냄새가 코끝을 지나간다. 나는 신문을 소중하게 반으로 접어서 옆에 놓았다.

"구속된 건 아니?"

"응."

나는 무심히 대답한다.

"어떻게 된 일인지 말 좀 해봐. 나에겐 이야기해도 돼. 아니, 이야기해야만 해."

나를 똑바로 마주하는 눈빛에 마음이 휘청거린다. 아마 그녀 앞에 앉는 고객들도 늘 그러할 것이다. 조금의 허투도 허용하지 않는 눈빛이 여기, 내 안 어딘가에 있을 진실을 향해 곧바로 진격해 온다.

"모르겠어. 기억이 안 나."

나는 조그맣게 말하고 시선을 내리깔았다. 서늘한 침묵이 잠시 우리 사이에 내려앉는다.

"혹시…… 네가 그랬니?"

말꼬리를 길게 빼는 그녀의 목소리는 낮고 의심에 가득 차 있다.

"아니야, 그럴 리가 없지."

몸을 의자 뒤로 젖히면서 그녀가 중얼거린다. 하지만 가시지 않은 의심이 읽힌다.

"불리한 정황증거가 너무 많아. 이웃들은 네 짓이라고 떠들어. 평소에 숙모와 사이가 안 좋았대. 가래 끓는 숨소리 때문에 숙모에게 짜증을 내는 소리를 자주 들었다는 거야. 그런데 너는 흉기를 들고 그 자리에……."

그녀는 말을 멈추었다가 빠르게 이어간다. 말이 공간을 지배하는 동안 나의 정신은 비에 난도질되는 바깥을 떠돈다. 나는 다시 숙모 집 툇마루에 앉았고, 지루한 장맛비가 연신 내리고, 숙모는 밥과 된장찌개와 김치가 놓인 밥상을 차린다. 쌕쌕 가래 끓는 숨소리가 두어 번 빗소리에 끼어든다. 숙모는 말 대신 박자가 다른 숨소리로 말을 건다.

이제 그만 방으로 들어가라. 오늘은 유난히 멀리 사는 아들이 보고 싶다.

나는 가래가 끓는 박자에 들어 있는 숙모의 뜻을 읽는다.

"그러지 말고 가래에 좋은 약이라도 지어 드세요."

다소 신경질적으로 내뱉는다. 숙모는 슬그머니 나를 곁눈질하고는 낡은 미닫이문을 소리 내어 닫았다. 내가 가래 끓는 소리에 담긴 넋두리에 지쳤음을 느낀 모양이다. 다시 밖으로 고개를 돌렸다. 잠시 그쳤던 숙모의 거친 숨소리가 빗소리 틈으로 다시 들려오기 시작했다.

"그렇게 아들이 보고 싶으시면 한번 다녀오세요."

내 목소리에는 숫제 짜증이 묻어 있다. 낮은 토담 위를 지나가던 푸른색 비닐우산이 내 말에 놀랐는지 잠시 멈췄다가 다시 옆집으로 사라졌다.

"폐가 될까봐 그러지."

그제야 숙모는 목을 가다듬고 말한다. 이어지는 긴 한숨이 여기까지 들린다. 그리고 숙모는 말이 없다. 나는 한쪽 무릎을 세우고 뺨을 묻는다. 지루한 장맛비가 후드득 떨어진다. 빗소리 틈으로 다른 소리가 들릴 법도 한데 그저 빗방울이 후드득후드득 땅으로 떨어지는 소리만이 사방에 가득하다. 그래서 나는 다시 장마 속의 무기력한 일상으로 빠져든다.

"신문은 안 읽을 거니?"

그녀의 목소리가 불쑥 빗소리에 끼어든다. 그제야 나는 그녀와 마주 앉은 좁은 방으로 다시 돌아왔다.

"기자들이 얼마나 멋지게 제목을 만들었는지, 원. 모두 네가 불행해지기를 바라는 것 같아."

나는 곱게 접어놓았던 신문을 펼치고 굵은 제목 아래에 적힌 기사를 읽는다. 내 이름 석 자가 또박또박 적혀 있지만, 남이 기록한 내 모습은 낯설다. 기사는 여느 날 읽었던 기사와 다르지 않다. 누군가 살인을 하고 살해당했다. 살인자와 피해자의 이름만이 바뀌었을 뿐이다.

"거기에 적힌 거, 남 이야기가 아니라 네 이야기야."

남의 이야기를 읽듯이 신문을 읽는 나를 그녀가 의아하게 바라본다.

"난 그 차이를 모르겠어."

그녀가 할 말을 잃고 입을 벌린다.

"알고나 있니? 지금 시대는 살인자를 용납하지 않아. 살인자는 사형이야. 유죄 판결이 나면 열흘 안에 형이 집행돼. 이제 어떤 상황인지 알겠어?"

목소리에서 그녀의 답답함이 읽히지만 어떤 반응을 해야 하는지 모르겠다.

"어쨌든 최선을 다해볼게. 아는 사람들에게 손을 써놨어. 지금까지는 어땠는지 모르겠지만 앞으로는 널 함부로 대하지 않을 거야."

그녀는 측은한 표정으로 내 손을 잡아준 다음에 돌아갔다. 오후에 다시 만난 남자는 사납게 눈을 부라리던 어제와 달리 친절하게 나를 대했다.

"불편한 점은 없죠?"

어제까지 그의 턱에 까뭇까뭇 자리 잡았던 수염이 없었다. 나는 그가 언제 고함을 지를지 몰라서 움츠러들었다.

"겁먹을 필요 없어요. 어제는 제가 너무 흥분해서 실례가 많았습니다. 계속 수사하고 있으니 사건은 곧 해결될 겁니다."

남자는 이상하리만치 정중하다. 나는 눈을 뜬 채로, 잃어버린 양이 저 멀리 도망치는 백일몽을 꾼다. 양은 무기력하게 서 있는 내게서 멀어지며 너른 벌판을 내달린다. 비가, 거세게 쏟아지는 장맛비가 시야를 가려서 양의 모습은 흐릿하다. 멀어지는 양의 울음소리가 가늘게 들려오지만 잠시뿐이다. 빗소리가 울음소리를 삼킨다. 나는 아주 오랫동안 들판에 서 있다가 다시 방으로 옮겨졌다. 그러나 백일몽은 사라지지 않았다. 구분할 수 없는 낮과 밤이 오가는 동안에도 나는 눈을 뜬 채로 꿈을 이어갔다. 양이 사라진 들판 위로 검은 그림자가 나타난다. 비를 몰고 다니는 그림자가 저 앞에서 입을 열고 무엇인가를 말하지만 격렬한 빗소리 때문에 들리지 않는다. 빗소리는 그녀를 다시 만나고 나서야 그쳤다.

"불편한 점은 없어?"

그녀가 의자에 걸터앉으면서 물었다. 며칠 동안 찾아온 사람들도 같은 것을 물었다. 비슷비슷해서 구별되지 않는 얼굴들만큼이나 지루한 질문이었다.

"찾아오는 사람들의 첫마디가 모두 똑같아."

그녀가 희미하게 웃었다.

"수사가 네게 유리하게 진행되도록 손을 써놨어."

여기서 처음 만났을 때와 달리 지친 목소리다.

"뭘 위해서?"

턱을 쓰다듬던 그녀의 손가락이 멈췄다.

"당연히 널 위해서지."

그녀의 손가락이 다시 턱을 문지르기 시작했다.

"곧 풀려나게 될 거야. 더 이상 불리한 기사가 안 나가도록 언론에도 손을 썼어."

"뭘 위해서?"

"같은 대답을 또 듣고 싶은 거니? 널 위해서야. 내가 널 얼마나 좋아하는지 알잖아."

나는 말을 잃고 그녀는 침착함을 잃는다.

"몰랐니?"

잔잔하게 물어오는 음성에 묻어나는 애정이 건조한 진흙처럼 바스러진다. 그리고 낡은 권태가 남은 사랑을 벌레처럼 갉아먹는다.

"내가 죽었을지도 몰라."

조용히 말했다. 그녀는 놀라지도 당황하지도 않았다. 그저 몸을 숙이고 침착하게 목소리를 낮춘다.

"쓸데없는 말은 하지 마. 감시하는 사람이 많아."

작게 속삭인 그녀가 다시 허리를 세운다.

"아마 지쳐서 기억이 잘 안 나는 걸 거야. 넌 스트레스가 심해지면 기억력이 형편없어졌잖아. 숙모님 댁에 가기 전엔 매일 만나는 사람 얼굴도 헷갈렸으니까. 심지어 나도 못 알아봤잖아. 사람들은 병이라고 했지만 분명 스트레스가 너무 심해서였어."

나를 혹은 자신을 납득시키기 위해 그녀가 말한다. 늘 알면서도 그럴싸한 변명과 거짓말에 속는다. 알면서, 믿는 척한다.

"일이 너무 권태로워서 떠났다고 생각했어. 기운을 차리면 돌아올 거라고 기다렸는데 이런 일이 생길 줄은 몰랐어."

"어쩌면 내가……."

말을 잇기 전에 그녀가 말을 가로막는다.

"네겐 아무 일 없을 거야. 난 살아 숨 쉬는 널 계속 만날 거고, 언젠가는 네가 웃는 모습도 볼 거야. 어떻게 해야 네가 웃을지 모르겠지만."

나직이 이어지는 그녀의 말을 들으면서, 사라진 백 마리째 양

과 양이 물고 가버린 진실을 다시 떠올린다. 지긋지긋한 빗소리
가 다시 시작된다.

"그런데……."

다시 말을 꺼내어본다.

"넌 괜찮을 거야."

그녀가 다시 말을 가로막는다.

"하지만……."

말을 다시 시작해본다.

"네겐 아무 일도 일어나지 않아."

그녀가 말하고, 내 말은 끝내 맺어지지 못한다. 그리고 더 이상
은 아무도 내게 질문을 하지 않았다. 간수가 매일 가져다주는 신
문엔 내가 모르는 나의 이야기가 실린다. 나 대신 그녀가 말하고
나를 아는 이들이 주장한다. 없었던 이야기들이 씨실과 날실로
촘촘하게 엮이면서 마침내 거대한 탈출구를 만든다. 그 문 너머
에 도사린 권태가 아가리를 벌린다.

좁은 방 한가운데에 누워서 몸을 웅크렸다. 장마는 아직 끝나
지 않았다. 창밖에서는 후드득후드득 빗방울 떨어지는 소리가 끝
없이 이어진다. 밤이 되어도 잠은 오지 않는다. 그래서 눈을 감고
지금까지 했던 일을 되짚어본다. 기억은 무한반복 되는 되돌이표
사이에 걸린 음률처럼 단조롭게 반복된다.

"곧 나가게 될 거예요."

누군가 문을 열고 들어와서 말했다. 몸이 움찔거렸다.

"기쁘지 않아요?"

앞에 섰던 사람이 대답을 기다리다가 문을 나간다. 문이 닫히는 순간, 갑자기 양의 울음소리가 방 안을 가득 채운다. 거센 빗소리가 울음을 삼키지만 양은 개의치 않고 계속 울어댄다.

"울어라. 울어라."

나는 중얼거리면서 양의 귀향을 잠자코 기다리기로 한다. 그러나 양은 쉬이 돌아오지 못한다. 낮과 밤이 몇 번 바뀌는 동안에도 양의 울음소리는 멀리서 공허하게 울리기만 한다. 길을 잃은 모양이다. 백일몽 속에서 보았던 들판은 너무 넓었다. 게다가 비까지 내리고 있으니 길 찾기가 쉽지 않을 것이다. 그래서 나는 다시 들판에 나가보기로 했다. 운이 좋다면 양을 만날 수 있을 것이다. 생김은 잊었지만 내게서 나온 양이다. 첫눈에 알아보면 좋겠다.

다시 시작된 백일몽 속의 들판으로 나는 발을 내디딘다. 그리고 수풀을 베며 양의 울음이 들리는 쪽을 향해 걷는다. 그러자 가늠할 수 없이 넓던 들판이 점차 줄어들며 나에게로 돌아왔다. 애초에 나로부터 점차 넓어져갔듯이.

양의 울음소리가 차츰차츰 가까워져 온다. 그에 맞춰 빗소리도 거세어진다. 굵어진 빗줄기 때문에 앞이 보이지 않는다. 들판은 자꾸자꾸 줄어서 손바닥만큼 좁아졌는데 양이 보이지 않는다. 그래서 손을 내밀어 공간을 휘저었다. 이윽고 팔에 폭신한 느낌의 물체가 와 닿는다.

양이다. 나의 양이다.

눈을 꼭 감고 양을 껴안았다. 양의 울음소리가 그친다. 눈을 감자 어둠이 내리고 백일몽이 사라진다. 양의 촉감을 느끼면서 나는 기다리고, 결심한다.

"할 말이 있어요!"

나는 굳게 닫힌 문을 세차게 두드렸다.

"할 말이라니요?"

눈매가 사나운 남자가 맞은편에 앉아서 눈을 껌뻑거린다. 불빛에 비친 그의 얼굴이 창백하다.

"양이 돌아왔어요."

나는 숨을 헐떡이며 말했다. 문을 두드렸던 손이 욱신거린다. 예전에 느끼지 못했던 감각에 잠시 희열이 찾아온다.

"양?"

얌전했던 남자의 눈이 날카로워진다.

"그날 밤에 무슨 일이 있었는지 기억이 났단 말인가요?"

나는 고개를 끄덕이고, 남자는 도통 알 수 없다는 표정으로 입맛을 다신다.

"며칠 후면 여기서 나가게 되는 건 압니까?"

다시 고개를 끄덕였다. 남자의 눈빛이 안도한다.

"좋습니다. 말씀해보세요. 뭐가 기억났습니까?"

"잠이 오지 않아서 양을 세고 있었다고 했었지요?"

건성으로 고개를 끄덕이는 그의 얼굴에 권태가 묻어난다.

"계속되는 장마 때문에 난 무척 지쳐 있었어요. 보름이 넘도록 비가 그치지 않아서 미칠 지경이었습니다. 빗소리 때문에 전혀 잠을 잘 수 없었어요. 수면제도 소용이 없더군요. 그날 밤에 전 한계에 닿아 있었어요. 그런데 양을 아흔아홉 마리까지 세고 백 마리째 세려는 순간 숙모가 큰 소리를 낸 거예요. 커억. 이상한 소리였죠. 기침 소리 같기도 하고, 가래 뱉는 소리 같기도 했어요."

"그래서요?"

그가 지루한 표정으로 묻는다.

"그 소리가 간신히 잠들려던 순간을 깨어버렸죠. 전 제정신이 아니었어요."

남자는 한참 동안 말이 없었다. 나는 내 품안에 있던 양이 그에게로 걸어가는 것을 본다.

"당신이 죽였습니까?"

대답 대신 눈을 감는다.

그리고 긴 잠을 잤다.

내 진술에 대해 그녀가 뭐라고 했는지는 알고 싶지 않다. 지금 창밖엔 푸른 하늘이 영원까지 이어지며 끝없이 펼쳐진다. 저 멀리서 철커덩철커덩 죽음이 걸어오는 소리가 들린다. 죽음이 나를 낚아채기 전에 이토록 행복한 순간을 조금 더 즐기고 싶다. 나는 창밖의 푸른 하늘을 응시한다. 나의 영혼이 창을 넘어 푸른 하늘 아래를 내달리기 시작한다. 눈부시게 푸른 들판이다. 거기에서 나의 진짜 백 마리째 양이 풀을 뜯고 있다. 양이 울음을 내뱉는다.

커억.

그날 밤에 들었던 소리가 들린다.

이상한 소리다. 나는 방을 나가서 숙모 방의 문을 연다. 칼을

든 낯선 사내가 당황해서 나를 돌아본다. 쓰러진 숙모 옆으로 검붉은 피가 점점 번져 나가는 것이 보인다. 겁에 질린 사내의 눈과 내 눈이 마주친다. 우물쭈물하던 사내는 부리나케 나를 밀치고 어둠 속으로 도망친다. 모든 것이 순간적이다. 어둠은 깊고 비는 그치지 않는다. 나는 방으로 들어서서 그가 떨어뜨리고 간 칼을 주웠다. 사방에 도사린 권태가 비틀거리며 뒷걸음질 친다. 달라진 일상에 전율하면서 나는 조심스럽게 사내의 흔적을 모두 지웠다.

양의 울음이 그쳤다. 오로지 나만 들을 수 있던 울음소리다. 나는 마침내 되찾은 백 마리째 양을 껴안는다. 이제 죽음이 문가에 다다른 것 같다. 그러나 두렵지 않다. 백 마리째의 양이 죽음도 모르게 나의 비밀스러운 동반자가 될 것이다. 나는 갑자기 모든 권태가 소멸되는 순간에 이른 것을 깨닫는다. 푸른 들판을 떠올리며 처음으로 소리 내어 웃었다. 그녀가 이 웃음을 보면 좋겠다는 생각이 문득 머리를 스치고 지나간다.

문이 열리고 나는 뒤돌아선다. 그들에게로 간 가짜 양의 울음소리가 어디선가 들린 듯도 하다.

■ 백　마리째의　양은 ……

　온라인에 막 글을 연재하기 시작하던 시기에 쓴 글이다. 그때, 나는 이십
대 초반이었다. 막 이십대가 되면서 만난 세상은 십대일 때의 세상보다 훨씬
복잡하고 격렬했다. 바야흐로 십대 때 금지되었던 자유로운 세상이 활짝 열
린 것이다.

　새로운 사람들을 만나고, 교과서에 실린 적이 없는 이야기를 듣고, 막바지
에 닿은 격렬한 시위에 동참하고, 밤이 깊은 거리를 비틀거리며 걸어 다니는
동안 고질병 같았던 염세와 허무함은 사라졌다. 그러나 때 이른 낙관이었다.
새로움 역시 일상이 되면 권태로워지며, 권태가 우울을 잉태함을 그때는 몰
랐다.

새로운 세상에 대한 흥분이 가라앉고 모든 것이 일상으로 변하자 잠시 떨쳐냈던 염세와 허무함이 다시 먼지처럼 내려앉았다. 많은 만남이 부의미하게 느껴졌고 잠시 아름다웠던 세상은 믿는 것이 진실이 되는 모순덩어리로 다시 굳어졌다. 권태로움에 숨이 막히는 동안 내내 소멸을 꿈꿨다. 그런데 지금 돌이켜보면, 진정으로 바랐던 것은 끝이 아니라 새로운 시작이었던 것 같다. 끝이 나지 않으면 새로운 것이 시작될 수 없기 때문이다.

파 국 破 局

파 국 破 局

천사들이 오간다는 명골 역은 승객과 관광객 그리고 천사를 만나려고 노숙하는 사람으로 북적였다. 천사에게 찬란한 빛을 바치고 싶었던 건축가가 설계한 거대한 역 안엔 그늘이 없었다. 유리창을 그대로 통과하는 빛이 매끄러운 바닥에 반사될 때마다 오가는 사람들의 얼굴은 천사처럼 광채를 띠었다. 그러나 햇볕에 후끈 달아오른 역 안은 열 지옥이었다.

지나가는 사람들을 자세히 관찰해도 천사를 가려내기는 어렵다. 오가는 행인을 오래 관찰해온 노숙자들도 겨우 관광객과 승객만을 구별했다. 앞만 보고 빠르게 걸으면 승객이고 두리번거리면서 천천히 걸으면 관광객이다.

"천사는 우리 같은 사람을 만나주지 않아."

지난 몇 년간 역에서 노숙하며 알게 된 노인이 가래 끓는 목소리로 말했다. 노인은 천사를 찾아서 명골에 온 지 5년이 넘었다고 했다. 그는 역이 고요한 어둠에 잠기는 밤마다 천사를 찾으려는 사연을 넋두리처럼 늘어놓았다. 사연은 매일 밤마다 달라졌다. 어떤 날 밤엔 부자가 되고 싶어서라고 했고, 다음 날 밤엔 병이 낫고 싶어서라고 했다. 또 어떤 날 밤에는 천사에게 죽은 아내를 살려달라고 부탁할 것이라고 했다. 그리고 다음 날이 되면 전날 밤에 자신이 한 이야기를 모두 잊어버렸다.

"너도 왜 천사를 찾으러 왔는지 곧 헷갈리기 시작할 거야."

노인이 말한 후에 가래를 바닥에 뱉었다.

명골에 온 지 오래된 노숙자들은 왜 천사를 만나려 했는지 정확히 기억하지 못했다. 간절하지 않은 기억은 쉽게, 빨리 잊는다. 여기에 온 이유를 잊지 않으려고 매일 중얼거리고, 종이에 쓰고, 자기 전에 수없이 생각하지만 결국은 노인처럼 변한다. 천사를 만나야 할 이유가 매일 달라짐을 문득 깨닫는 순간, 그는 마침내 영원히 천사를 만날 수 없게 되었음을 알게 된다. 천사는 간절하지 않은 사람을 만나주지 않는다.

— 얼마나 간절한지 기억하고 또 기억해야 해.

경신은 항구에서 나를 배웅하며 속삭였다. 경쾌한 푸른 하늘을 등지고 선 그녀에게서 씩씩하고 세찬 바닷바람이 불어 나왔다.

— 이 도시를 구원할 천사를 데리고 와야 해.

은밀하게 속삭이며 몸을 바짝 붙인 경신의 몸에서 짭조름한 소금 냄새가 났다.

— 넌 할 수 있어.

경신의 목소리에서 넘실거리는 확신이 내 안으로 넘어왔다. 그녀는 배가 멀어질 때까지 계속 손을 흔들었다. 새하얀 원피스가 날개처럼 바람에 흔들렸다.

나는 멀어지는 도시를 가만히 바라보았다. 높은 빌딩 창문이 햇빛을 받아 생선비늘처럼 반들거렸다. 도시는 언제나 살아 있는 생선처럼 파닥거린다. 하지만 우리는 매일 사람들이 죽어 나가는 것을 알고 있었다.

어둠 속을 흘러가다가 싸늘한 여명 속에서 형체를 드러내는 강에는 가끔 시체가 떠올랐다. 뒷골목에서 장기가 없어진 채 발견되는 사람도, 낮과 밤을 가리지 않고 온몸으로 거리를 밝히다가 시커멓게 타버리는 사람도 간혹 있었다. 이상한 냄새 때문에 이웃집을 찾아갔다가 구더기가 파먹은 지 오래인 시체를 발견하고 신고하는 일도 드물지 않았다.

누구의 탓도 아니었다. 죽음은 오래된 일상이었다. 사람들은 장례식에서 울지 않았다. 가장들은 장례식이 끝난 밤에 조용히 아이들을 불러 모아서 앞으로 결코 해서는 안 되는 일을 설명했다. 그리고 아이들이 잠든 뒤에 혼자 숨죽여 울었다.

노숙자들이 뒤척이는 소리와 기침하는 소리가 어두운 역 안을 울렸다. 천사를 만나야 할 이유를 잠들기 전에 되뇌어본다. 그런데 되뇔수록 기억은 희미해지고 귀가 예민해진다. 뱀처럼 바닥을 스르르 기어온 흐느낌이 귀를 파고들었다. 누군가 어둠 속에서 혼자 울고 있다. 감은 눈 속의 어둠 위로 떠나온 도시의 슬픔이 찬란하게 떠오른다. 그러면 조용히 되뇌던 말소리가 느려지고 천사를 만나야 할 이유가 어슴푸레해진다.

그런데도 천사는 나를 찾아왔다.

늦여름 더위를 쫓는 커다란 선풍기의 날개가 천정에서 윙윙 소리를 내며 돌아간다. 작고 어린 천사가 그 아래에 잠들어 있다. 선풍기 바람에 금방 날아갈 것만큼 가벼워 보인다. 소리를 내며 날아가던 파리가 천사의 얼굴 앞에서 방향을 바꾸었다. 파리가 내려앉은 낡은 텔레비전 화면에 낯익은 얼굴이 나온다. 명골에서 3년간 같이 노숙을 했던 노인이었다.

"천사를 데려갔다니까!"

역정을 내며 노인이 기래를 바닥에 뱉었다.

"사적인 이유로 천사를 데려가는 것은 위법행위이며……."

분명하고 확신에 찬 여자 아나운서의 목소리에서 짭조름한 냄새가 났다.

"천사 측 대변인은 실종된 천사가 없다는 성명을 내었으나 천사 납치범을 추적하는 팀을 은밀히 파견한 정황이 포착되었습니다. 이에……."

화면에 나를 닮은 몽타주가 떠올랐다. 아니, 세상 모든 사람을 닮은 몽타주다.

텔레비전 소리가 시끄러운데도 천사는 잠을 깨지 않았다. 통통한 볼을 가만히 쓰다듬어본다. 천사가 살며시 눈을 뜨고 내 얼굴을 올려다보았다. 천사니까, 모든 일을 알 것이다.

괜찮을까?

눈으로 물었다. 괜찮을 거라고 천사가 눈으로 대답한다. 그런 뜻일 것이다. 아니다, 모르겠다. 천사는 무엇을 물어도 대답하지 않는다. 하지만 이런 것엔 익숙하다. 우리는 언제나 목소리가 없는 것들에게 물어왔다. 어쩌면 일부러 그랬을 것이다. 나는 다시 해석한다. 천사는 괜찮을 거라고, 눈으로 답했다.

천사와 함께 모텔을 나선 후에 기차역으로 향했다. 기차역은 사람들로 북적였다. 나는 사람들 눈에 띄지 않는 구석에 천사와 함께 웅크리고 앉았다. 기차역 중앙에 놓인 텔레비전의 빛과 소리가 구석 언저리를 맴돈다. 찬란과 참담을 섞고 이겨서 얼굴에 바른 천사 대변인이 거대한 화면 속에 머물렀다.

"천사 측 대변인은 명골에서 천사와 함께 사라진 사람을 쫓고 있음을 시인했습니다. 그러나 천사가 납치되었다는 주장은 여전히 반박하고 있으며……"

채널이 돌아갔다. 나는 모자를 더욱 깊이 눌러썼다. 그리고 더 어두운 구석으로 물러났다. 아무도 천사와 내게 관심을 기울이지 않는다. 우리를 등지고 앉은 늙은이들은 텔레비전 앞에서 웃고, 울고, 화를 내고, 시름한다. 젊은이들은 모두 고개를 숙였다. 스마트폰 화면 위를 달가닥달가닥 질주하는 손가락이 시름하고, 화를 내고, 울고, 웃는다. 그리고 밤이 깊어지면 그들은 사라진다.

나는 버려진 신문지와 주워 온 박스를 바닥에 깔았다. 천사는 내가 하는 대로 가만히 내버려둔다. 천사를 품에 안고 눈을 감았다. 빛이 희미해지고 소리가 잦아들수록 행인의 발소리도 적어진다. 품에 안은 천사가 불처럼 뜨겁다. 피부는 덴 것처럼 화끈거린다. 하지만 놓칠까봐 더욱 힘껏 끌어안았다.

첫 기차는 새벽이 끝나고 아침이 시작될 무렵에 출발했다. 객차에 탄 승객은 나와 천사 그리고 지쳐 보이는 노인이 전부였다. 노인은 기차가 출발한 지 얼마 되지 않아 잠들어버렸다.

천사는 천천히 지나가는 창밖의 풍경을 하염없이 내다보기만 한다. 3년 전, 명골로 가기 위해 기차를 탔던 계절이 지금쯤이었다. 그때부터 지금까지 무수한 아침이 이곳을 지나갔는데도 오늘 아침이 뿜어내는 계절과 풍경은 그날 그대로다.

잠에서 깬 노인이 라디오를 크게 틀었다. 노인이 채널을 바꿀 때마다 목소리가 어수선하게 바뀌었다. 침착하지만 약간 격앙된 음조로 말하는 목소리를 듣고서야 노인은 채널 바꾸기를 멈췄다.

"경찰은 누리꾼들의 활동 덕분에 천사 납치범으로 추정되는 용의자를 검거했으며 현재 천사의 행방을 찾고 있습니다. 한편, 검거된 용의자는……."

엉뚱한 사람이 체포되었다. 아니, 그렇게나 많은 사람이 잘못 말했을 리가 없다. 못 알아봤을 리가 없다. 나는 천사의 옆모습을 가만히 바라보았다. 그들이 옳다면, 나와 동행하는 작고 어린 것은 누구일까.

— 너는 속고 있는지도 몰라.

라디오 드라마의 성우가 은밀하게 말하는 소리가 들렸다. 눈앞에 있는 모든 물상에 거짓이 내려앉고 사개가 어긋난다. 자음과 모음이 부딪힐 때마다 그 사이에 낀 진실이 으스러진다. 나는 당장 라디오를 끄라고 소리를 질렀다.

노인은 싸울 기세로 일어섰다가 천사를 보고는 다시 자리에 주저앉았다. 그리고 라디오를 끄는 대신 볼륨을 줄였다. 갑자기 세상이 숨을 죽인 것처럼 조용해졌다. 라디오가 웅얼대는 소리가 고요의 틈새를 무의미하게 흐른다. 나는 천사의 손을 꽉 잡았다.

그들이 틀렸다. 스스로에게 중얼거린다. 진실을 더듬는 촉은 퇴화한 지 오래다. 믿으면 그것이 진실이 될 것이다. 나는 도시의 오래된 속담을 되새겼다.

열차는 날마다 새로워지는, 그러나 오래된 풍경 속을 계속 달리다가 역에 닿았다. 드디어 도시였다. 나는 공중전화 앞에서 경신의 전화번호가 적힌 종이를 꺼냈다. 고이 간직했던 종이에는 구김 하나 없지만 어느새 종이색이 바랬다. 전화번호를 누르는 손이 떨렸다. 경신이 전화를 받으면 너무 오래 기다리게 해서 미안하다고 말을 해야겠다. 짭조름한 냄새가 나는 경신의 목소리가 듣고 싶었다. 하지만 전화는 연결되지 않았다. 없는 번호라는 메시지가 수화기에서 차갑게 들려왔다. 다시 시도해보아도 마찬가지였다.

내 탓이다. 천사를 데려오는 데 너무 오랜 시간이 걸렸다. 낙담해 수화기를 내려놓고 돌아섰다. 그런데 천사가 보이지 않았다.

당황하면서 주변을 둘러보다가 뒤에 서 있던 사람의 부릅뜬 눈과 마주쳤다. 지리멸렬한 광기가 눈가에 번득이고 지옥에서 흘러나온 유황 냄새가 희미하게 주위를 맴돈다. 여리고 어린 것들은 방심하고 있다가 이런 자들에게 낚아채여 사라지곤 했다.

도시에서 사라지는 보드랍고 어린 것들의 운명을 나는 안다. 어린것들은 갑자기 어느 날 사라진 후에 영영 나타나지 않거나 간신히 숨이 붙은 채 돌아왔다. 그리고 아주 소수만이 그들을 데려갔던 것을 닮아가며 살아남았다.

나는 황급히 뒤돌아서서 달렸다. 마주치는 사람들에게 어린아이를 보지 못했느냐고 물었지만 아무도 대답하지 않았다. 개찰구를 나와서 역 안을 샅샅이 찾아보았지만 천사도, 천사를 보았다는 사람도 없었다.

역을 나오자 방패를 든 경찰들이 에워싼 광장이 나타났다. 형형한 눈빛을 빛내는 사람들이 엄숙하게 입을 다물고 경찰을 노려보면서 광장으로 모여들고 있었다. 광장 쪽으로 다급하게 뛰어가면서 아이를 못 봤는지 묻고 다녔지만 모두 고개를 흔들었다.

수상하게 지켜보던 경찰이 갑자기 나를 붙잡았다. 어디선가본 적이 있는 것 같다고 했다. 나는 겁이 나서 고개를 숙였다. 그는 집회에 참석하러 왔느냐고 물었다. 원하는 답을 얻을 때까지 꼬치꼬치 캐물을 기세다. 이러는 동안에도 천사는 내게서 조금씩, 조금씩 멀어진다. 나는 필사적으로 경찰의 팔을 움켜쥐었다. 아이를 잃어버렸다고 말하며 울먹이는 동안 경찰의 굳은 표정이 누그러졌다. 그와 함께 내게 보이던 열정적인 관심도 사라졌다.

그가 나를 다른 경찰에게 떠넘기는 동안 광장의 웅성거림이 가라앉았다. 돌연 찾아온 침묵은 마이크 소리에 깨어졌다. 시원시원한 목소리가 또렷하게 광장을 가로지르기 시작했다. 명쾌한 목소리는 경신의 음성을 닮았다. 명확하고 확신에 찬 경신의 목

소리는 우리가 결코 가보지 못한 곳까지 늘 한달음에 달려가곤
했다.

경신을 닮은 저 사람이라면 도와줄지도 몰랐다. 나는 마이크
를 잡은 사람을 향해 달렸다. 그러나 천사를 잃었다고 소리치는
내 목소리는 큰 소리로 외치는 구호에 묻히고, 의미 없는 음절로
변해버렸다. 목소리가 앞에 선 사람에게 들리도록 나아가는 동안
사람들이 가로막았다.

흥분한 여자가 험악하게 내 팔을 꽉 잡았다. 눈빛이 사나운 남
자는 집회를 방해하려고 경찰이 일부러 보낸 자라고 했다. 어느
단체에서 왔느냐고도 다그치는 사람도 있었다.

아이를 잃어버렸다고 울부짖었지만 누구도 동정하지 않았다.

"지금 애가 문제야?"

한 남자가 퉁명스럽게 쏘아붙였다.

마이크에서 흘러나오는 목소리가 쩡쩡 대기를 울렸다. 너무 많
은 단어가 머릿속으로 쏟아진다. 머릿속을 떠돌던 수많은 단어는
제자리를 찾아 헤매다가 결국 음절로 분해되어 죽어버렸다. 의미
를 잃은 소리만이 머릿속을 가득 채운다.

팔을 잡았던 남자들은 호각 소리가 들린 뒤에야 흩어졌다. 무
거운 군화 소리가 광장을 향해 모여들었다. 누군가 나를 밀치고
멀리 달려간다. 바닥에 나동그라진 몸 위로 곤봉이 날아들었다.
간신히 몸을 일으켜서 달리는 내 손을 누가 잡는다.

나도 아주 오래전에 아이를 잃어버린 적이 있어요.

나를 광장 밖으로 데려가며 나이 든 여자가 속삭였다. 여자는

광장 밖에 주저앉는 내 어깨를 감싸 쥐었다. 나는 천사를 잃어버린 도시를 위해 숨이 막힐 때까지 울었다. 나를 위로하고 함께 울어준 사람은 오직 여자뿐이었다.

여자는 내가 진정될 때까지 곁에 머무르다가 마지막 기차를 타고 도시를 떠났다. 나는 여자가 등지고 앉았던 어둠 속을 가만히 응시했다. 어디선가 희미한 유황 냄새가 나는가 싶더니 사람 기척이 들렸다. 무거운 발걸음 소리가 점점 가까워졌다. 그리고 작고 어린 천사의 손을 잡은 남자가 어둠 속에서 불쑥 나타났다. 나와 눈이 마주친 천사가 그의 손을 놓고 내게로 달려왔다.

"놓친 거예요, 일부러 버린 거예요?"

남자가 매혹적인 목소리로 농담처럼 물었다. 그리고 천사 냄새를 귀신같이 맡는 자신의 코 덕분에 서로 만난 거라고 너스레를 떨었다. 악마늘이 풍기는 짙은 유황 냄새가 남자에게서 났다.

사람들은 자신이 바라는 모습으로 악마를 본다. 하지만 나는 깡마르고 매혹적인 목소리로 말하는 남자를 바란 적이 없다. 남자는 악마를 돕긴 하지만 악마는 아니라고 말하며 웃었다. 그리고 자신이 경영하는 여관에 묵지 않겠냐고 물었다.

"내가 천사를 숨겨줄 거라고 생각할 사람은 없어요. 그러니까 안전하죠."

그는 대답도 듣지 않고 뒷골목으로 우리를 데려갔다.

도시의 뒷골목은 언제나 어둡고 가난하다. 바닥에 널린 오물에서는 참기 힘든 악취가 났다. 남자를 따라 희미한 불빛 아래를 지나가는 동안 굳게 닫힌 창문 뒤에 선 사람들이 우리를 내려다보았다. 그는 더럽고 냄새나는 길을 걸으면서 쉴 새 없이 떠들었다.

천사들이 너무 느려 터졌다는 이야기가 속전속결로 끝장을 보는 악마 예찬으로 이어지는 동안 낡은 여관이 나타났다. 신나게 말하면서 좁은 방을 내어준 그의 손등엔 작은 문신이 있었다. 악마의 사제라는 표시였다. 혐오스러웠지만 내색하지 않고 방 열쇠를 받았다. 방값이 터무니없이 비쌌지만 괜한 문제가 생길까봐 아무 말도 할 수 없었다.

방으로 들어서자 피곤함이 왈칵 몰려들었다. 나는 천사를 침대에 눕힌 뒤에 샤워를 하고 라디오 뉴스를 틀었다.

"천사 납치범으로 체포되었던 남자가 결백을 주장하는 유서를 남기고 자살했습니다. 이에 경찰은⋯⋯."

갑자기 목이 메어왔다. 오로지 나만이 그의 결백과 진실을 알았다. 도시는 전혀 변하지 않았다. 죽음은 일상이다. 목숨을 던져도 들어주지 않는 이야기들이 넘쳐난다. 원고지처럼 켜켜이 쌓인 죽음은 아무도 읽지 않는 삼류 소설이 되었다가 잊힌다. 유일하게 진실을 아는 나는 결백을 가장하면서 살아남을 것이다.

곁에 누운 천사를 가만히 바라보았다. 천사가 언제나 느리다는 여관 주인의 말이 가시처럼 목에 걸린다. 천사들은 언제나 지켜보면서 기다리고 또 기다렸다. 천사의 심판과 구원은 항상 더디고도 더디게 진행된다. 제대로 데려온 걸까. 눈앞의 어둠을 노려보면서 다시 자신을 의심한다.

그때, 갑자기 유리창이 부서지는 소리가 들렸다. 창문을 깬 돌멩이가 바닥에 부딪힌 다음 벽을 향해 튀어 올랐다. 깨어진 창문 너머에서 사람들이 웅성대는 소리가 새어들었다. 다시 날아든 돌멩이가 다른 유리창을 부쉈다. 문밖에서 거침없이 계단을 올라오는 발자국 소리가 들렸다. 천사를 꽉 끌어안는 동안 누가 문을 거칠게 열어젖혔다. 여관 주인이었다.

"천사가 여기 있다는 정보를 인터넷에서 보고 사람들이 잔뜩 몰려왔어요. 어떤 일이 일어날지 알죠? 서로 독차지하려고 싸우기 시작할 테고, 천사는 갈가리 찢길 거예요."

여관 주인이 나를 빤히 바라보았다.

모두 내 탓이었다. 광장에서 여기까지 오는 동안 얼마나 많은 사람이 우리를 지켜볼지 생각하지 않았다. 천사를 욕망하는 자가 얼마나 많은지도 잊었다.

— 놓친 거예요, 일부러 버린 거예요?

여관 주인의 물음이 다시 되살아난다. 잊은 걸까, 일부러 잊은 척했던 걸까.

"어쩔래요?"

여관 주인이 물었다. 천사가 조용히 품을 빠져나가서 여관 주인의 팔을 잡았다.

보낼 수 없다. 보내서도 안 된다.

쉰 목소리로 말하면서 여관 주인의 팔을 잡았다. 여관 주인은 천사를 안아 올리며 웃었다. 갑자기 짙은 유황 냄새가 코끝으로 밀려들었다. 뿌연 안개 같은 연기가 눈앞을 막아선다. 거대한 악마가 곁에 있는 것처럼 소름이 끼친다. 눈앞에서 뜨거운 지옥의 열기가 확확 끼쳐 나오고, 선하고 어린 것들이 내지르는 작은 비명은 커다란 함성 속으로 자취를 감춘다.

분명 어디선가 지옥문이 열렸다. 살과 뼈가 찢어지고 부서지는 소리가 들린다. 한숨과 울음과 고통의 비명들이 별 하나 없는 어두운 하늘에 울려 퍼진다.

그 소리를 들은 나는 귀를 막았다.

몸이 흔들렸다. 그리고 심장이 지옥 불에 덴 것처럼 뜨거웠다. 몸을 일으키려고 움직이자 묵직하게 가슴을 누르는 무게가 느껴졌다. 천사가 품속에서 잠들어 있었다.

달리는 차의 뒷좌석이었다. 차창 밖은 어슴푸레했고 차가운 공기가 운전석 창문을 통해 날아들었다. 구식 카오디오에서는 옛날 노래가 흘러나왔다. 운전을 하던 남자가 백미러로 나를 보며 씩 웃었다. 여관 주인이었다.

간밤에 보았던 일이 현실이었는지 갑자기 확신할 수 없었다. 이 차를 타고 달리는 동안 잠시 이상한 꿈을 꾼 것만 같다. 창밖에서 미명이 조금씩 밝아오고, 여관 주인은 끝나가는 노래의 후렴구를 나직이 따라 부른다. 무엇인가 말해버리면 이 평화로움이 산산조각 날 것만 같아서 나는 조용히 창밖 풍경만을 바라보았다.

현실도 꿈도 아닌 순간이 지나가는 동안 라디오에서 흘러나오는 음악이 바뀌었다. 나른하던 노래가 경쾌한 노래로 바뀌다가 뉴스를 알리는 음악이 되었다.

"아침 6시 뉴스입니다."

아나운서의 또렷한 목소리가 흘러나왔다.

"어젯밤에 백 명이 넘는 사람이 살해되는 전후무후한 일이 발생했습니다. 경찰은 인간성이 보이지 않는 참혹한 사건임을 고려할 때, 악마의 소행이거나 천사가 심판권을 발동한 것으로 의심하고 있습니다. 경찰 내에서는 최근에 납치된 천사의 소행이라는 추측이 강하게 지지받고 있으나 천사 측 대변인은 강하게 부정했습니다. 한편, 이 사건을 대수롭지 않게 평한 악마 측 대변인의 태도에 대해……."

라디오 채널을 돌리는 여관 주인과 눈이 마주쳤다. 그는 나를 향해 순박하고 해맑게 웃었다. 악마가 얼마나 아름다운지 사람들은 모른다. 지옥 앞에서도 태평스럽게 웃는 의연함을 보면 닮고 싶어진다. 시궁창 같은 삶의 밑바닥을 수없이 핥으면 마침내 악마를 닮게 된다고, 여관 주인은 말했다.

"친구에게 데려다줄게요."

그가 아무 일도 없었던 것처럼 말했다. 그리고 우리는 오랫동안 침묵했다. 차는 계속 덜컹거렸고 낡은 카오디오에서는 옛 노래가 흘러나왔다. 나는 어젯밤에 무슨 일이 있었는지 알려고 꺼낸 스마트폰을 차창 밖으로 던져버렸다. 그리고 여관주인에게 아무것도 묻지 않았다. 우리는 휴게소에서 밥을 먹으면서 오늘 날씨가 좋다는 이야기를 했고 호두과자를 사서 나눠 먹었다.

차는 다시 오랫동안 달렸다. 여관 주인은 오디오에서 흘러나오는 옛날 노래를 계속 흥얼거리다가 커다란 표지판 앞에서 차의 속력을 줄였다. 조금만 지나면 갈림길이다. 그는 백미러 속으로 천사를 계속 힐끔힐끔 쳐다보았다.

"진짜 데리고 갈 겁니까?"

갈림길을 몇백 미터 남겨두고 그가 물었고, 나는 대답하지 않았다. 그는 씩 웃으면서 갈림길에서 오른쪽으로 돌았다.

"악마도 한때는 천사였던 것 알아요?"

그가 말한 뒤에 큰 소리로 웃었다. 그리고 경신이 일하는 건물 앞에 닿을 때까지 두 번 다시는 노래를 부르지 않았다. 차는 고요한 밤이 내려앉은 도심 속을 잠시 달리다가 허름한 건물 앞에서 멈췄다.

낡은 건물 앞으로 을씨년스러운 바람이 불었다. 이층 창문에서 내려다보던 사람이 황급히 몸을 숨긴다. 그리고 요란하게 계단을 뛰어내려오는 발소리가 들렸다.

— 얼마나 간절한지 기억하고 또 기억해야 해.

경신의 목소리가 또렷이 되살아난다. 밤을 가로지르는 가로등 불빛이 불쑥 건물 밖으로 튀어나오는 경신의 모습을 비춘다. 바람소리가 건조한 도시의 목소리처럼 우리 사이를 지나간다. 아주 오랫동안 더디고도 더디게 이 도시를 사랑했던 기분이 든다.

"모두들 보라고! 꼭 돌아올 거라고 했잖아."

뒤를 돌아보고 말하는 경신의 목소리에서 비린내가 난다.

"보관하던 것 알지? 가져와."

경신이 뒤에 선 어두운 그림자들을 바라보며 말하고, 그림자 하나가 건물 안으로 사라진다. 나는 죽어버린 사람과 도시를 떠난 사람들의 이야기를 한다. 이야기는 경신이 품은 너무 많은 이야기의 틈을 찾지 못하고 흩어져버린다. 그리고 나는 시궁창 같은 현실을 핥는다.

"자, 날개를 돌려받기 전에 우리가 진짜 원하던 천사를 보여 줘."

경신이 혀로 입술을 핥는다. 나는 망설인다. 껌뻑대는 가로등 불빛에 비친 경신의 눈빛이 사나워진다. 건물 안으로 사라졌던 그림자가 새하얀 날개를 들고 앞으로 나선다. 나는 사랑했던 도시 속에 날개를 빼앗긴 채로 서서, 오랜 기다림 속에 낡고 해어진 외사랑에 서글퍼진다.

"네가 얼마나 간절한지 기억하라고 했잖아."

경신이 외친다. 그녀의 하얀 블라우스가 어둠 속에서 하얀 깃발처럼 펄럭인다. 그림자의 손에 들린 날개가 우수수 어둠 속으로 흩어져버린다. 어린 천사가 불빛 앞으로 나서서 경신의 손을 잡고 처음으로 웃는다.

"이건 천사가 아니야!"

경신이 외치는 소리를 듣고서 다시 어린 천사를 본다. 악마는 언제나 자신이 바라는 모습으로 다가와서 결정적인 순간에 정체를 드러낸다. 지리멸렬한 광기가 감도는 어린 천사의 눈빛이 점점 위로 솟구치고 뒤에서 여관 주인이 아름답게 웃는 목소리가 들린다.

지옥의 문지기가 딛고 선 땅이 고요하게 흔들리고 여기저기서 유황 냄새가 나는 연기가 올라온다. 네온사인이 뿜어내는 빛으로 그득했던 밤하늘 위로 불타는 유성이 유려한 곡선을 그린다. 땅이 갈라진 틈으로 밀려오는 뜨거운 열기가 도시 끝까지 이어진다.

나는 눈을 감는다. 그리고 유일하게 나를 위로했던 늙은 여자가 탄 마지막 기차가 어디를 달려가고 있을지 생각한다.

■ 파 국   破 局 은 ……

　세상 전체를 한눈에 바라보긴 어렵다. 우리는 세상의 일부에 지나지 않는 좁은 공간에 살면서 세상의 어떤 측면을 바라보고 어떤 가치를 매길지 결정한다. 긍정적인 측면을 더 바라보는 사람도 있고, 부정적인 측면을 더 잘 들여다보는 사람도 있다. 그래서 사람들은 같은 세상에 살면서도 전혀 다른 세상을 보며 살아간다.

　내게도 세상을 들여다보는 뷰파인더가 몇 개 있다. 이주노동자인권단체와 세이브더칠드런에서 소식지를 정기적으로 보내오고, 북한 인권과 관련된 기사가 자주 실리는 잡지가 부모님 앞으로 배달된다. 또, 페이스북으로 연결된 노동인권변호사님을 통해 알기 힘든 소식을 접하기도 한다. 긍정적인 측면을 바라본다면 세상엔 약자를 돕고자하는 정의로운 사람들이 있고, 이들을 후원하는 사람도 많다. 그러나 약자들의 삶을 펼쳐보면 세상은 더할 나위 없이 절망적이다. 어떨 때는 인간이 혐오스러워지기까지 한다.

여러 사람의 노력으로 좀 더 나은 세상이 되길 바라지만, 세상은 어제와 같고 내일도 다르지 않을 것만 같다. 그래서 절망이 분노로 바뀔 때가 있다. 세상을 돕기 내려온 천사도 세상의 그늘 속을 걷다보면 이 세상이 바로 지옥임을 실감하지 않을까. 원래는 그런 생각을 표현하고 싶었는데, 쓰고 나니 현대판 소돔과 고모라 이야기가 되어버린 것 같다.

본문 중 고딕으로 표기했던 부분은 단테의 신곡 지옥편 3곡 중 인용한 것이다.

온우주
단편선

이 밤의 끝은 아마도

이 밤의 끝은 아마도

여자는 아침 일찍 일어나서 비좁은 욕실에서 세수를 하고 머리를 빗었다. 열린 문틈으로 물끄러미 등을 바라보던 나와 거울 속에서 눈이 마주쳤지만 여자는 신경 쓰지 않았다. 여자는 밥을 차려주고, 상냥하게 웃고, 외면하려는 내 머리를 쓰다듬고 출근했다. 나와 살기 시작한 후부터 아침마다 늘 그랬다. 그런데 나는 아직도 지금처럼, 종종 여자의 이름이 기억나지 않는다.

여자는 내가 두 달 전까지 함께 살았던 연이의 절친한 친구이고 내게는 세 번째 여자다. 처음 함께 살았던 여자는 채 눈을 뜨기도 전인 나를 보고 한눈에 반했다고 했다. 내 어미와 함께 지내던 늙은 남자의 이웃에 살던 여자였다. 강아지였던 나를 한시도 품에서 내려놓지 않을 만큼 귀여워했던 여자는 내 세상의 전부였고 죽을 때까지도 그러리라고 생각했다. 그러나 여자가 남자 친구와 동거를 시작한 후에 모든 것이 달라졌다. 남자는 나를 두고 여자와 자주 다투었고, 어느 날 낯선 거리에 나를 내려놓고 부랴부랴 떠나버렸다.

길에서 생활하는 일은 힘들고 버거웠다. 사나흘 굶기는 예사였고 잠자리를 구하기도 쉽지 않았다. 그래도 여자가 나를 찾으러 와주리라는 희망으로 하루하루를 버텼다. 남자 친구가 나를 몰래 내다버린 사실을 알고 매일 울 여자가 걱정되기도 했다. 상황은 변했지만 마음만은 그대로라고 믿었다. 그러나 여자는 끝내 나타나지 않았고, 사람이 무서워지기 시작했다. 모든 일이 마음먹기라고, 마음으로 상황을 바꿀 수 있다고 사람들은 말한다. 하지만 마음은 지속되지도 강하지도 않다. 이리저리 흔들리고 휘어지다가 끝내는 상황이 마음을 바꾸어버린다.

나는 여자를 더 이상 기다리지 않기로 마음먹었고, 그때부터 여자의 얼굴이 기억나지 않았다. 하지만 이리저리 사람들을 피해 도망 다니다가 겨우 한숨을 돌리는 밤이 오면 여자의 체취가 코끝에서 되살아나곤 했다. 내가 사람을 냄새로 기억하는 것을 그때 알았다. 여자의 냄새가 나는 밤엔 코끝이 자꾸 시큰거렸다.

안락사가 결정된 날 밤에도 코끝이 시큰거렸다. 길거리에서 잡혀 온 지 한 달째 되는 날이었다. 삶은 추억과 인연으로 지탱된다. 그런데 살아오면서 기억에 남는 일이라고는 서글픈 유기와 절박했던 길거리 생활이 전부였다. 내 삶은 생겨난 적이 없었고 나는 이미 오래전에 죽었다. 그래서 나는 의연히, 무구하게 죽을 생각이었다. 삶의 종막은 스스로 결정할 수 없다. 그것은 희한한 사건,

때로 운명이나 신으로 불리는 존재 혹은 인간이 매듭짓는 문제다. 그런데 예기치 못한 구원도 마찬가지였다.

갑자기 보호센터에 나타난 연이는 예정된 내 죽음을 파기하고 돌연 풍성한 삶을 가져왔다. 작은 케이지에 담겨 연이의 집에 도착한 나는 도무지 상상한 적이 없었던 매 순간을 살았다. 연이는 화사하고 쾌활했고, 사소한 일에도 잘 웃는 사랑스러운 사람이었다. 연이의 따스한 체온을 느끼면서 일어나는 아침마다 잠든 연이의 머리카락과 귓불과 목덜미의 냄새를 맡았다. 그리고 느지막이 일어나서 주방과 침실과 거실을 오가는 연이의 모습을 눈으로 좇았다. 연이는 그런 내가 스토커 같다고 핀잔을 주다가도 결국엔 웃으면서 안아주었다. 연이는 나를 버렸던 여자가 한때 그랬던 것처럼 나의 가족이, 내 세상 전부가 되었다. 코끝은 이제 더 이상 시큰거리지 않았다.

그런데 비가 몹시 내리던 밤, 연이가 내 앞에서 살해당했다.

이른 저녁부터 비가 거세게 내리던 밤이었다. 거센 바람이 바깥에서 불길한 소리를 내며 울어댔고 멀리서 우는 천둥이 점점 가까워졌다. 그때, 벨 소리가 들렸고 나와 함께 방에 있던 연이가 거실로 나갔다. 문이 열리는 소리와 함께 짧고 낮은 연이의 비명 소리가 들렸던 것이 기억난다. 신음처럼 들리는 기괴한 소리에 쏜살같이 뛰어나간 나는 뒤에서 연이의 입을 틀어막은 거대한 그림자를 보았다.

큰 소리를 내며 달려드는 나를 보며 그림자는 연이를 놓았다.

언제 불이 꺼졌는지 집 안은 칠흑같이 어두웠다. 어둠 속에 선 그림자는 어둠에서 튀어나온 것처럼, 아니 어둠 그 자체처럼 보였다. 그 어둠을 향해 온 힘을 향해 달려들었지만 끝내 막지 못했다.

그림자에게서 놓여난 연이는 균형을 잃은 사물처럼 무거운 소리를 내며 바닥으로 넘어졌고, 어둠이 맹렬하게 덤벼드는 나를 향해 날을 세웠다. 날카로운 것이 몸속으로 쑥 들어왔고 나는 맥없이 무너졌다. 그리고 뒤돌아선 어둠이 연이를 집어삼키는 것을 바닥에 누운 채로 무기력하게 지켜보아야만 했다. 그렇게 연이는 어둠 속으로 빨려 들어갔고 나는 어둠 속에 갇혔다.

그리고 다시 빛이 찾아왔다. 어렴풋이 밝아오는 세상을 보면서, 처음엔 꿈을 꿨다고 생각했다. 그런데 아침마다 곁에 있던 연이의 체온이 느껴지지 않았다. 코끝에 스치던 연이의 체취도 맡을 수 없었다. 수상쩍고도 불쾌한 냄새를 맡고서야 병원임을 알았다. 연이는 죽고, 나는 살아남았다. 범인은 잡히지 않은 채였다.

의사는 내가 기적적으로 살아남았다고 했다. 병원비를 책임지며 끝까지 기다려준 사람이 바로 연이의 친구였던 여자였다. 연이를 생각해서였는지, 아니면 전부터 나를 좋아해서였는지는 모르겠다. 병원에 있는 동안 젊은 경찰이 몇 번 찾아와서 여자와 이야기를 나누었다. 뭔가 말하고 싶었지만 소리가 나오지 않았다. 후유증이었다.

의사가 원인을 모르겠다고 여자에게 설명하는 게 들렸다. 기다리면 고쳐질 수도 있지만 장담은 못한다고 했다. 침착해 보이기만 하던 여자가 그 말을 듣고 울었다. 여자의 이름을 기억하지 못하는 것이 처음으로 미안했다.

여자는 말없이 누운 내 곁에서 연이의 장례식이 끝났다는 이야기를 했다. 침착하게 차분히 말했지만 눈이 젖어 있었다. 여자는 울음을 참으면서, 몸이 회복된 후에 갈 데를 찾을 때까지 자신과 함께 지내도 괜찮다고 했다. 아니, 함께 지내자고 했다.

그래서 악몽 같은 여름이 끝나갈 무렵부터 우리는 함께 지내게 되었다. 여자가 살고 있는 아파트는 좁고 낯설었다. 연이의 흔적을 조금도 찾아볼 수 없는 이곳이 영원히 낯설 것이라는 예감이 들었다. 여자는 내게 잘해주려고 노력했지만 깔끔하게 정돈된 아파트만큼이나 그녀에게도 정이 들지 않았다.

몸은 조금씩 회복이 되어갔지만 낮에 잠이 들 때마다 악몽을 꾸었다. 그리고 밤이 가까워지면 나도 모르게 몸을 떨다가 발작을 일으켰다. 또 다른 후유증이었다. 연이를 죽인 그림자를 잉태한 어둠이 죽을 만큼 무서웠다. 여자는 나를 위해서 내가 잠자는 방의 불을 끄지 않았다. 하지만 어둠은 바깥에만 있는 것이 아니었다. 어둠은 내 안에도 있었다.

잠시 방심하면 무서운 상상이 머릿속에서 튀어나와 실체처럼 눈앞에 어른거렸다. 눈을 감으면 불쑥 나를 덮쳐 오는 그림자 때문에 잠을 잘 수가 없었다. 입맛도 완전히 잃어버려서 간신히 물로 목을 축이는 것이 전부였다. 내 안에 있는 어둠이 나를 조금씩 야금야금 삼키기 시작했다.

어둠에 짓눌리기 시작하자 몸을 움직이는 것조차 힘들었다. 몸은 점점 야위어갔고, 여자는 간신히 숨만 쉬는 나를 어떻게든 살

리려고 병원을 순례하면서 몇 번이나 울었다. 그러나 아무리 여자가 흐느끼고 사정해도 마음이 움직이지 않았다. 연이가 죽은 후로 마음은 텅 비어버렸다.

"따라 죽을 셈이니? 연이는 너를 정말 사랑했어. 네가 무기력하게 죽기를 바라진 않을 거야. 그러니까 어떻게든……"

평소엔 마시지 않던 소주를 한 병이나 마신 여자가 훌쩍였다.

"어떻게든 살아줘. 연이도 그렇게 보냈는데, 너까지 잘못되면……"

술에 취해 주절대던 여자가 넘어지는 것처럼 뒤로 누웠다. 술을 너무 많이 마셔서 정신을 잃었는가 싶었는데, 꼭 감긴 여자의 눈에서 눈물이 흘러내렸다. 가끔 여자처럼 혼자 술을 마시고 울던 연이가 생각났다. 혼잣말처럼 이야기를 주절대던 것도 여자와 닮았다. 나는 밝은 구석에 조용히 앉은 채로 여자를 응시했다. 이곳에 온 후로 줄곧 느끼던 낯설음이 처음으로 옅어졌다. 연이의 아파트에서 자주 맡았던 익숙한 냄새가 여기에서도 난다.

사람이 사는 공간 구석구석에는 외로움의 냄새가 배어 있다. 외로움의 냄새는 여러 가지 냄새와 섞이다가도 조용한 밤이나 혼자 남는 시간이 되면 조금씩 짙어지다가 마침내 공간을 가득 채운다. 연이의 아파트에 혼자 있을 때마다 나는 짙은 외로움의 냄새를 맡았다. 때로는 연이가 남긴 냄새였고, 때로는 내게서 나는 냄새였다. 외로움의 냄새가 섞이면 전혀 다른, 새로운 냄새가 된다. 그래서 연이와 나는 그곳에서 각자의 외로움이 풍기는 냄새를 섞으며, 지우며 살았다.

나는 잠들어버린 여자의 곁으로 살금살금 다가가서 머리카락과 귓불과 목덜미의 냄새를 맡았다. 연이와 다르면서도 비슷한 냄새가 풍긴다. 여자와 나의 냄새가 섞이는 동안 낯설음이 조금씩 걷힌다. 속에서 나를 갉아대던 어둠이 잠시 이빨을 감추고 물러선다. 나는 목을 축인 후에 사료를 조금 입에 넣고 씹었다.

사료를 먹기 시작하면서부터 몸이 천천히 회복되기 시작했다. 아직도 칼에 찔린 상처들이 쑤시고 아프지만 조금씩 걸을 수 있게 되었다. 여자는 좋아서 어쩔 줄 모르는 것처럼 보였지만 쌀쌀맞게 구는 나를 여전히 조심스럽게 대했다. 여자가 친절히 대해줘도 나는 여자에게 마음을 열고 다가가지 않았다. 감정 없는 눈으로 빤히 응시할 때마다 여자는 어색하게 웃으면서 나를 어렵게 대했다.

회복이 빠른 쪽은 몸뿐이었다. 마음은 아직도 상처투성이였다. 여전히 어둠이 무서워서 발작을 일으켰고, 입에서 소리는 나오지 않았다. 그리고 연이가 죽던 날 밤의 꿈을 자주 꾸었다.

여자는 연이의 유골함이 있는 납골당으로 나를 데려가면서 일부러 연이를 화장했다고 했다. 땅에 묻히면 어두우니까 사람들이 많이 오가고 관리인들이 지켜주는 납골당에 안치하자고 연이의 가족을 설득한 모양이었다. 적어도 연이는 어둠에서 비켜나 있어 다행이었다.

여자는 말없이 있는 나를 유골함 앞에서 가만히 안아주었다. 은은한 커피 냄새가 났다. 여자가 집에 올 때마다 연이가 직접 만들어주던 커피 냄새였다. 연이가 곁에 있는 것만 같아서 고개를 들어보았지만 휑뎅그렁한 공간만이 보였다. 소리 내어 울고 싶은데 울 수가 없다. 여자는 그런 나를 한참 동안이나 측은하게 바라보다가 함께 안치실을 나섰다.

그때, 한 남자가 우리를 스치듯이 지나치며 안치실로 들어갔다. 짧은 순간이었지만 기분이 이상했다. 온몸의 털이 빳빳하게 일어섰고, 불현듯 연이가 죽던 날 밤이 풍기던 비릿한 냄새가 코끝을 스쳤다. 꼼짝없이 얼어붙은 나를 여자가 이상하게 바라보았다. 당장 조금 전의 남자를 쫓아가보고 싶었지만 갑자기 경련이 일었다. 그날 밤의 어둠이 다시 눈앞에 있었다. 바닥에서 몸부림치는 나를 잡으면서 여자가 소리를 질렀고 여기저기서 당황한 사람들이 몰려들었다. 그리고 나는 거짓말처럼 정신을 잃었다.

그 뒤로 며칠 동안 나는 제정신이 아니었던 것 같다. 낯익은 의사가 보였고 몸을 찌르는 주삿바늘도 느껴졌지만 모두 현실이 아닌 것만 같았다. 가까스로 정신을 차리고 퇴원을 한 뒤에도 며칠 동안 끙끙 앓았다. 코끝에서 맴돌던, 연이가 죽던 날 밤의 냄새는 보이지 않는 곳으로 슬그머니 사라졌다. 그러나 그 남자가 찾아온 날, 사라졌던 냄새가 다시 나타났다.

성큼 들어선 남자의 그림자는 여자를 단숨에 삼켜버릴 것처럼 짙고 검었다. 여자의 어깨 너머로 던져진 집요한 시선이 뱀처럼 집 안 여기저기를 훑으며 미끄러졌다. 남자에게서 비릿한 냄새가 풍겼다. 그날 밤의 냄새다. 나는 남자를 매섭게 노려보았다.

지금 집 안에 무섭고, 음산하고, 불길한 것이 들어왔다.

기묘한 살기가 나를 마주 노려보는 남자의 주변을 떠나지 않고 맴돌았다.

"납골당에서 실례가 많았어요."

여자가 건네는 커피 잔을 받아들면서 남자가 말했다. 그러고는 그날 내가 괜찮았는지 물었다. 등골이 오싹했다. 남자가 집에 들어서던 순간에 느꼈던 섬뜩함은 틀리지 않았다. 나와 납골당에서 스쳤던 수상한 남자임이 분명했다.

"하필 저 때문에 그런 소동이 벌어져서……."

그가 머리를 긁적였다. 궁상맞은 표정인데도 기묘한 살기는 전혀 줄지 않는다. 음산한 뱀 같은 눈길이 나와 여자와 집 안 구석구석을 징그럽게 훑으며 지나갔다. 여자는 그런 낌새를 채지 못하고, 경계심이라고는 전혀 없는 표정으로 웃으면서 도리어 그날 놀라게 한 일을 사과했다.

"찾아와주셔서 연이가 고마워했을 거예요."

쑥스러워 하는 척하는 남자에게 여자가 말했다. 연이가 고마워하다니. 여자의 말이 이해되지 않았다. 이놈은 연이가 죽던 그날 밤, 거기에 있었던 괴물이다. 그 밤의 냄새가 아직도 남자에게서 난다.

잠시 머무른 남자는 경계하는 나를 힐끔 쳐다보고는 또 보자는 말을 남기고 자리에서 일어섰다. 현관을 나서는 남자의 몸은 날렵하고 단단해 보였고 소매를 걷어 올려 드러낸 팔뚝에는 근육이 잡혀 있었다. 실수 없이 정확히 나를 찌르던 그림자의 움직임이 떠올랐다. 여자가 남자를 보내고 문을 닫았을 때, 나는 자신도 모르게 바들바들 떨고 있었다. 남자가 남기고 간 어둠이 구석에 똬리를 틀고 도사렸다. 어둠 속에서 나는 홀로, 다시 악몽을 꾸기 시작했다.

그 후로 남자는 매일같이 나타난다. 어슬렁어슬렁 길에 나타나는 남자를 나는 이층 베란다에서 내려다본다. 놈은 어김없이 베란다 아래에서 걸음을 멈추고 내가 모습을 드러내길 기다렸다가 히죽 웃는다. 그러고는 이곳으로 침입할 방법을 찾은 것처럼 작은 빌라의 벽과 창문을 꼼꼼히 훑어보았다. 날카로운 시선이 한점, 한 점을 이어가며 촘촘한 망을 잣는다. 놈이 들어올 틈은 없다. 그런데 내가 놈에게서 탈출할 틈도 없다. 놈과 나는 막다른 골목에서 마주친 적처럼 서로를 마주 노려본다. 팽팽한 긴장을 흐트러뜨리는 쪽은 언제나 놈이다. 놈은 느슨한 웃음으로 긴장감을 휘저어놓고는 휘파람을 불며 왔던 길을 다시 되돌아갔다. 나는 그 자리에 앉아서 남자가 사라진 길 끝을 바라본다. 하늘의 정중앙에 떠 있던 해가 서쪽으로 기울고 어스름이 찾아올 때까지 남자는 돌아오지 않았다.

여자는 점점 짙어지던 어둠의 농도가 한계에 이르면 돌아온다. 나는 돌아온 여자의 얼굴에 묻은 고단한 일상을 읽었다. 성글고 긴 머리카락을 풀어헤친 여자가 화장기 없는 얼굴로 나를 쓰다듬는다. 연이를 떠올리면서 머리를 낮게 숙였다. 침침한 백열등이 천장에서 껌뻑대며 방 안을 회색으로 물들인다. 슬그머니 집 안을 배회하는 어둠은 아침이 이르러도 사라지는 법이 없었고, 잠시 열어졌던 외로움의 냄새는 여자가 출근한 후 다시 짙어졌다.

그리고 남자가 비슷한 시간에 또다시 나타난다. 놈은 날이 갈수록 점점 대담해져서 집 주변에 머무르는 시간이 늘었다. 어떤 날에는 여자가 나타나는 것을 지켜보고 돌아가기도 했다. 숨어서 여자를 지켜보는 남자의 눈빛은 먹잇감을 노리는 뱀처럼 선뜩했다.

넌 여자를 못 지켜.

놈이 입모양으로 소리 없이 말했다. 놈을 향해 낮게 목젖을 울렸지만 소리가 나오지 않았다. 내가 누군가를 지키고 있음을 세상에 선언하던 맹렬한 짖음은 감각으로만 남아 있을 뿐이었다. 놈은 나를 비웃고 길 끝으로 사라졌다.

다음 날 오후, 함께 산책을 하는 여자와 내 앞에 놈이 나타났다. 여자는 자연스럽게 놈에게 인사를 건넸다. 놈은 천연덕스럽게 웃으면서 인사를 받았다. 여자와 대화를 하는 놈은 내가 아는 놈이 아니었다. 표정은 온화했고 예의 바르게 여자를 대했다. 심지어 목소리가 따뜻하기까지 했다. 그러나 여자가 다른 곳을 바라보면 숨겼던 본성이 눈빛에 드러났다. 눈빛에 배어 나오는 싸늘한 한기의 본령은 눈빛 저 구석에 도사린 어둠이었다. 놈이 나를 넌지시 바라볼 때마다 어둠도 나를 알아보았다. 잊기 위해 날마다 발버둥치는 그 밤의 어둠이다.

나는 그날 밤의 풍경을 잊고 싶었다. 그래서 짙고 검은 어둠 속에 담긴 날카로운 아픔과 무시무시한 그림자를 매일같이 지우고 표백한다. 설핏 번개가 환하게 비추던 광경이나 희멀건 그림자의 얼굴 앞에 참기 힘든 두려움으로 벽을 세운다. 그런데 놈 앞에선 벽조차 무용지물이다. 놈이 몰고 온 어둠이 자꾸 나를 바라본다. 나는 이 어둠을 막을 수 없음을 잘 안다. 아침에 바라보는 하늘은 밝고 청량하지만 한낮의 절정을 지나면 어쩔 수 없는 어둠의 기미가 나타난다. 인생이 하루라면 지금이 언제쯤일까 생각해본다. 아침은 벌써 지나갔고 어쩌면 한낮의 절정도 지나갔다. 그러면 지금은 낮과 저녁의 경계에 있는, 빛이 조금씩 사라지는 시각인지도 모른다.

어스름이 찾아올 무렵, 다시 길 끝에서 놈이 걸어온다. 나는 무기력하게 눕혔던 몸을 일으키고 생생한 정신으로 놈을 마주한다. 우리는 날카로운 눈빛을 교환하면서 말없이, 오랫동안 서로를 바라보기만 한다. 내가 매일 놈을 읽듯이, 놈도 매일 나를 읽는다. 팽팽한 긴장과 두려움은 조금씩 익숙함으로 바뀌다가 마침내 습관이 되어버린다. 나는 습관처럼 놈을 미워했고, 습관적으로 놈을 기다리기 시작했다.

그쯤에 수수하던 여자의 차림새가 화려해졌다. 푸석거리던 피부엔 윤기가 흐르기 시작했고 밋밋하던 눈가는 화려한 색깔로 물들었다. 늘 입던 바지 대신 짧은 치마를 입고 외출하는 횟수도 점점 늘었다. 남자가 생긴 것이 분명했다.

처음에 함께 살았던 여자도 남자 친구가 생기기 전에 꼭 이랬다. 다음에 벌어질 일을 나는 알았다. 나는 점점 관심 밖으로 밀려날 것이고 종국에는 귀찮은 존재가 될 것이다. 연이와 함께 살았던 시절에도 그랬다. 그제야 비로소 연이의 죽음 때문에 잊었던 작은 일들이 떠올랐다. 연이도 화려한 차림으로 자주 외출을 했고 내가 모르는 사람의 냄새를 묻혀 왔다. 간혹 남자 친구의 이야기를 내게 하기도 했다. 만약 죽지 않았다면 연이도 나를 버렸을지 모른다는 생각이 처음으로 들었다.

여자는 울적해진 내 머리를 쓰다듬으며 걱정할 일은 없다고 말했다. 이미 나를 좋아해줄 사람을 찾았고, 그 사람과 함께 지내면 자신과 지낼 때보다 훨씬 더 행복할 거라고 했다. 아마 한동안은 그럴 것이다. 그러나 또다시 어디론가 떠나야 할 때가 올 것이다. 여자에게서 비릿한 어둠의 냄새가 난다. 빛이 희미해지고 마침내 어스름이 가까이 다가오는 전조였다. 천천히 다가오는 어둠이 새까맣게 짙어지면 모든 일이 끝날 것이다.

늦여름의 더위가 끝난 뒤부터 놈이 길 끝에서 몰고 오는 어둠은 조금씩 더 짙어지기 시작했다. 여자는 여전히 화려한 차림새로 외출했고, 놈은 한층 더 여자에게 가까워졌다. 최근엔 여자를 집 앞까지 바래다주러 나타나기도 한다. 정중하게 행동했지만 계단을 올라가는 여자를 지켜보는 눈빛은 차갑게 번득인다. 여자가 만나는 남자가 놈이라는 의심이 들기 시작했다. 연이가 죽던 날 맡았던 비릿한 냄새가 집에 돌아온 여자에게서 풍긴다. 그 냄새를 맡으면서 나는 그날 밤의 어둠으로 조금씩 걸어 들어간다. 그리고 비에 젖은 살인자의 비릿한 체취와 어렴풋한 윤곽만을 조금씩 되살려낸다.

놈은 그날 밤처럼 일을 벌일 시기를 가늠하고 있을 것이다. 나는 그 시기를 알리는 단서를 찾기 위해 온 신경을 곤두세웠다. 연이가 죽기 전에 있었던 사소한 일들을 차근차근 되짚어본다. 연이가 받지 않는 전화가 자주 걸려 왔고, 낯선 발자국 소리가 현관 앞에서 들렸다. 연이가 하얗게 질린 얼굴로 집에 뛰어 들어온 적도 여러 번이었다.

길에서 여자를 지켜보는 놈의 눈빛을 읽는다. 차갑게 번득이는 눈빛의 바닥에서 절박함이 보인다. 깊은 사랑은 절박함과 맞닿는다. 사랑으로부터 버림받지 않고 싶은 욕망에서 절망이 태어나기 때문이다. 다시 버림받지 않을까 불안해하며 연이를 바라보던 내 눈빛도 놈과 같았을 것이다. 놈이 길 끝을 향해 몸을 돌리고, 여자가 집 안으로 들어온다.

베란다 쪽에서 뛰어오는 나를 여자가 이상하게 바라보았다. 언젠가부터 여자를 더 이상 기다리지 않는 나를 깨닫는다. 여자는 고개를 갸웃거리면서 베란다 창문 밖을 내다보았다. 남자가 있던 자리는 텅 비어 있다. 길 끝을 바라보았지만, 짙은 어둠 때문에 남자의 모습은 보이지 않았다. 하지만 놈은 내일 또다시 돌아올 것이다.

길 끝을 바라보는 동안 여자의 핸드폰이 부르르 떨렸다. 여자는 샤워를 하러 막 욕실에 들어간 참이었다. 탁자를 연신 두들기던 핸드폰의 진동은 조금 있다가 멈췄다. 그러나 여자가 욕실 문을 열고 나오는 순간 또다시 진동이 시작되었다. 여자는 핸드폰 액정을 확인했지만 전화를 받지 않았다. 다시 핸드폰이 덜덜덜

떨리지만 여자는 무시한다. 이런 장면을 몇 번이나 보았던 것만 같은 기분이 든다. 여자가 지금까지 몇 번이나 사랑을 하고, 이와 같은 이별의 수순을 밟고 지나왔는지 궁금해진다. 이별 위로 눈물이 지나가는 계절이 끝나면 다시 새로운 계절이 시작된다. 그러나 이번엔 다를 것이다. 뜨거웠던 여름이 끝나간다. 조금 열어둔 창문을 통해 들어오는 바람엔 겨울이 묻어 있다. 재시작이 없는 파국이 다가오고 있다.

놈은 무엇인가를 기다리는 눈빛으로 저무는 태양 아래 서 있었다. 두꺼운 옷이 무엇인가를 감추고 있는 것처럼 수상해 보인다. 나는 여름 내내 사라졌던 속 털이 안에서부터 두툼하게 차오르는 것을 느낀다. 놈과 나는 스스로를 지키기 위해 두꺼워지고 있었다.

내가 놈을 들여다본다.

놈도 나를 들여다본다.

나는 놈의 어둠이고, 놈은 나의 어둠이다. 그날 밤의 어둠이 길 위에 깔린다. 어둠을 넘어가기 위해 놈을 이겨야만 한다. 나는 이빨을 드러내고 낮게 목젖을 울렸다. 놈이 그런 나를 향해 이빨을 드러냈다. 그리고 집 앞에 나타난 여자의 팔을 붙잡았다. 놈은 여자가 팔을 뿌리치는 동안, 보란 듯이 나를 향해 히죽 웃었다. 하지만 오늘은 파국이 이르는 밤이 아니었다.

여자가 다소 격앙된 몸짓을 하며 남자와 대화를 하다가 뒤돌아섰다. 집 안에 들어온 여자는 파들파들 떨다가 풀썩 자리에 주저앉았다. 여자가 느끼는 두려움이 내 속에 간직한 어둠을 건드린다. 무기력함을 느끼면서 여자의 손등을 핥았다. 여기가 아닌 저 밖에서 무슨 일이 벌어진다면 여자를 지킬 수 없다. 이제 놈이 나타나는 것보다 나타나지 않는 것이 더 두려워졌다. 놈이 나타나지 않으면 나는 텅 빈 집 안에 홀로 갇힐 것이다.

나는 여자를 기다리지 않고 놈을 기다리기 시작했다. 기다리는 동안 시간은 천천히 늘어지다가 마침내 멈춰버린다. 그럴 때면 텅 빈 집 구석구석에 먼지처럼 내려앉은 외로움의 냄새가 검은 어둠처럼 짙어진다. 그리고 소리 없이 스며드는 이 어둠 속에서 나는 홀연히 증발을 시작한다. 증발은 놈이 나타나는 순간에야 간신히 멈춘다.

기다리게 하는 자는 기다림의 절박함을 모른다. 기다림이 외로움으로 변하고, 외로움이 잉태한 어둠 속에서 소멸의 의식이 시작되는 것은 오로지 기다려본 자만이 안다. 어스름을 뒤에 끌고 놈이 나타날 때 느끼는 안도감에 나는 길들여진다.

놈에게 팔을 잡혔던 후로 여자는 내 곁에서 함께 창밖을 내다보았다. 대개 놈이 떠난 후였지만 간혹 뒷모습을 보기도 했다.

"알고 있었니? 저 사람 연이의 남자친구였대."

놈이 있던 자리에 남은 암담한 어둠을 내다보며 여자가 말했다. 목소리에서 쓸쓸함이 배어난다. 죽은 사람이 잠시 이름만으로 되살아난다. 연이가 없어진 자신의 자리를 찾으며 현실을 배회한다. 연이의 자리가 나타났다가 금세 비어버린다.

또다시 여자를 찾는 전화벨이 울린다. 하지만 여자는 전화를 받지 않았다. 핸드폰 화면에 나타나는 이름을 확인할 때마다 여자의 얼굴이 하얗게 질린다. 언젠가부터 낯선 발자국 소리가 현관 앞을 배회하는 소리가 들린다. 괴물이 현관 앞까지 다가와 있었다. 그날처럼 비가 내릴 때면 불길해서 잠이 오지 않았다. 나는 밤새 비가 내리는 소리를 들으면서 현관 앞에 도사렸다. 어쩌면 나는 여자보다 먼저 죽을 것이다. 여자가 나보다 오래 살아남길 바란다. 아마도 많은 동족들이 나와 같은 바람으로 사랑하는 사람과 이별했을 것이다. 버림받는 이별보다 이런 이별이 훨씬 낫다. 아마도.

조금씩 놈은 초조해 한다. 오랫동안 놈을 지켜보았던 나는 놈의 절박함이 절정에 이르렀음을 느꼈다. 내가 이별을 준비하듯 놈도 여자와의 이별을 준비하고 있을 것이다. 하지만 여자와 이별하는 방식은 서로 다르다. 얼마나 사랑하는지는 사랑하는 순간이 아닌 이별하는 순간에 드러난다. 나는 사랑을 위해 죽지만, 놈은 사랑을 죽이고 박제할 것이다. 그래서 놈은 괴물이다.

부드럽게 내리는 빗속에 우산을 받쳐 들고 놈이 서 있다. 먼 곳에서 천둥의 웅얼거림이 사라지는 순간에 번개가 퍼뜩 빛난다. 어둠이 잠시 사라진 찰나에 놈의 얼굴을 본다. 놈이 연이의 남자친구였다는 말이 기억났다. 연이의 얼굴이 놈의 얼굴 위에 잠시 겹친다. 그 순간, 놈도 내 얼굴 위에 겹치는 연이를 보았음을 느꼈다. 우리는 같은 사람을 사랑했고 홀로 남았다. 처음으로 연민을 느끼며 놈이 풍기는 외로움의 냄새를 맡았다. 저기에 놈이 아니라 내가 서 있다.

후드득후드득 굵어진 빗방울이 뿌리는 소리가 거세진다. 오늘인가 싶어 놈을 바라본다. 놈은 오늘일까 싶은 표정으로 나를 응시한다. 놈은 평소보다 훨씬 더 오랫동안 그 자리에 서 있다가 한밤중이 되어서야 길 끝으로 사라졌다. 다행히 오늘은 아니었다. 내일은 날씨가 맑을 것이다. 하지만 사흘 뒤에 또 비가 내릴 예정이었다.

예쁘장한 아나운서의 예고대로 사흘 뒤에 비가 내렸다. 여자는 평소보다 공들여 화장을 한 후에 짧은 치마를 입고 출근했다. 어쩌면 오늘이다. 여자를 배웅하는 동안 불길한 예감이 마음속으로 스며들었다.

놈이 올 시간은 아직 멀었다. 나는 거실과 방 그리고 베란다를 오가며 초조하게 서성였다. 놈과 여자 중 하나가 나타나야만 안심할 것 같았다. 시간은 더디게 흘러 한낮을 겨우 지나갔다. 비가 내리는 탓에 평소보다 빨리 어두워지기 시작한다. 바깥을 내다보아도 지금이 몇 시쯤인지 가늠하기가 힘들다. 길 끝을 응시하며 몸을 웅크렸다. 조금씩 어둠은 짙어지는데, 여자도 놈도 나타나지 않는다.

초조함이 극에 달할 무렵, 우산을 쓴 놈이 길 끝에서 나타났다. 길가에 선 가로등 불빛이 칼날처럼 허공을 내리긋는 세밀한 빗줄기를 비춘다. 놈은 여느 때처럼 맞은편에 서서 여자가 오기를 기다린다.

오늘일까. 나는 생각한다.

오늘일까. 어쩌면 놈도 생각할 것이다.

놈을 보는 동안 길 끝에서 화사한 주황색 우산이 나타났다. 여자가 혼자 걸어오고 있었다. 놈은 자신을 스쳐가는 여자를 눈으로 쫓았다. 그러나 말을 걸지도, 따라오지도 않았다. 여자는 놈을 힐끔 뒤돌아보고 재빠르게 계단을 올라왔다.

오늘도 아니다.

안도하며 현관 앞으로 다가갔다. 이윽고 열쇠를 돌리는 소리가 나고 문이 열렸다. 실내는 빛이 없는 어둠 속에 잠겨 있었다. 현관문이 열린 틈으로 희미한 빛이 들어온다. 여자가 불을 켜면 어둠은 다시 구석으로 쫓겨날 것이다.

"늦었지? 미안."

여자가 사과하면서 들어선다. 날카로운 전자음이 삐익 소리를 내며 새벽 1시를 알렸다. 술 냄새를 희미하게 풍기는 여자의 뒤편에서 현관문이 천천히 닫힌다. 문이 완전히 닫히면, 여자와 나는 세상과 격리된 집 안에서 다시 얼마간 안전할 것이다.

오만한 생각이었다. 어둠은 작은 틈으로 스며들기 마련이었다. 문이 닫히기 직전 불쑥 나타난 손이 다시 문을 열었다.

오늘이다.

놀라서 뒷걸음질 쳤다.

마침내 괴물이 여기까지 왔다.

놀란 여자가 뒤를 돌아보았다. 어둠 속에서 그림자가 여자의 입을 틀어막는다. 평소보다 훨씬 더 비릿한 냄새가 놈에게서 풍긴다. 비린내가 아니라 사악한 괴물이 뿜는 악취다.

"날 잡으려고 네가 그 새끼랑 짜고 그러는 걸 모를 줄 알았지?"

몸부림치는 여자를 붙잡은 괴물이 헐떡대면서 여자의 귀에 속삭였다. 여자가 괴물의 품에서 몸을 뒤트는 소리가 들렸다. 어둠은 한정 없이 깊어지기만 한다. 저항할 새도 없이 나는 어둠 속으로 빨려 들어간다.

다시 나타난 그날 밤의 어둠이 거대한 막처럼 내 앞을 가로막는다. 퍼뜩 빛나는 번개가 그날처럼 괴물의 얼굴을 비추고 사라진다. 어렴풋했던 그날 밤의 형체들이 오늘 밤에 나타난 괴물과 겹치면서 명명백백해진다. 괴물은 놈이 아니었다.

겁에 질린 여자의 눈이 베란다 창문을 향한다. 뒤돌아본 베란다 창문 너머에 길 끝을 향하는 놈이 보인다. 나는 다시 고개를 돌리고 괴물을 마주했다. 오늘 나는 어둠을 넘어갈 것이다. 목에 갇혔던 소리를 맹렬하게 내뱉으면서 나는 선언한다.

괴물이 당황해서 여자를 놓치려다가 다시 붙잡았다. 나는 이빨을 드러내고 다시 맹렬하게 짖었다. 그리고 어둠을, 괴물을 향해 달려들었다. 이빨이 부드러운 살 아래 놓인 뼈를 짓뭉갠다. 여자의 비명이 어둠을 갈래갈래 흩어놓고, 괴물의 손에서 강철 이빨 같은 칼날이 튀어나온다. 이제 밤은 끝나고, 마침내 어둠에서 자유로워진다. 나는 죽을 것이다.

눈을 부릅뜨고 이빨에 힘을 준다. 번득이는 칼날이 눈앞으로 다가온다. 그런데 괴물이 갑자기 앞으로 고꾸라진다. 어느새 집 안으로 들어온 놈이 괴물을 주먹으로 내리치면서 욕설을 퍼붓는다. 묘한 살기 너머에 도사린 어둠은 내가 간직했던 어둠과 결이 같다.

　바깥이 소란스러워지고 사람들의 소리가 들렸다. 놈이 괴물을 길들인 수갑을 잡고 나를 향해 히죽 웃는다. 그리고 한 번도 가르쳐주지 않은 내 이름을 부른다. 그런데 나는 놈의 이름을 모른다. 놈의 이름이 무엇인지 알고 싶어진다.

　제복을 입고 달려온 건장한 남자들이 괴물을 어디론가 데려간다. 놈은 흐느끼는 여자에게 수고했다고 말하고, 미안하다고 사과한다. 그리고 헐떡대는 내 앞에 선다. 나는 다시 놈의 눈을 응시한다. 그 밤이 풍기던 비릿한 냄새에 코끝이 시큰거린다. 어둠 앞에서 세웠던 벽이 무너지고, 나는 놈의 냄새를 기억해낸다. 그날 밤, 놈이 조금만 더 빨리 달렸다면 연이가 살아남았을지도 모른다. 부질없는 바람이다. 놈과 나는 안다.

　외로움의 냄새가 놈에게서 짙게 풍긴다. 내게서도 같은 냄새가 난다. 두 냄새가 섞이면 어떤 냄새가 날까, 궁금해진다. 놈이 자신의 이름을 말한다. 앞으로 오랫동안 놈의 곁에서, 그 이름을 수없이 기억해낼 것 같은 예감이 든다.

　우리 가족은 개 한 마리를 기른다. 양을 지키던 조상을 둔 이 녀석은 수컷
이고, 이름은 텐이다. 이 녀석은 주인이 아닌 사람이 주는 간식을 의심스러운
눈초리로 바라보기만 하고 절대 받아먹는 법이 없을 만큼 깊은 의심병과 예
민함마저 지녔다. 겁도 어마무지하게 많아서 같이 산책을 하다보면 내가 녀
석을 지켜야하는 경우가 흔하다. 개의 본성이 주인을 지키는 것이라는 일반
적인 이야기를 생각하면 참으로 개탄스럽다. 그러나 골목에서 수상쩍은 기
미를 보고 격렬하게 짖는 모습을 보면 어쨌든 우리를 지키겠다는 의지가 있
긴 한 것 같다.

　개를 키우다보면 이전에 모르던 세계가 열린다. 다양한 사료의 세계에서
부터 견종마다 다른 성격까지 관심사가 한없이 넓어진다. 나는 특히 유기견
에 대한 관심이 많아졌다.

버림받은 개들의 비참함은 사랑하는 사람에게 버림받은 사람의 모습과 닮았다. 유기견은 상처 입고, 사람을 경계하고, 새로운 사람의 애정을 두려움으로 거절하거나, 그 모든 상처에도 불구하고 여전히 사람을 사랑한다. 어떤 형태의 사랑을 잃었든, 오래 평온히 머무를 사랑을 찾는 때가 모두에게 오면 좋겠다.

이 글을 쓰는 지금도 바깥에서 텐이 짖는 소리가 들린다.

집 안에서만이라도 널 지켜주마, 멍멍.

고맙다, 텐. 그런데 가끔은 수상한 놈이 나타났으니 빨리 나와서 널 지켜달라는 소리가 아닌지 의심돼.

온우주
단편선

어떤 밸런타인데이

어떤 밸런타인데이

그는 어린애처럼 앉아서 모래성을 쌓고 있는 아내가 어째서 마녀라고 불리는지 이해할 수 없었다. 아내는 여느 사람처럼 남과 다른 점이 몇 가지 있을 뿐이었다. 지금처럼 찬바람이 몰아치는 1월에 얇은 면 옷을 입어도 추위를 타지 않았고 감정에 따라 머리카락 빛깔이 변했으며 늙지 않았다. 그는 남과 다른 점을 과시하기 좋아하는 사람들이 유독 아내를 두고 수군대는 이유를 알수 없었다. 그는 아내가 남과 다른 점을, 그 특별함을 사랑했다.

"추워."

아내인 카리나와 달리 추위를 몹시 타는 그가 발을 동동 구르면서 말했다.

카리나는 미완성으로 남게 된 모래성을 아쉽게 바라보면서 자리에서 일어섰다. 양말을 두 겹이나 신고도 시린 발을 동동 구르는 그가 안쓰러워진 모양이었다. 그는 해변을 등지고 다가오는 카리나를 향해 새파래진 입술로 웃었다. 파도가 카리나에게 다가 오다가 끝내 닿지 못하고 물러났다.

"1월이 끝났어."

카리나가 맥 빠진 목소리로 중얼거렸다. 모래 위에 발자국을 남기며 함께 걷던 그는 건성으로 입소리를 내었다. 카리나는 언제나 1월이 끝나는 것을 아쉬워했다. 1월이 끝나면 정신없이 바빠지기 때문이었다. 밸런타인데이를 위한 초콜릿 주문이 이미 잔뜩 밀려 있었다. 그는 부엌에 덕지덕지 붙은 주문서를 떠올리며 한숨을 쉬었다.

지금쯤 난쟁이들이 초콜릿을 만들 솥을 가져다 놓았을 것이고 그는 카리나가 만들 초콜릿에 들어갈 약초를 구해 와야 했다. 괴상한 약초를 초콜릿에 넣기가 찜찜하다고 불평하기는 오래전에 그만두었다. 카리나와 함께 밸런타인데이를 열 번 넘게 보냈지만 초콜릿을 먹고 탈이 난 사람은 없었다. 오히려 초콜릿의 인기는 점점 높아지기만 했다.

파도가 그녀의 발치까지 닿았다가 물러서면서 애절한 소리를 냈다. 그는 그 소리를 들으며 뒤를 돌아보았다. 등 뒤로 점점이 이어지는 발자국의 끝엔 반쯤 쌓인 모래성이 아직도 그대로 놓여 있었다.

"성 모양 초콜릿을 만들어주면 어때?"

문득 그가 물었다.

"누구에게?"

카리나가 반문했다.

"그야."

조금 무안해진 그가 얼굴을 붉혔다.

"나에게."

그 말을 들은 카리나가 소리 내 웃으며 앞으로 뛰어나갔다. 그는 요정처럼 춤추는 카리나를 꿈꾸듯이 바라보았다. 시시각각 다른 빛으로 변하던 카리나의 머리카락이 태양빛으로 물들어갔다.

"카리나는 아무에게나 초콜릿을 만들어주지 않아."

카리나가 허리에 손을 얹고 말했다.

"내가 아무냐?"

카리나는 대답하지 않았다. 그는 카리나를 잡으려고 애쓰다가 애절하게 물러나는 파도를 가만히 바라보았다.

"날 사랑하지 않아?"

카리나는 부드럽게 웃을 뿐이었다. 아마 이번 밸런타인데이에도 질문의 답을 듣지 못할 것이다. 마음이 파도처럼 하얗게 부서져 내렸다.

1월이 끝나고 2월의 첫날이 다가왔다. 초콜릿을 주문하기 위해 집 앞에 늘어선 긴 행렬은 올해도 매일매일 이어질 험난한 초콜릿 만들기를 예고했다. 카리나를 마녀라고 부르며 가까이 하지 않던 여자들조차도 밸런타인데이 직전에는 카리나에게 호의적이었다.

책상 앞에 앉은 카리나의 머리카락은 시시각각 색깔이 변했다. 기이한 머리카락을 바람에 흩날리며 사악하게 웃는 모습이 영락없는 마녀였다. 그는 잔뜩 거드름을 피우는 카리나에게 초콜릿 주문서를 몽땅 가져다주었다. 카리나는 으스대며 안경을 끼고는 주문서를 살피기 시작했다. 안경 때문에 우스꽝스러운 마녀처럼 보인다고 몇 번 잔소리를 했지만 주문서를 읽을 때마다 안경 쓰는 습관은 고쳐지지 않았다. 카리나는 안경을 쓰면 어떤 주문을 받고 거절할지 매우 객관적으로 판단하게 된다는 이유를 댔다.

— 말하자면 안경이 마법을 부리는 거야.

카리나가 딱 잘라 말했다. 그 말을 믿기는 어려웠지만 안경을 낀 카리나는 평소보다 훨씬 더 신중하고 꼼꼼해졌다.

"사하레나."

초콜릿을 주문한 여자의 이름이 불렸다. 평소에 카리나를 마녀라고 부르며 나쁜 소문을 퍼트리던 여자였다. 카리나는 복수라도 하는 것처럼 한참 동안 뜸을 들이며 여자를 애태우다가 입을 열었다.

"사 년 동안 끈질기게 주문서를 냈군요. 올해는 주문을 받죠. 사 년간이나 주문을 거절했지만, 사과하진 않겠어요. 내가 만드는 초콜릿은 완벽한 조건하에서만 효과를 발휘해요. 조건이 맞을 때까진 주문을 받을 수 없어요."

카리나가 쌀쌀맞게 말한 뒤에 배달까지 부탁할 것인지 물었다. 여자가 결정하기를 기다리는 카리나의 머리카락은 사랑스럽고도 짓궂어 보이는 색으로 빛났다. 다른 사람들은 시시각각 색깔이 변하는 머리카락을 두려워했지만 남편인 그는 그것을 보고 카리나의 기분을 알았다. 포도주 빛이 도는 옅은 분홍빛은 슬픔이나 애절함을 의미했고, 붉은색은 흥분, 검은색은 잔인함, 태양빛은 즐거움, 석양과도 같은 장밋빛은 사랑스러운 감정을 뜻했다.

사하레나의 주문을 받아들인 카리나의 머리카락이 장밋빛으로 빛났다.

"어따, 초콜릿을 받을 남자가 참 행복하겠소."

사랑스럽게 여자를 바라보는 카리나의 목소리에 장난기가 돌았다. 그가 가장 좋아하는 모습이었다.

"할멈, 초콜릿에 눈물을 좀 섞어줄까? 싫어? 그러면 독을 조금 넣을까? 먹고 나면 제법 괴로울 거야. 어때? 지금까지 할아범이 속 많이 썩였잖아."

할머니를 다음 손님으로 맞은 카리나가 눈을 빛내며 물었다. 처음 보는 손님의 사연을 어떻게 그토록 상세히 아는지는 누구도 몰랐다. 그러나 다들 그러려니 했다. 마녀는 남들과 달라도 무척 다른 법이었다.

다음 손님은 말이 많고 깐깐한 여자였다. 카리나는 손님의 까다로운 요구를 맞추기 위해 필요한 재료를 주문서 귀퉁이에 적었다. 도마뱀의 꼬리, 길고 괴상한 이름을 가진 풀, 모기 눈알. 하나같이 야릇한 재료를 구하는 일은 언제나 남편의 차지였다. 그래서 그는 카리나가 초콜릿에 들어갈 재료를 손님에게 제안을 할 때마다 제발 손님들이 거절하길 바랐다. 그러나 여자들은 항상 더 주문하면 더 주문했지 거절하는 법이 없었다.

"아하! 복수의 초콜릿!"

마침내 그가 가장 싫어하는 단어, 복수가 등장했다. 그는 검은색과 붉은색을 오가며 어지럽게 빛나는 카리나의 머리카락을 보면서 두 손으로 머리를 감쌌다. 카리나는 복수의 초콜릿 만들기를 가장 좋아했다.

그는 복수의 초콜릿에 들어가는 재료가 끔찍이 싫었다. 특히 '무엇이든 녹여버리는 늪의 물'은 최악이었다. 늪의 물을 담으면서 몇 번이나 손을 데었던 그는 아직도 아물지 않은 화상 자국을 보며 인상을 찡그렸다. 하지만 카리나는 전혀 관심을 기울이지 않았다.

"사지를 찢어버리는 독을 넣자!"

검은색으로 빛나는 머리카락을 송곳처럼 날카롭게 세우고 송곳니를 드러낸 카리나가 야수처럼 웃었다.

"숨 막히는 고통을 백 개쯤 넣을까?"

"아니요."

손님이 대답했다. 그는 안심하고 싶었지만 '복수의 초콜릿'을 주문하는 손님의 대답에 마음을 놓기는 일렀다.

"만 개쯤 넣어주세요. 아니, 아니에요. 돈을 더 드릴 테니 오만 개로 해요."

"아가씨의 아름다운 두 눈을 받고 육만 개로 하지. 만 개는 내 서비스야."

주문이 이어질수록 카리나의 머리카락이 훨씬 더 미묘하고 복잡한 빛을 발했다. 주문을 받는 동안 점점 흥이 오르면 카리나의 인심도 후해졌다. 그래서 여자들은 앞줄보다도 뒷줄을 차지하려고 다투었다.

그러나 흥이 한창 오른 카리나도 거절해야 할 주문을 받으면 냉정해졌다. 공중으로 뻗치던 머리카락은 순식간에 어깨 아래로 떨어지며 회색빛으로 변했고, 카리나는 단호하게 고개를 저었다.

"안 돼. 이 남자는 아직 널 받아들일 준비가 안 됐어."

카리나는 냉정하게 말하면서 주문서를 찢는다. 주문서를 찢는 대신 주문을 몇 년 뒤로 미루는 경우도 있긴 했지만 그리 많진 않았다.

주문을 처리하는 데 꼬박 하루를 쓰고 나면 카리나는 초콜릿을 솥에 넣고 뭉글뭉글하게 녹였다. 그는 불을 일정한 온도로 유지하면서, 높은 의자에 앉은 아내가 괴상한 노래를 부르며 주걱으로 솥을 젓는 모습을 보름가량 지켜보았다.

노래를 부르며 춤을 추는 아내의 머리카락은 시시각각 변하는 감정을 따라 여러 색으로 빛났다. 그는 그것을 사랑스럽게 바라보면서 아내와의 아련한 추억에 잠겨들거나 장작으로 솥을 두들겨서 노래의 박자를 맞추었다. 그러면 태양빛으로 밝게 빛나는 카리나의 머리카락이 남편의 뺨을 섬세하게 쓰다듬다가 그를 휘감아 침대로 데려갔다.

그는 마법에 걸린 주걱이 혼자 솥을 젓는 소리를 들으며 초콜릿보다 달콤한 카리나의 목덜미를 핥았다. 그럴 때면 창밖에서 파도의 행복한 노랫소리가 밀려들었고 그는 두 사람이 해변에 남긴 발자국이 춤을 추면서 복잡하게 배열되는 소리를 들었다.

행복은 초콜릿을 굳히는 날이 다가올수록 점점 옅어졌다. 카리나는 초콜릿이 입안에서 녹을 온도를 미묘하게 조절하는 작업 때문에 신경을 곤두세웠다. 무심한 갈색 빛을 내며 뾰족하게 위로 뻗은 머리카락은 결코 아래로 내려오는 법이 없었다. 등을 부드럽게 쓰다듬으며 사랑을 갈구하는 그를 밀어내면서 카리나는 해마다 같은 이야기를 했다.

"이 일은 정말 중요해. 초콜릿이 입안에서 녹는 온도가 얼마나 중요한지 알아? 온도를 너무 낮게 맞추면 상대의 마음을 녹일 수 없고, 온도가 너무 높으면 상대방의 마음이 녹다 못해 아예 없어져버려. 사람들이 대마녀라고 부르는 내가 망신당하는 일이 생기는 거야. 그런데도 계속 방해할 거야?"

카리나가 퉁명스럽게 말했다. 그러나 퉁명스러움에서마저 사랑을 느끼는 그는 방해하기를 멈추지 않았다. 그러면 카리나는 머리카락을 푸르게 빛내면서 화난 눈으로 그를 노려보았다. 그러나 이내 장밋빛으로 변한 머리카락은 그의 각진 턱을 쓰다듬으면서 그를 다시 침대로 데려갔다. 침대 위에서 초콜릿보다 달콤한 사랑이 끝나면 카리나는 자신을 방해한 그에게 복수라도 하는 것처럼 투명한 공기방울을 만들어 허공에 띄웠다. 그는 매번 이런 밤이 싫었다.

"내가 왜 초콜릿을 만들기 시작했는지 이야기했어?"

그는 대답하지 않았다. 애써 들었다고 대꾸해봤자 카리나는 기어코 또 그 이야기를 한다. 그는 괴로워하며 다시 듣는 수밖에 없었다.

"저 소년 때문이었어."

카리나가 이야기를 시작했다.

공기방울 안에는 작은 숲이 있고, 숲 속의 외딴 집엔 한 소년이 살았다.

"지금 봐도 너무 사랑스러워서 어쩔 줄을 모르겠어. 그런데……."

"그런데, 저기 혼자 사는 소년은 밸런타인데이에 자신을 사랑하는 여자에게서 초콜릿을 선물 받는 것이 소원이었겠지."

무심한 카리나가 미워진 그가 퉁명스럽게 대꾸했다.

"이야기했어? 하지만 그래도 들어!"

"좋아, 들을게. 하지만 소년에게 선물할 초콜릿을 만들려고 실험했던 이야기는 듣고 싶지 않아. 특히 시험 삼아 만든 초콜릿을 받은 남자들이 끔찍한 일을 당한 부분은 건너뛰면 좋겠어."

"그 부분이 이야기에서 가장 중요해! 초콜릿이 입안에서 녹는 온도가 얼마나 중요한지 알게 된 대목이니까."

"아무것도 모르고 그 초콜릿을 남자에게 선물한 여자들이 당신을 가만뒀다니 정말 대단해."

그의 말을 들은 카리나가 싸늘하게 웃었다.

"가만 안 두기는. 한꺼번에 몰려와서 덤비기에 한 명은 개구리로, 한 명은 벼룩으로 만들었고 또 한 명은……."

"카리나."

질책이 담긴 목소리로 그가 이름을 불렀다. 카리나는 말을 멈추고 어깨를 으쓱했다.

"전부 그 여자들 잘못이야. 미적지근한 마음과 지나친 열정을 초콜릿에 담아달라고 내게 강요했으니까. 미적지근하고 딱딱한 초콜릿을 씹다가 이빨이 깨진 일이나 열정이 펄펄 끓는 초콜릿을 먹다가 머리가 녹아버린 일이 어째서 내 탓이라는 거야!"

"카리나!"

그가 그만하라는 뜻으로 이름을 부르면 카리나는 사악하게 웃은 뒤에 남편에게 입을 맞추었다. 달콤하고 긴 키스가 끝난 뒤에도 공기방울은 사라지지 않았다.

늙지 않는 아내의 긴 사랑이 언제 시작되었는지도 언제 끝날지도 그는 알지 못했다. 그저 카리나가 올해도 소년을 위한 초콜릿을 몰래 만들리라 짐작할 뿐이었다. 그는 공기방울을 바라보는 카리나의 머리카락이 깊이를 모를 사랑의 빛으로 물들며 반짝이는 것을 애틋하게 바라보았다.

"이 애는 행복했을까?"

조용한 목소리로 묻는 카리나의 눈에서 눈물이 흘렀다. 그는 투명한 별빛으로 물들어가는 카리나가 사라질 것만 같아서 힘껏 끌어안았다.

"혼자 쓸쓸하게 빈집에서 죽어버리진 않았겠지?"

그의 품속에서 카리나가 쓸쓸한 목소리로 물었다. 그는 상냥하게 카리나의 이마를 쓰다듬다가 공기방울을 터트려버렸다.

훌쩍이는 카리나를 다시 침대에 뉘인 그는 카리나의 몸에서 파도의 냄새를 맡았다. 그리고 결코 닿지 못할 그녀의 마음을 향하여 밀려갔다 물러나기를 반복하는 파도처럼 일렁였다. 눈을 감고 파도에 몸을 내맡기는 카리나의 머리카락은 장밋빛 석양처럼 그를 비추었지만 결코 깊이를 알 수 없는 별빛으로 빛나지는 않았다.

아내의 빛바랜, 그러나 아직 끝나지 않은 사랑 이야기를 들은 다음 날은 밸런타인데이였다. 그는 아침에 우중충한 파도에 젖은 기분으로 일어나 카리나를 배웅했다. 카리나는 초콜릿을 배달하기 위해 빗자루를 타고 집을 떠났다.

그는 덩그러니 빈 솥 앞에 한참동안 앉았다가 일어나 책상 서랍을 열었다. 알면서도 모르는 척했던, 사랑하는 아내의 비밀 공간이 거기에 있었다. 매년 거기에 아무것도 놓여 있지 않기를 얼마나 그가 바라는지 카리나는 몰랐다. 땀을 뻘뻘 흘리며 굵은 팔뚝을 좁은 공간으로 밀어 넣은 그의 손끝에 묵직한 상자가 닿았다. 움직임을 멈춘 그의 이마에서 미끄러진 땀방울이 눈꺼풀에 매달렸다가 바닥으로 떨어졌다.

카리나는 정성 들여 만든 초콜릿을 상자에 넣은 뒤에 수줍은 소녀처럼 몰래 이곳에 감췄을 것이다. 상자에서는 파도 냄새가 났다. 그는 아주 오래전에도 어느 소녀의 초콜릿 상자를 쥐고 이렇게 서 있었던 것 같은 기분이 들었다. 정성 들여 만든 초콜릿을 사랑하는 소년에게 전해주지 못해서 엉엉 울던 소녀를 만난 기억이 났다.

사실 소녀에게서 초콜릿을 받고 싶었던 사람은 그였다. 하지만 애써 질투를 감추고 소녀의 초콜릿을 소년에게 대신 전해준 적이 있었다. 두 사람이 어떻게 되었는지는 기억이 나지 않았다. 행복하게 오래오래 살았는지 아니면 서로가 어린 시절의 추억으로만 남았는지 정확하게 기억해낼 수가 없었다. 행복하게 오래오래 살았던 듯도 하고 그저 그렇게 끝났던 듯도 했다. 그는 그냥 그러려니 했다. 나이가 들면서 기억이 많아지면 자신에게 정말 중요한 기억만 선명하게 남는 법이었다.

그는 화사하게 포장된 초콜릿 상자를 다시 쓰다듬었다. 결코 잡히지 않을 소년을 향해 밀려가는 카리나의 마음이 손아래에서 파도처럼 일렁였다. 그는 그런 파도를 갈망하는 소년이었던 적이 있었다. 사랑하는 여자가 주는 밸런타인데이 초콜릿을 받고 싶었던 외딴 방의 소년은 먼 과거에 두고 온 그 자신의 초상과 닮아 있었다.

질투를 거두자 소년이 가여웠다. 밸런타인데이는 해마다 돌아오지만 사랑엔 기약이 없다. 카리나는 오랫동안 소년을 위해 초콜릿을 만들어왔지만 내년에도 그럴지는 모를 일이었다. 그는 카리나와 외로운 소년을 위해서 다시 한 번 배달부가 되기로 마음먹었다. 그는 카리나의 곁에서 귓등으로 배운 어설픈 주문을 초콜릿 상자에 대고 외웠다. 그리고 어딘가로 향하는 상자를 따라 걸었다.

그는 걸어가는 동안, 소년을 잊은 카리나의 머리카락이 별빛으로 물들면서 부드럽게 자신의 턱을 쓰다듬는 꿈을 꾸었다. 그날이 오면 카리나는 소년을 위해 만든 초콜릿보다 훨씬 더 맛있고 아름다운 초콜릿을 그에게 선물할 것이고, 그는 둘이서 해변에 남긴 발자국이 어지럽게 흩어지며 춤을 추는 소리를 들을 것이다.

상자를 따라 얕은 실개울을 건넌 그는 마침내 공기방울 속에 있던 낡고 작은 외딴 집에 이르렀다. 외딴 집의 굴뚝은 허물어진 지 오래였고 마당에는 시커멓게 변한 개의 시체가 있었다. 깊은 산속에서 쓸쓸히 홀로 쇠락한 외딴 집 안에는 텅 빈 눈으로 빈 집을 지키는 하얀 해골만이 있었다. 그는 카리나의 초콜릿 상자를 허망하게 내려다보았다.

소년은 어른이 되었고 빈집에서 혼자 쓸쓸히 죽었다. 세상일에 훤한 카리나가 그 사실을 몰랐을 리 없었다. 아마 믿고 싶지 않았을 것이다. 우울해진 그는 빈집을 등지고 바닥에 주저앉았다. 세상에서 가장 무서운 연적은 시간을 잃어버린 채 추억 속에서 살아가는 사람이었다. 그들은 결코 늙지도 변하지도 않은 모습으로 영원을 살아간다. 그는 카리나에게 영원한 소년으로 남아버린 연적을 질투했다.

그러나 죽은 이에게 예의를 다하기 위해 초콜릿 상자를 열고 해골 옆에 놓았다. 그리고 까맣게 빛나는 초콜릿을 해골의 입에 하나 물리고, 자신도 하나 물었다. 초콜릿은 한 사람을 향한 마음으로 만들어진다. 그래서 사랑하는 사람이 그 마음을 입안에 머금을 때에만 녹아내렸다. 혹시나 카리나가 초콜릿에 담은 마음을 느낄 수 있을까 기대했지만 초콜릿은 나무껍질처럼 딱딱하고 아무 맛도 없었다. 잠시나마 자신의 모습처럼 여겼던 소년의 해골이 텅 빈 눈으로 그를 마주했다.

그는 부드러운 초콜릿을 감싼 딱딱한 껍질을 억지로 깨물었다.

부서진 껍질 안에서 뜨거운 카리나의 마음이 흘러나왔다. 그제야 그는 여전히 소년이 자신의 초상임을 알았다. 그 언젠가 그도 소년처럼 외딴 집에 홀로 앉아 자신을 몹시 사랑해줄 단 한 사람을 기다리며 조금씩 나이를 먹어갔던 듯했다. 육신이 썩고 하얀 해골이 드러난 후에 영원이 되어버린 외로움 속에서도 계속 기다렸던 듯했다. 그는 그제야 소년을 위해 초콜릿을 만들고도 전해주지 못했던 소녀의 두려움과 마녀의 비밀을 이해했다. 카리나가 사랑했던 소년은 바로 그였다.

초콜릿에서 흘러나온 뜨거운 마음은 무서운 속도로 심장에 이르렀다. 아내의 마법은 끝났다. 그는 천천히 녹아내리면서 외로웠던 자신의 죽음을 잊었다. 그리고 카리나가 초콜릿 대신 수었던 영원이 찰나로 돌아가는 순간, 마녀인 아내의 머리카락이 깊이를 알 수 없는 별빛으로 물들며 자신의 턱을 간질임을 느꼈다. 그때, 해변에 놓인 두 발자국은 하얗게 밀려온 파도에 지워졌고 그는 태양 아래 놓였던 미완성인 모래성이 우수수 무너지는 소리를 들었다.

   나는 정신적 에너지가 바닥나면 시를 읽는다. 대부분의 활자들이 읽힌 후
에 금세 잊히지만, 언어의 힘이 농축된 시는 마음속에 오래 머문다. 결코 잊
히지 않는 시구도 있다. 프랑스 시인 자크 프레베르가 쓴 「고엽」도 오랫동안
마음에 남아 있는 시였다. 「고엽」은 이렇게 끝난다.

   하지만 인생은 서로 사랑하던 사람들을
   조금씩 소리도 없이
   갈라놓아버리고
   바다는 맺어지지 않은 연인들의
   발자국을 모래 위에서 지워버리네

한때 세상의 무엇보다 강력했던 결속이었던 사랑이 끝난 후의 쓸쓸한 풍경을 담은 구절은 오랫동안 잊히지 않았다. 불쑥 이 구절이 떠오를 때마다 곱씹었는데, 마녀라면 이토록 쓸쓸한 순리를 잠시 동안이나마 거스를 수도 있을 것 같았다. 그런 생각을 하는 동안 마침 밸런타인데이가 소란스럽게 지나갔다.

　밸런타인데이를 맞은 여자들은 연인에게 관습적으로 초콜릿을 선물한다. 평범한 초콜릿이 심심하다 싶어서 초콜릿에 뭔가를 집어넣기도 한다. 그래서 밸런타인데이를 맞은 마녀는 독특한 선물이 담긴 초콜릿을 사랑하는 소년에게 건네주게 되었다.

돌 아 오 는 여 름 이
다 시 여 름 인 것 처 럼

돌아오는 여름이
다시 여름인 것처럼

도나가 새로운 세계로 갔다. 며칠째 모습이 보이지 않아서 슬며시 걱정이 될 때쯤에 들려온 애석한 소식이었다. 나는 파트너였던 도나가 보내는 마지막 인사를 보기 위해 화면 앞으로 나갔다. 광활한 우주를 비추던 화면의 범위가 점차 좁아지면 우주는 하나의 별이 되고, 국가가 되고, 도시가 되다가 마침내 알아볼 수 없을 정도로 작은 점이 된다. 그 작은 점이 바로 멸종된 시간 틈바구니에 끼어 있던 도나였다. 시리도록 푸른 하늘이 내가 있는 곳쯤으로 보였을까. 도나는 이제 보이지 않는 세계를 향하여 손으로 키스를 날려 보냈다.

'안녕.'

닫힌 오르골 속에 갇혔다가 튀어나온 인형처럼 도나는 생기발랄하게 웃고 있었다. 그와 함께 깊은 오르골의 바닥에 웅크렸던 음률이 다시 삶의 반주로 맥동하기 시작했다.

'안녕.'

나는 소리 내지 않고 말했다. 내 입술을 읽은 나유가 미간을 찌푸렸다.

"불시착한 뒤 새로운 세계로 가버리는 일은 흔해."

"넌 안 그랬잖아."

다시 꺼지는 화면을 보며 내가 대꾸했다. 나유는 킬킬 웃었다.

"그건 내가 델이베르 족이기 때문이야."

나는 가볍게 한숨을 쉬었다.

"그 말 지겹다."

"겨우 세 번째야."

그녀의 말이 맞았다. 나유는 고등학교 시절에 처음 그 말을 했고, 졸업한 후 나를 다시 만났을 때 그 이야기를 또 꺼냈다. 그러니까 오늘로 딱 세 번째였다.

고등학교 때는 나유의 말을 믿지 않았다. 전혀 특별한 것이 없는 평범한 단짝이 어느 날, 자신이 배달사업을 하는 외계인이라고 말하는 걸 믿을 사람이 몇이나 되겠는가. 지극히 상식적이었던 나는 그 말을 농담으로 여겼다. 휑하니 전학을 가는 바람에 연락이 끊겼던 나유와 우스꽝스러운 계기로 다시 만나게 될 때까지는 그랬다는 이야기다.

"배달이 밀리겠는걸."

고글을 만지작거리며 내가 중얼거렸다. 나유가 키득키득 웃었다.

"좀 밀려도 돼. 사람들은 네가 배달하는 것에 그다지 신경 쓰지 않아. 기껏해야 늦는다고 짜증이나 좀 내겠지."

"어떤 사람들에겐 절박한 문제야."

"영원히 배달하지 않을 것은 아니잖아?"

나유가 여유를 부리며 대꾸했다.

"파트너는 정해졌어?"

반박할 여지를 찾지 못한 내가 물었다. 부사장인 나유는 나를 빤히 바라보면서 실실 웃었다. 남을 곤란한 상황에 밀어 넣은 후에 나오는 버릇이었다.

"곤란한 인간을 붙여주면 넌 죽어."

농담이 아니었다. 나유가 실실 웃은 후에 벌어지는 곤란한 상황은 기이한 재회 이후로 딱 질색이었다.

"아직도 화 나 있냐."

"넌 내 인생을 책임져야 해."

울컥 화가 나서 눈에 힘을 주었지만 나유는 가볍게 그 상황을 빠져나갔다. 밖에서 들려오는 거대한 울음소리 덕분이었다. 멸종한 공룡이 되살아나 울부짖는 것 같은 울음소리에 바닥까지 흔들렸다.

"설마."

불길한 예감에 사로잡히며 나유를 바라보았다.

"나가서 새로운 파트너에게 인사를 하시지요, 부장님."

나는 미간을 찌푸리며 벌컥 문을 열고 현관을 뛰쳐나갔다.

"대체 뭐야, 이게!"

현관을 가로막은 거대한 벽에 부딪히며 고함을 질렀다. 하지만 그것은 벽이 아니라 살아 있는 무엇이었다. 꿈틀꿈틀 움직이는 벽을 따라 쭉 시선을 옮기자 하늘 높이 흔들리는 꼬리가 보였다.

"빌어먹을."

벽을 걷어차며 외쳤다.

"이 궁둥이 좀 치워."

"새 파트너에게 다이어트가 필요한 것 같지?"

따라온 나유가 빙긋빙긋 얄밉게 웃었다. 나는 무시했다. 그리고 거대한 성벽처럼 놓인 몸뚱이를 따라 앞으로 전진하고 전진했다. 오 분쯤 전진하자 겨우 '이것'의 머리가 보였다.

"이봐."

거대한 머리 앞에 서서 머리카락을 쓸어 넘겼다.

"엉덩이를 치우라고. 직원들이 못 들어오고 있잖아."

멀찌감치 물러서서 이것과 나를 바라보는 직원들을 가리키며 외쳤다. 하지만 거대한 몸집이 치워지는 대신 커다란 울음소리가 다시 들렸다. 그리고 머리 위에서 물벼락이 떨어졌다. 흠뻑 젖은 나는 짠 내를 맡으며 한숨을 쉬었다.

"어이."

"난 어이가 아니야."

천 년은 묵은 것 같은 목소리가 대꾸했다.

"난 드래건이야. 천하무적 드래건이라고."

"천하무적 드래건이 질질 짠다는 이야기는 들어본 적 없어."

나는 드래건의 궁둥이 근처에서 서성이는 직원들을 보며 몇 걸음 뒤로 물러섰다.

"알았어. 알았으니까 앞으로 좀 나와. 폐가 된단 말이야."

차를 앞으로 유도하는 것처럼 손짓을 하며 물러서자 거대한 몸뚱이가 마지못해 앞으로 스륵스륵 밀려왔다. 그제야 난감하게 섰던 직원들이 건물 안으로 들어가기 시작했다. 나는 팔짱을 끼고 드래건의 머리를 바라보았다. 이곳에 오는 신입을 많이 보았지만 드래건은 처음이었다. 게다가 질질 짜는 드래건이라니 난감하기 이를 데가 없었다. 하지만 내가 어떻게 대처하는지 지켜보는 직원들 앞에서 물러설 수는 없는 일이었다. 나는 직원들을 곁눈질하며 드래건에게 말을 걸었다.

"왜 우는지 말해봐."

"기사가 죽었어."

머릿속 어딘가에 처박혀 있던 동화가 기억났다.

"기사? 널 죽이고 공주님 구출하려던 기사 말이야?"

거대한 몸집이 흔들리자 다시 거대한 물벼락이 머리 위로 떨어졌다. 나는 젖은 강아지처럼 몸을 부르르 떨었다.

"그래."

깊은 목구멍에서 밀려나온 목소리가 대꾸했다.

"그게 왜. 기사를 죽이는 것이 네 숙명이잖아."

"그 녀석이 죽었기 때문에 난 사라졌어."

"응?"

"그 녀석만큼 날 잘 아는 사람은 없어. 기사 녀석은 날 증오하는 것만큼 날 생각해줬어. 밥을 먹을 때도, 자기 전에도, 심지어는 숨 쉬는 순간에도 날 생각했어. 그건 나도 그랬지. 알겠어, 아가씨? 그 녀석과 난 서로를 증오하는 것이 아니었어. 서로를 사랑했던 거야. 하지만 서로에 대한 증오가 살아가는 이유였기 때문에 그걸 인정하지 못했던 거였어."

나는 손수건을 드래건에게 건넸다.

"그 녀석이 죽고 나자 공주는 내게 무의미해졌어. 탐나서 공주를 잡아놓은 것이 아니었어. 기사 녀석이 계속 날 생각해주기 바라서 그랬던 거야. 공주를 보내고 나자 사람들은 나를 잊었어. 사람들을 괴롭히며 발버둥도 쳐봤지만."

드래건이 코를 팽 풀었다.

"아무도 기사 녀석만큼 나를 생각해주지 않았어. 그래서 동굴에 갇힌 채 울기 시작했지. 그러는 동안 나는 점차 사람들에게서 잊혀갔어. 내가 설 자리가 사라지기 시작한 거야. 사람을 괴롭히는 역할은 가난과 빈곤과 새로운 문명의 부작용이 떠맡았어. 그러던 어느 날부터 내가 조금씩 사라져가는 것을 깨달았어. 문득 동굴 밖으로 나가봤는데 아무도 나를 못 보는 거야."

"요정들도 가끔 비슷한 소리를 해."

"아."

드래건이 다시 코를 팽 풀었다.

"요정들도 여기에 와 있나?"

눈물을 그친 드래건이 붉게 충혈된 눈을 껌뻑이며 물었다.

"우리 계열사엔 없어. 여기는 신입사원을 훈련시키는 곳이니까. 원한다면 나중에 요정이 있는 부서에 배치될 수도 있을 거야."

드래건이 코를 킁킁댔다.

"여긴 어디야?"

"배달 사업을 하는 악덕 델이베르 족의 기업."

멀찌감치 서서 웃고 있는 나유를 째려보며 대답했다.

"그때로 돌아가고 싶어."

드래건이 훌쩍였다.

"그 녀석이 밤낮 나를 생각하고 나도 그 녀석을 밤낮 생각하던 시절로 말이야. 설렘인지 흥분인지 증오인지 알지 못하는 감정이 마음을 휘감던 시절이 그리워."

"넌 이미 잊혔어. 시대가, 시간이, 기사가 너를 잊었지."

나는 드래건과 눈높이를 맞출 수 있는 바위 위로 기어올랐다. 드래건의 눈에 다시 눈물이 고이고 있었다.

"너도 잊어. 아니, 잊게 될 거야."

나는 예전에 나유가 내게 그랬던 것처럼 손을 뻗어 드래건의 이마를 짚었다.

"이제 내가 기억할게."

"뭘?"

"널. 지금부터 넌 내 파트너니까."

이마에서 손을 떼자 드래건이 눈을 깜빡였다.

"아가씨는 어째서 여기에 오게 되었지?"

"아아."

나는 털썩 바위에 주저앉은 후에 턱을 괴었다.

"이야기가 길어."

흡족한 미소를 지으며 뒤돌아서는 나유를 보며 립 반 윙클을 떠올렸다. 이곳에 온 뒤로 긴 시간이 지난 것 같진 않은데, 여기 오기 전에 일어났던 일은 공룡이 살았던 시절만큼이나 까마득하게 느껴졌다. 희미한 옛사랑의 그림자가 느릿느릿하게 회색빛으로 엷어지다가 마침내 화석이 되어 시간의 뒤안길로 사라지는 것처럼 과거의 기억이 꼭 그랬다.

"아가씨도 기사를 죽였어?"

"아니."

한때 자신의 정체성이 되었던 과거가 사라질 준비를 하고 있었음에 놀라며 대꾸했다.

"나를 죽였어."

말을 뱉은 나는 다시 말을 바꾸었다.

"나를 죽이려고 했었지."

그러자 그 봄의 기억이 화석에서 살아난 공룡처럼 생생하게 일어났다.

봄이었다. 봄이 고양이의 수염 위에서 춤추고 있었다. 봄은 달력의 날짜가 툭툭 넘어가는 박자에 맞추어 고양이의 수염 끝으로 미끄러진다. 그러나 미려한 춤 솜씨를 자랑하던 봄도 밤이 되면 발을 멈추고 휴식에 들어갔다. 오후가 되면서 가파르게 상승하던 기온은 저녁을 기점으로 완만하게 꺾이어 아직 완전히 사라지지 않은 겨울의 흐린 그림자를 되찾아왔다. 그날 밤, 나는 공룡에 관한 다큐멘터리를 보고 있었다. 사라진 시간이 재생되는 화면 속에서 멸종된 공룡이 무거운 몸을 이끌고 울창한 숲 속을 걷고 있었다. 차차 사라지다가 마침내 사람들에게 잊힌 공룡이 나를 똑바로 마주 보면서 괴상한 소리를 내질렀다.

공룡을 연구하는 학자가 되고 싶었던 꿈이 불쑥 떠올랐다. 시간이라는 마법이 화석으로 만들어버린 꿈이었다. 공룡이 살았던 시절만큼이나 아득하게 느껴지는 오랜 옛날에 꾸었던 꿈이 멸종되는 데는 그리 긴 시간이 걸리지 않았다. 망각이라는 암흑처럼 공룡을 덮어버린 검은 화면 앞에서 서성이던 나는 베란다로 나가 창문을 열었다.

고층에서 내려다보는 도시는 거대한 무덤이었다. 각양각색으로 빛나는 네온사인이 불나방처럼 날아드는 인간들을 돌려보내고 빛을 잃을 때면 붉은 십자가들이 무덤지기처럼 도시를 지켰다. 무수히 흩어진 붉은 십자가 위로 떨어지는 별빛은 이미 소멸되어버린 별이 죽기 전에 토해놓은 숨결이었다. 나는 소멸된 별의 숨결이 배회하는 거대한 무덤을 바라보며 멸절된 시절을 떠올리고 있었다. 그러자 잃어버렸던 꿈이 연두빛으로 빛나던 시간의 수풀을 헤치면서 스륵스륵 다가왔다. 그리고 뚜껑이 열린 오르골 속에서 튀어나온 인형처럼 빙글빙글 춤추기 시작했다.

— 다음에 연락을 할게요.

그 말을 믿지 말았어야 했다. 나를 피하는 얄팍한 변명이 아니라고 믿고 싶었던 것은 젊은 과장에게 남아 있던 애정 때문이었다. 떠오른 아이디어를 바탕으로 제품을 디자인하는 동안 남몰래 어깨를 두드리며 격려해주던 순간에 느꼈던 감정이 아직도 남은 상태였다. 1년 내내 매달린 나만의 디자인이었다. 잠재적인 여성 구매층을 확보하기 위한 디자인 구상을 끝내기까지 무려 1년의 시간이 걸렸다. 우연히 스케치를 본 젊은 과장은 제품의 상품성을 점치며 조언을 아끼지 않았다. 야심만만하고 자신감 넘치는 그를 동경했다.

식당에서, 텅 빈 사무실에서, 커피 자판기 앞에서 남들 모르게 은밀히 주고받은 대화 대용이 달콤하진 않았지만 그의 다정함과 관심이 특별하다고 믿었다. 제품 디자인에 대한 열정은 점차 그에게로 번져갔고 걷잡을 수 없을 만큼 그가 보고 싶을 때가 많아졌다. 그리고 디자인 스케치를 들여다볼 때 비치는 열망이 나를 향한 것이라고 확신했다.

그 제품 디자인은 온전히 우리 둘만의 것이었다. 우리는 이 디자인이 세상을 얼마나 떠들썩하게 만들지 상상하면서 자주 웃었다. 나는 내가 창조하고 그려낸 디자인만큼이나 그를 잘 알았다. 그가 좋아하는 디자인 취향을 귀신같이 짚어냈고, 개성 있는 말버릇이 언제 튀어나오는지를 알았으며, 심지어 그의 웃음소리를 열 개쯤으로 분류할 수도 있었다. 하지만 사실 나는 그를 조금도 알지 못했다.

나는 오로지 눈앞에 있는 그의 모습만을 알았다. 나의 눈앞에 없는 그가 누구를 만나며, 어떻게 웃으며, 어떤 일상을 보내며, 무엇을 생각하며 사는지는 전혀 몰랐다. 아니, 어쩌면 몰랐던 것이 아니라 알고 싶지 않았는지도 모른다. 그저 우리만의 은밀한 꿈을 좇아가는 비밀한 세계만이 전부이기를 바랐다. 나는 태양처럼 빛나는 그만을 좇아가는 양광성 식물이었다.

갑자기 퇴사를 한 그가 뜸하게 전화를 하다가 연락을 뚝 끊었을 때도, 그의 변덕스러움이 개기일식처럼 지나가리라 생각했다. 하지만 겨울이 지나고 다시 봄이 돌아올 때까지도 긴 개기일식은 끝나지 않았다. 그와 동시에 나의 꿈도 끝났다. 미완의 스케치를 거실에 내려둔 채 나는 베란다 위로 올랐다. 태양을 꿈꾸는 시절은 그 순간 멸종되었다. 양광성 식물에서 음성식물로 변용한 나는 멸종된 별이 뱉어놓은 숨결이 한 겹 더 깊어지는 거대한 도시의 무덤을 내려다보았다.

썩은 악취가 묻어나는 바람이 붉은 십자가 사이에서 흔들렸고 아래로 까마득히 내려다보이는 허공의 심연이 참을 수 없는 유혹을 던지고 있었다.

한 발.

나는 열린 베란다 창문의 난간에 서 있었다. 딱 한 발이었다.

빙글빙글 뇌리를 스쳐가는 여러 가지 꿈들이 오르골에서 흘러나오는 장송곡처럼 장엄하고도 애달팠다. 이런 사람이 아니라 공룡을 연구하는 학자가 되고 싶었더랬지. 잊었던 설렘이 마지막 숨결처럼 마음을 간질였다. 하지만 태양이 존재하던 화려한 시절은 멸종되었고, 발을 지탱하던 한 줌 흙은 물기를 잃은 채 바스러졌다.

다시금 아가리를 쩍 벌린 도시의 무덤을 내려다보았다. 장엄하게 울리던 장송곡이 우수수 바람에 밀려 흩어지고 있었다. 한 발. 딱 한 발이었다. 마침내 멸종된 시간의 음률을 흘려보내던 오르골의 뚜껑이 닫히는 소리를 들었다. 그리고 영원한 멸종의 길을 걷기 위해 한 발 앞으로 발을 내디뎠다. 그런데 그 순간, 우습게도 고등학교 시절 단짝의 말이 떠올랐다.

— 영원히 멸종되는 것은 없어.

나유. 단짝의 이름이었다. 오랫동안 잊었던 친구의 이름이 죽기 직전에 떠오른 것이 우스웠다. 나는 허공으로 발을 뻗었다. 그때였다.

"기다려!"

건너편 아파트에서 내지른 소리였을까, 아니면 마음에서 외친 소리였을까. 우습게도 나는 창틀을 놓으려던 손에 반사적으로 힘을 주었다. 한 발. 딱 한 발인데.

우당탕.

"저기, 난간에서 좀 내려가주라. 이래서는 내가 올라갈 수가 없거든?"

허공에서 요란한 소리를 내며 떨어진 물체가 난간을 붙잡은 채 말하고 있었다.

"그 물체가 뭐였는데, 아가씨?"

이제 울음을 완전히 그친 드래건이 물었다.

"나유."

눈을 질끈 감았다.

"아하. 나유라는 친구가 아가씨를 여기로 데려왔구나. 하지만 날 여기로 데려온 사람은 없는걸?"

"나와 넌 경우가 달라."

바위를 걷어차며 말했다.

"난 나유가 불시착하는 바람에 억지로 끌려 왔거든."

"무슨 소리야!"

언제 다가왔는지 바위 아래로 돌아온 나유가 빽 소리를 질렀다.

"불시착하는 사태가 왜 벌어지는지 이젠 알잖아. 그날 내가 불시착한 사태는 순전히 너 때문에 벌어졌어. 죽으려면 곱게 죽을 것이지 왜 날 기억해냈냐고!"

"누가 그러고 싶었대?"

버럭 맞고함을 치자 나유가 혀를 쑥 내밀었다.

"네 덕분에 배달사고가 나서 사장에게 얼마나 욕먹었는지 알아? 델이베르 족이 불시착하는 사태라니. 전무후무한 일이었어. 그래서 날 지구에 유학을 보냈던 아버지도 사장에게 욕을 엄청 먹었단 말이야."

"어떻게 하면 불시착을 하는 거지? 난 태어나서부터 지금까지 불시착은 해본 적이 없어."

드래건이 으스댔다. 그 말을 들은 나유가 픽 웃었다.

"너도 겪으면 알게 될 거야. 델이베르 족이 아닌 이상 불시착을 하는 경우는 흔하거든."

나유가 그렇게 말한 후에 나를 바라보았다.

"그래도 네게 배달해줬던 것은 인정받고 싶어. 난 네가 대학 입학식과 졸업식을 치를 때 환희를 배달해줬고, 계절이 돌아올 때마다 눈부신 설렘을 배달해줬어. 첫 출근할 때를 기억해? 기쁨과 거창한 꿈이 모두에게 배달되는 것이 아니란 말이야. 난 네가 눈물을 흘릴 때마다 위로를 배달했고 혼자 구석에 박혀 마음을 쥐어뜯을 때마다 고요한 평화를 배달해줬어."

"또 시작이군."

나는 머리를 쓸어 넘기며 중얼거렸다.

"감사해야 하는 일 같은걸?"

드래건이 의기양양한 나유와 어이가 없어하는 나를 번갈아 보며 말했다. 나는 피식 웃으면서 바위 위에서 뛰어내렸다.

"나유가 내게 저지른 배달사고를 생각하면 감사하고 싶지 않아."

"그것도 전부……."

"지구 유학 시절 단짝이었던 날 위한 일이었단 말이지?"

나는 한숨을 쉬며 고개를 절레절레 저었다.

"아직도 날 원망하고 있는 거야?"

나유가 울상이 되며 물었다. 나는 나유를 무시하면서 손목시계를 보았다.

"배달 갈 시간이야."

내가 냉정하게 말하는 바람에 나유는 힘없이 어깨를 늘어뜨리며 한숨을 쉬었다. 하지만 오래 의기소침해 있는 성격이 아니었다. 아니나 다를까, 나유는 드래건 곁으로 다가가서 그의 엉덩이를 툭툭 두들겼다.

"너무 힘 빠져 있지 마. 얘랑 같이 배달을 가보면 힘이 다시 날 거야."

"무책임한 말 하지 마."

고글을 끼며 말했다. 나유는 내게 배달 가방을 내밀었다.

"쉬엄쉬엄 배달하고 와. 신입사원 훈련이라고 핑계를 대면 되겠지."

"너 같은 애가 부사장인데도 회사가 안 망하는 걸 보면 용하다."

나는 툴툴대면서 배달 가방을 어깨에 둘렀다. 나유는 비행 준비를 하는 나에게 드래건을 가리켰다.

"잘 부탁한다고?"

"아니, 타고 가라고."

"응?"

"불시착할 가능성이 많거든. 신입이 혼자 불시착해서 길을 잃으면 곤란하잖아."

한없이 불길한 소리였다.

"무슨 소리야, 그게."

노려보며 물었지만 나유는 대답 대신 드래건의 목에 커다란 배달 가방을 걸어주었다. 나는 마지못해 드래건의 등에 올라타서 드래건의 목을 굳게 잡았다.

"날까?"

드래건이 물었다.

"응."

내 대답과 함께 드래건이 가볍게 날아올랐다. 아래에 서 있던 나유의 머리카락이 거센 풍압에 밀려 부드럽게 흩어지는 것을 보았나 싶은 순간, 나유는 먼 곳에 있는 작은 점이 되었다. 시야가 빠르게 넓어지는 것을 보며 드래건의 비행 실력에 감탄했다. 이윽고 우리가 떠나온 별은 뒤로 점점 멀어졌고 드래건은 별과 별 사이를 부드럽게 스쳐 지나며 우리가 담당하고 있는 푸른 별로 다가갔다.

수많은 별들이 늘어선 광활한 우주가 점점 좁아지면 우주는 살아 있는 하나의 별이 되고, 국가가 되고, 도시가 되다가 마침내 알아볼 수 없을 정도로 작은 점이 된다. 그 점들이 바로 우리의 배달을 기다리고 있는 사람들이었다. 그러나 그들에게 도착하기 전에 나유의 불길한 말이 적중했다.

대기권을 가르고 도시의 창공으로 날아든 드래건이 내게 어디에 착륙해야하는지 묻던 순간, 거대한 몸체가 휘청거렸다. 불시착의 전조였다. 나와 마지막 배달을 하던 도나가 불시착하기 직전에 꼭 이랬다. 나는 드래건의 등에서 떨어지지 않으려고 드래건을 잡은 손에 힘을 주었다. 하지만 거대한 몸뚱이에 격렬하게 엉덩이를 부딪히면서 드래건을 놓쳐버렸고, 균형을 잡기도 전에 바닥으로 내동댕이쳐졌다. 나는 몸을 짓누르는 드래건의 무게를 감당하지 못하고 몸을 비틀었다.

"이봐, 이 엉덩이 좀 치워."

넋을 잃고 움직일 생각을 않는 드래건의 엉덩이를 철썩철썩 때렸지만 드래건은 내가 숨이 막혀 기절하기 직전이 되어서야 슬그머니 엉덩이를 치웠다.

"죽이려고 작정했어?"

씩씩대며 드래건의 엉덩이를 걷어찼지만 그는 꿈쩍도 하지 않고 뭔가를 바라보았다.

"나야."

드래건이 쇼윈도에서 고개를 돌리고 꿈꾸는 눈동자로 나를 바라보았다. 나는 쇼윈도 너머에 진열된 인형을 힐끔 쳐다보았다. 드래건을 꼭 닮은 인형이 괴상망측한 얼굴로 웃고 있었다.

"나라고."

드래건이 다시 말했다.

"그 맘은 알겠는데, 우린 배달이 바쁘거든? 시간에 맞춰 배달 안 하면 곤란하단 말이야."

"나야."

갈수록 태산이었다. 드래건이 쇼윈도에 얼굴을 박은 채 움직일 생각을 하지 않았다. 그를 꼭 닮은 미니어처를 손에 든 꼬마들이 가게 안에서 까르르 웃고 있었다.

"나라고."

다시 드래건이 말했다.

"사람들이 날 기억하고 있어. 난 잊히지 않았어."

"아이고, 점점."

나는 어떻게 하면 이 몸집이 거대한 파트너를 움직일 수 있을까 고민하며 미간을 찡그렸다. 그때, 옆을 지나던 누군가가 말을 걸어왔다.

"신입인가요?"

고개를 돌린 나는 옆에 있는 패스트푸드점 앞에 서 있던 모후를 발견했다. 내게 교육을 받은 적이 있는 탓인지 그녀는 무척 반가운 눈치였다.

"배달이 바쁘지 않아?"

드래건을 째려본 후에 묻자 모후가 희미하게 웃었다.

"배달은 끝났어요."

모후가 드래건이 서 있는 가게 입구를 가리켰다. 거기에 드럼통만 한 우유팩이 놓여 있었다. 드래건이 커다랗게 그려진 팩이었다. 드래건이 배달되었으니 사람들은 드래건을 기억해낸다. 기억해내면, 기억되는 것들은 불시착한다. 나는 화가 나서 머리를 벅벅 긁었다.

"지금 심정으론 저걸 확 치워버리고 싶어."

"네?"

"새 신입 파트너가 꼼짝을 안 하거든."

"저런."

모후가 드래건을 쳐다보며 웃었다.

"한동안 불시착하느라 고생하시겠네요. 요즘 이 지역에 판타지 소설이 워낙 유행이라서 드래건을 기억해내는 사람들이 늘었거든요. 당분간은 계속 그럴 예정이에요."

"빌어먹을."

얄밉게 웃던 나유가 떠올랐다.

"하지만 곧 익숙해질 거예요. 그나마 드래건이나 요정들에겐 즐거운 일이죠. 많은 사람들에게 기억되고 있으니까 인기 스타 아닌가요? 가끔 부담 없이 자신을 드러내도 되고. 우리와는 다르니까 전 되레 부럽네요."

모후가 씁쓸하게 웃으며 패스트푸드점 너머로 시선을 던졌다. 그녀의 시선이 멎는 곳에 앉아 있는 아가씨를 발견한 나는 그제야 그녀의 고글이 깨어져 있음을 깨달았다.

"불시착한 거야?"

"네."

나는 한숨을 쉬며 땅을 내려다보았다.

"도나 소식 들었어? 제자리로 돌아갔어."

잊혔던 것들은 다시 기억되는 순간 제자리로 돌아간다.

"새로운 세계로 돌아간 거겠죠."

그녀는 예전처럼 '제자리'라는 말을 쓰지 않았다. 나는 패스트푸드점 너머에 앉아 있는 아가씨를 물끄러미 바라보았다. 무엇을 기다리는지 힐끔힐끔 시계를 보는 그녀는 지루해 보였다.

"혜선이라고 해요. 제 단짝이었어요."

모후가 쓰게 웃었다.

"응."

"지금 보니 새 단짝이 생겼네요."

"그래? 하지만 넌 조금 전에 불시착을 했잖아."

"고마운 일이죠."

모후가 다시 쓰게 웃었다.

"전 그때가 그리웠어요. 밥을 먹을 때도, 잠을 잘 때도, 숨을 쉴 때도 밤낮 서로를 생각하던 순간 말이에요. 불같이 싸운 후에 저 애가 미웠을 때도 마찬가지였어요. 난 저 애가 잘 잊히지 않아서 혜선이도 가끔 내 생각을 하는지 퍽 궁금했어요."

불시착을 한 사람들은 언제나 선택의 기로에 서 있었다. 새로운 세계로 돌아갈 것인가, 남을 것인가. 내 식으로 표현하자면 제자리로 돌아갈 것인가, 남을 것인가. 나는 모후가 긴 개기일식을 뒤로하고 태양을 찾아갈지 궁금해졌다. 선뜻 패스트푸드점 안으로 들어서지 않고 바깥에 서 있는 그녀는 분명히 갈등하고 있었다.

"어쩔 생각이야?"

내가 재촉했다. 모후는 뒷짐을 진 채로 가게 안의 아가씨를 보며 빙그레 미소 지었다.

"돌아가야죠."

"회사 사람들에게 인사는 남기고 가."

"아뇨."

모후가 무슨 말이냐는 얼굴로 웃었다.

"회사로 돌아간다고요."

"넌 다시 돌아갈 수 있어. 그러니까 내 말은."

"새로 시작할 수 있다고요?"

모후가 드래건을 바라보며 아련한 웃음을 머금었다.

"이미 난 잊혔어요. 혜선이의 시간 속에서 난 멸종된 인간에 지나지 않아요. 사람들이 드래건을 불쑥불쑥 기억해내는 것처럼 이제 간혹 떠올리는 사람일 뿐이죠. 아마 이 패스트푸드점이 나와 마지막으로 만났던 곳이라서 날 기억해냈나봐요."

헐레벌떡 뛰어든 아가씨에게 화를 내며 자리에서 일어서는 혜선이를 바라보며 모후가 소리 내어 웃었다.

"저 성격은 하나도 안 변했네."

그녀가 혼잣말로 중얼거렸다.

"고글 좀 빌려주세요."

가게 앞에서 작은 팩을 들어 올리며 모후가 부탁했다.

"응?"

"제 고글은 깨어져서요. 시간이 없으니까 부장님 것을 좀 빌려야겠어요. 깨진 고글은 마지막 불시착 기념으로 간직하고요."

모후가 복잡한 표정을 지었다.

"하지만 어차피 나도 혜선이를 잊을 테니까 별로 기념품은 못되겠네요."

"너무 성급한 결론은 아냐? 도나는 제자리로 돌아갔어."

"도나는 배달 일을 한 지 얼마 되지 않았잖아요. 여전히 기다리는 사람이 있었기 때문에 돌아갈 수 있었던 거예요. 도나가 얼마나 불시착을 자주 했는지는 아시잖아요? 도나는 이 일을 오래할 사람이 아니었어요. 아니, 처음부터 시작할 사람이 아니었어요. 어리광을 부렸던 것뿐이죠. 자리를 비운 시간이 길어질수록 돌아갈 가능성은 적어져요, 부장님. 사람들은 오래 기다리지 않거든요."

"회사에서 저걸 너무 빨리 배달했어."

혜선과 이야기를 나누고 있는 아가씨를 가리키며 말했다.

"널 생각했으면 좀 더 기다렸어도 됐잖아."

"제 불시착 기록이 전무했는걸요. 규정이 있잖아요."

내가 다른 부서에 욕을 퍼부으려는 것을 모후가 가로막았다. 나는 잠자코 입을 다물고 고글을 건넸다. 모후는 꾸벅 인사를 한 다음 가볍게 발을 굴렀다. 모후는 불시착하는 바람에 헤어진 자신의 파트너를 지정된 곳에서 만나 나유가 있는 별로 돌아갈 것이다. 나는 한숨을 쉬며 드래건을 다시 올려다보았다.

"방금 떠난 아가씨가 수거해 가는 건 뭐야? 시커먼 것이 기분 나쁘게 생겼어."

다행히 자신을 닮은 인형에게서 흥미를 잃은 드래건이 나와 눈을 맞추고 물었다.

"미련이라고도 하고 기억이라고도 해."

손목시계를 보며 말해주었다.

"빌어먹을. 너 때문에 지각하게 생겼어."

"아가씨가 친구와 이야기를 오래한 탓이잖아. 난 계속 옆에서 기다리고 있었어."

"어쨌든."

부득부득 우기면서 드래건의 등으로 기어올랐다.

"어디로 가는데?"

"동쪽의 예식장. 5월이라서 무진장 바빠. 오늘만 해도 거기 열

통을 배달해야 해. 그다음엔 북쪽과 동북쪽, 남쪽이야."

"뭐가 그렇게 바빠?"

드래건이 심드렁하게 날아오르며 말했다.

"악덕 부사장인 나유가 우리 담당도 아닌 배달물품을 넣어놨어. 신입 교육용인 것 같아."

부드럽게 비행하는 드래건의 등 위에 앉아서 배달물품 목록을 훑어보며 대꾸했다. 웃음인지 비웃음인지 모를 소리를 낸 드래건은 순식간에 동쪽 예식장으로 날아올랐다. 내리자마자 계단을 뛰어올라간 나는 뒤엉킨 사람들을 헤치면서 주례가 서는 단까지 부리나케 달렸다. 그리고 단 위에 분홍색 팩을 놓고 돌아왔다.

"자, 이젠 북쪽."

"방금 배달한 것이 뭔데?"

드래건이 부드럽게 비상하며 물었다.

"여자의 기쁨. 우리들은 연애의 종말이라고 부르기도 해."

드래건이 괴상한 목소리로 카카카 웃었다.

"이번에 배달하는 것은?"

"새 생명의 환희. 우리들은 행복 끝, 고생 시작이라고 불러."

"어디에 배달하는 건데?"

"산부인과."

다시 드래건이 카카카 웃었다.

"나 이 일이 좋아질 것 같아."

몇 군데 배달을 하는 동안 어둑해진 밤하늘을 날아오르며 드래건이 말했다.

"나쁘진 않아."

"저기 말이야."

불시착하기 전처럼 몸을 뒤흔들며 드래건이 말했다.

"사람들에게 날 보여줘도 될까?"

휘영청 밝은 보름달 때문에 낭만적인 기분이라도 들었는지 드래건이 물었다. 간혹 자신의 모습을 드러내는 것은 멸종된 존재에게 부여된 특권이었다. 하지만 규정은 까다로웠다. 꿈을 꾸는 시간일 것.

"또 불시착하기 싫어서 그래."

드래건이 변명했다.

"좋아. 하지만 너무 자주 그러면 곤란해."

드래건이 카카카 웃으며 높이 날아올랐다. 거대한 몸집을 드러낸 드래건은 다닥다닥 붙은 주택의 벽과 벽 사이를 스쳤고 거대한 괴물처럼 우뚝 서 있는 아파트 위를 바람처럼 유유히 지나갔다. 잠시 꿈을 벗은 거대한 날개가 현실 속에서 거센 풍압을 일으키며, 꿈꾸는 시간에 잠들지 못한 아이들에게 사라진 꿈을 보여주었다. 낮은 탄성과 고함 소리를 뒤로하면서 드래건은 즐겁게 문명의 세계를 산책했다. 나는 드래건과 유쾌한 비행을 함께하면서 새벽에 산고를 겪은 산모들에겐 유독 큰 팩을 배달했다. 드래건의 목에 걸려 있던 배달 가방은 아침이 밝고도 한참 지난 후에야 완전히 비었다.

갑작스러운 불시착은 그때 일어났다. 뒤로 확 잡아당겨지는 것을 느끼며 드래건의 목을 꽉 붙잡았다. 하지만 역부족이었다. 드래건은 자신의 거대한 몸집까지 잡아당기는 힘에 놀란 채, 나를 떨어뜨리지 않으려고 안간힘을 썼다. 간혹 뒷덜미가 당기는 느낌은 겪어보았지만 이렇게 강력한 힘에 붙잡히기는 처음이었다.

"뭐야?"

"불시착하는 것 같아."

줄지 않는 강한 인력을 느끼며 내가 대꾸했다. 마침내 드래건을 놓친 나는 우당탕 소리를 내며 바닥에 떨어졌다. 나는 아픈 엉덩이를 털며 자리에서 일어나 두꺼운 벽 너머를 관찰했다. 실용적으로 꾸며진 사무실의 느낌이 낯설지 않았다. 아담한 소파에 마주 앉아 있는 두 사람이 보였다. 마주 보이는 사람이 누구인지는 알 수 없었지만 내 쪽을 등지고 앉은 사람을 보는 순간 갑자기 꽉 마음이 막혀왔다. 기나긴 개기일식을 끝낸 태양을 보듯 눈이 부셨다.

그가 나를 기억하고 있었다. 망각의 늪에서 걸어 나와서 내가 사라졌던 자리로 돌아갈 수 있는 선택의 기로가 열린다. 심호흡을 하며 입술을 깨물었다.

"굉장한 반향을 불러온 제품 디자인인데요. 남성의 감각으로는 한계가 있었을 텐데 특별히 도움을 준 여성분이 계신가요?"

기자로 보이는 남자가 물었다. 나는 낯익은 담배를 든 손이 머리를 긁적이는 것을 바라보았다. 그는 오랫동안 생각에 잠겨 있다가 내 목덜미가 빳빳하게 아파올 때쯤 입을 열었다.

"지선이라고."

내 이름이 아닌 낯선 이름이 흘러나왔다.

"여자 친구가 많은 도움을 주었습니다. 디자인의 디테일한 부분은 전부 지선이가 만든 것이라고 해도 과언이 아닙니다."

"그러시군요."

기자가 그럴 줄 알았다는 얼굴로 예의 바르게 웃었다.

한 번쯤 나를 생각해주길 바랐다. 갑자기 모후의 씁쓸한 얼굴이 떠올랐다. 긴 공백은 새로운 것을 불러들인다. 또는 새로운 것이 낡은 것을 망각의 늪으로 떨어뜨린다. 나는 땀이 배어나는 손을 쥐었다 펴며 눈을 깜빡였다. 한때 태양처럼 빛난 것이 사실은 그럴싸하게 빛나는 유리 조각에 지나지 않았다는 사실이 괴로웠다. 그런데 기이하게도 그 모든 사실이 이미 예전에 끝나버린 이야기 같았다.

"그놈이야?"

드래건이 내 주변을 날면서 물었다.

"응."

"뭘 하고 있어! 당장 뛰어 들어가서 네가 만든 물건이라고 소리쳐야지!"

"저 성격은 하나도 안 변했네."

그를 보면서 모후처럼 씁쓸히 중얼거렸다.

"아가씨, 나 돌아가는 길을 알고 있어. 내 걱정하지 말고 제자리로 돌아가!"

드래건이 다시 외쳤다.

"완전히 잊히기 전에, 돌아갈 수 없게 되기 전에! 불시착은 선택의 기회라고 말했잖아!"

드래건이 외쳤고, 나는 손을 문고리로 뻗었다. 그러나 문고리를 돌리기 전에 한 발 물러섰다.

"지선이가."

다시 그의 말이 이어진다. 나는 이미 멸종된, 잊힌 사람이었다. 나는 드래건을 향해 씁쓸하게 웃어보였다.

"제자리로 돌아가야겠어."

"응. 부사장에겐 내가 전해줄게."

"아니. 마지막 배달을 하러 가겠다는 이야기야."

시간 속에서 나를 멸종시킨 남자가 있는 방 앞에서 물러나며 대꾸했다. 드래건은 창문을 열고 뛰어내리는 나를 동그랗게 뜬 눈으로 바라보다가 급히 하강해서 자신의 등에 태웠다.

"바보 같은 짓이었어."

마지막 배달 장소인 넓은 공원에 앉은 드래건이 말했다. 커다란 나무가 드리운 그늘이 드래건의 뺨을 검게 물들이고 있었다.

"가서 괴롭혀줘야지."

"글쎄."

배달 가방을 꺼내며 중얼거렸다.

"멸종된 공룡이 나타나서 이 세계를 돌아다니면 좋은 꼴이 될 것 같아?"

"그게 어때서?"

"돌아가면 같이 〈쥬라기 공원〉을 보자. 잊힌 존재도 잊은 존재도 가끔은 서로를 갈망해. 하지만 시간 속에서 멸종된 것은 돌아와선 안 돼. 그게 순리야. 〈쥬라기 공원〉이 그 진리를 여실히 보여주는 영화지. 게다가 그 젊은 과장에 대한 마음은……."

잠시 말을 멈추고 나유를 떠올렸다.

"순전히 나유가 저지른 배달 사고였어. 제대로 처리되어 원래 주인인 지선 씨에게 배달될 때까지 시간이 걸린 것뿐이라고. 돌아가면 날 위해서 그 꼬리로 나유를 좀 때려주겠어?"

내 가방 안에 들어 있던 여러 가지 팩을 뜯어 내용물을 뒤섞으면서 말했다. 그가 있던 빌딩에서 수거해 온 검은 팩도 망설임 없이 뜯었다. 드래건은 그것을 미련 없이 뒤섞는 나를 보며 한숨을 쉬었다.

"이봐, 아가씨."

드래건이 나뭇잎을 뜯어 입에 넣고 질겅이며 입을 열었다.

"저 사람은 뭘 생각하고 있는 걸까?"

심드렁하게 묻는 드래건의 말에 고개를 들었다. 우유팩 두 개를 손에 들고 심각하게 선 남학생이 눈에 들어왔다.

"자신의 시간 속에서 멸종된 누군가를 생각하고 있겠지."

드래건만큼이나 심드렁하게 내가 대꾸했다.

"사람들은 얼마나 많은 사람이 멸종되고 있는지 잘 몰라."

여러 가지가 뒤섞인 팩을 흔들며 덧붙였다. 그렇다. 사람들은 나처럼 시시각각 멸종된다. 언젠가 집에 나란히 놓여 있는 컵을 보며 이상하게 생각될 때, 어디에서 샀는지 기억나지 않는 물건이 서랍에서 튀어나올 때가 있다면 분명 당신도 삶 속에서 멸종된 누군가를 지니고 있는 것이다. 텅 빈 허무함이 기이하게 계속

되는 동안 문득 떠오른 사람에게 연락하고 싶어져서 수화기를 들면 멸종된 그들이 지구에 다시 불시착한다.

나는 이리저리 뒤섞은 팩을 고양이의 수염 위에서 미끄러지는 봄 속에 놓았다. 환희와 기쁨, 열정, 짙은 녹색. 이처럼 뜨거운 것들 속에 내가 수거해 온 미련과 눈물을 걸쭉하게 녹여서 섞은 팩이다. 다가오는 계절은 나라와 도시마다 다르지만 자세히 들여다보면 크게 다르지 않다. 멸종된 존재와 사람의 공백을 채우다 떠나버린 것들이 다르지 않은 것처럼 말이다. 돌아오는 여름이 다시 여름인 것처럼 돌아오는 사랑도 여전히 가슴이 벅찬 설렘이고, 등을 돌리고 가는 봄이 여전히 봄인 것처럼 떠나는 사랑도 여전히 아련하고 나른한 그리움이다.

"불시착이야."

드래건의 말에 쿵 소리가 들렸다. 우유팩을 손에 들고 미간을 찌푸린 남학생의 등 뒤로 한 남학생이 들어선다. 늦지 않게 불시착한 그는 화석에서 깨어난 공룡처럼 머뭇거리다가 앉아 있는 청년의 등을 툭 치고 우유팩 하나를 뺏어 들었다.

"저것도 넣었으면 좋았을걸."

친구를 발견한 남학생의 얼굴에 스치는 싱싱한 반가움을 탐내며 중얼거렸다.

"뭘 내려놓는 거야?"

조용히 팩을 내려놓는 내게 드래건이 물었다. 바닥에 내려놓은 팩이 점차 사라지면서 대기 중으로 녹아들기 시작했다. 이로써 이제 3개월가량 나는 한가해진다.

"여름."

갑자기 더욱 짙어진 듯 보이는 나뭇잎을 보며, 여기에서 멸종된 내가 중얼거렸다. 내가 멸종된 공간이 메워지듯 봄이 멸종된 자리에 여름이 배달된다. 이 도시의 여름은 이제 여기서부터 시작이었다.

■ 돌아오는 여름이 다시 돌아온 여름인 것처럼은 ……

　한때 함께 일했던 사람의 부음을 뒤늦게 들은 적이 있다. 너무 오랫동안
보지 못해서인지 죽음이 실감나지 않았다. 그래서 그 사람이 살아 있다고 몇
번 착각한 적이 있다. 반대로 너무 오래 만나지 못한 사람의 존재가 실감나지
않을 때가 있다. 이런 맥락에서 보면 사람의 죽음은 두 종류인 것 같다. 생물
학적 죽음과 관계적 죽음, 단절이다.

　이 글을 쓸 때쯤 소식이 단절된 사람을 생각하며 걷다가 길에서 우연히
마주쳤다. 마치 내 생각을 읽고 눈앞에 나타난 것 같아서 신비하기까지 했다.
관계적 죽음을 맞은 사람은 관계가 회복될 때 다시 내 인생 속에 되살아난
다. 기억과 그리움이 회복시킨 관계는 생물학적으로 죽은 사람까지 내 눈앞
에 되살려 놓는다. 실제로 마주치게 되건 상상 속에서 만나건 간에 한동안 내
삶 속에 없었던 사람이 불시에 다시 등장하는 것은 불시착한 비행체만큼이
나 경이롭다.

서로 잊고 살던 우리를 누가 서로에게 데려다주는 것일까. 각자의 삶을 살다가 우연히 마주친 것이 진실일지도 모르지만, 문득문득 보고 싶어 하던 마음이 서로를 잡아당겨서 만났다고 믿고 싶어지기도 한다. 비록 예전과 같은 관계로 돌아갈 수도, 그럴 생각도 없다 해도.

꿈, 그 너머

꿈, 그 너머

내 이름은 에일라.

내년이면 열아홉이 되는 열여덟 살의 소녀, 드리머Dreamer
와 지구인 사이에서 난 혼혈 삼대, 현역 함선 승무원이다. 약관 열
여덟 살에 현역 함선 승무원이라는 사실을 특히 강조하고 싶다.
왜냐고? 그건 내가 열여덟 살 소녀인 주제에 함선 기사 1급 자격
증과 1종 함선 운전면허증을 가지고 있고, 남들은 10년쯤 걸려
서야 간신히 졸업한다는 함선 승무원 양성과정을 열네 살에 조기
졸업했음을 의미하기 때문이다.

"이봐, 에일라. 드리머와의 혼혈인 주제에 열네 살이나 되어서
야 졸업을 했다고 적어야 하지 않아?"

지금 핀잔을 주는 내 앞의 소녀는 동갑인 일랴로, 함선 승무원
양성과정을 착실하게 밟고 있다. 나보다 한참 늦긴 하지만 일랴

도 내년에 남들보다 1년 빨리 승무원 양성과정을 끝내고 인턴 과정에 들어간다. 함선 승무원을 양성하는 학교에서 열 살 때 친구가 된 일랴와 나는 지금까지도 가장 친한 친구이다. 늘 승급을 빨리 해버린 탓에 일랴와 한 반이었던 기간은 겨우 1년 남짓이지만 혼혈인 나를 차별하지 않고 대해주었던 일랴에게 반했고 지금도 그녀를 무척 좋아한다.

일랴는 나와 달리 매우 건실한 소녀이고, 열여덟 살 소녀다운 여러 가지 꿈을 가지고 있다. 일랴가 꿈꾸는 남편은 키가 훌쩍 크고 날카로운 인상을 가진 미남으로서, 교관인 후안을 닮은 사람이다. 그리고 일랴는 반드시 인턴 코스를 우등으로 졸업해서 함장이 되겠다는 꿈을 꾸고 있다. 그녀가 항상 지니고 다니는 노트에는 자신의 함선이 생기면 하고 싶은 일들이 적혀 있다. 머리가 좋고 뛰어난 우등생인 일랴가 노트에 적은 계획은 대단하다. 아마 누가 보더라도 굉장하다고 말할 수밖에 없을 것이다.

그러나 일랴는 그 꿈을 이루지 못할 것이다. 일랴의 남편은 지금 저 구석에서 멍한 눈으로 일랴를 바라보고 있는, 일랴의 이상형과는 정반대인 열다섯 살 연상의 교관 아레작이 될 것이다. 그리고 결혼 때문에 일랴는 인턴 과정 수료를 포기하게 된다. 일랴가 꿈꾸는 인형같이 아름다운 딸은……. 그래, 그것만은 현실이 된다. 일랴의 딸은 우주에서 가장 멋지고 아름다운 아가씨로 자라서 영리한 외교관이 될 것이다.

내가 이런 사실을 아는 것은 드리머와 지구인의 혼혈이기 때문이다. 순수한 드리머가 사라진 지금, 미래가 나타나는 드리머의 꿈은 나처럼 혼혈인 후손을 통해서 가느다란 명맥만 유지하고 있다. 나처럼 반만 드리머인 혼혈은 완전한 드리머의 꿈을 꾸지는 못한다. 지구인의 평범한 꿈과 드리머의 꿈을 번갈아 꾸기 때문에 미래에 대한 꿈과 개꿈을 구분하기 힘들 때도 많다.

몇 대 전에 소멸된 순수한 드리머들은 미래와 과거의 꿈을 동시에 꾸었다고 한다. 나는 드리머의 꿈을 꿀 때마다 점점 세상에서 잊혀가는 드리머의 감정을 느낀다. 세차게 부딪쳐 오는 바람이 정신없이 돌아가는 시계 바늘처럼 주위를 회전하고 개벽의 시간에 시작되는 광휘가 시야를 하얗게 물들이는 드리머의 꿈속엔 언젠가 다가올 시간 속의 광경이 있다. 미래는 투명하고 푸른 하늘 끝으로 뻗어 나가는 아름다운 무지개처럼 저 너머, 내가 결코 닿을 수 없을 시간의 끝을 향하여 흘러간다. 나는 그 속에서 일랴의 결혼식을 보았고, 꿈의 소멸을 보았으며, 일랴의 딸을 보았다. 또한 일랴의 때 이른 죽음을 보았다.

어느덧 아이의 엄마가 된 일랴는 거친 아스팔트 위에 잠을 자는 듯 누워 있었다. 하늘 위에서 하얗게 작열하는 태양이 검붉은 꽃잎처럼 번져가는 핏자국을 비추었다. 겨우 걸음마를 하는 딸아이가 일랴의 곁에서 연신 엄마를 부르면서 울었다. 일랴의 창백한 얼굴을 비추는 하얀 태양빛이 잔인할 정도로 눈부셨다. 그리고 멀리서 사이렌이 울었다. 그 광경을 본 날 밤, 두 손에 얼굴을 묻고 소리 죽여 울다가 마침내 통곡하고 말았다.

지금 내 앞에 서 있는 열여덟 소녀 일랴의 미래에 그런 일이 있음을 나 외엔 아무도 모른다. 일랴도 모르긴 마찬가지이다. 들뜨고 흥분한 일랴는 결코 오지 않을 먼 미래의 꿈을 설레는 목소리로 내게 말한다. 그럴 때면 마음이 아려서 어쩔 줄 모르게 된다.

"네 남편은 아레작이 될 거야."

내 말을 들은 일랴가 기가 막힌 얼굴로 웃으며 나를 때렸다.

"뚱보에, 바보 같은 아레작이 내 남편이 된다고? 헛소리할래?"

하지만 일랴, 언젠가 그런 날이 온다. 비록 외모는 마음에 들지 않지만 선한 마음씨와 결단력 있는 성품이 얼마나 사랑스러운지 모른다고 네가 이야기하는 날이. 하지만 일랴는 여전히 다른 사람들처럼 모른다. 직선이라고 생각했던 인생에 꺾어지는 순간이 있고, 그 모퉁이를 돌아서는 순간 전혀 예기치 못한 삶이 습격해 올 수 있다는 사실을 말이다. 나는 일랴의 죽음을 보고 오랫동안 울었지만, 이제는 더 이상 울지 않는다. 왜냐하면 미래의 일랴가 얼마나 행복한 삶을 살았는지 자랑하는 꿈을 자주 꾸었기 때문이다.

"일랴."

"응?"

"나중에라도 운전은 절대로 배우지 마."

"왜?"

"아, 그냥! 교통사고로 네가 죽는 꼴을 어떻게 보냐?"

"그런 일이 왜 일어나!"

일랴가 어이없어 한다. 내가 해줄 수 있는 말은 겨우 그 정도뿐이다. 드리머의 꿈을 꾸는 것은 일랴에게도 비밀이다. 가끔 어떤 사람들은 내게 드리머의 꿈을 꾸는지 묻는다. 나는 결코 사실을 말하지 않는다. 자신의 미래를 알려달라고 보챌 것이 빤하기 때문이다.

지구에 미래를 점쳐주는 점쟁이들이 있음을 안다. 어떤 점쟁이는 드리머가 꾸는 꿈만큼이나 선명한 미래를 본다고도 한다. 그러나 점쟁이의 말을 들은 덕분에 후회 없이 멋진 삶을 살았다는 사람은, 내 이름을 걸고 맹세하건대 한 명도 없다.

"재미있는 이야기를 하는 것 같은데 나도 끼워줘."

슬그머니 끼어들며 자리에 앉는 남자는 내가 제일 싫어하는 교관 도리안이다. 음흉한 시선으로 여학생들을 보곤 해서 그를 좋아하는 여학생은 없다. 그도 내가 드리머의 꿈을 꾸는지 아주 궁금해 하는 사람 중 하나이다.

"이봐, 에일라. 드리머의 꿈을 꾼 적이 정말로 한 번도 없어?"

또 시작. 아, 정말이지 지겹다, 이 남자는.

"안 꿔요. 대체 교관님은 뭘 알고 싶으신 거예요?"

"그야, 미래지!"

스스로를 멋지다고 생각하는 교관이 윙크를 했지만, 보는 것만으로 토할 것 같다. 우웩. 하지만 역시 일랴는 예의가 바르다.

"교관님의 미래요?"

일랴가 친절하게 물어준다.

"그래. 돈을 많이 벌게 될지, 일랴처럼 예쁜 마누라를 얻게 될지 아주 궁금해."

당신은 정확히 3년 뒤, 미성년자 추행으로 고발되어 함교에서 쫓겨난 후 파산. 지구에 돌아간 뒤엔 일 없이 나다니다가 술김에 여자를 덮치게 되죠. 반항하던 그 여자가 내리찧은 돌에 머리를 맞아 즉사. 꽤나 더러운 인생이지요? 하지만 그렇게 말하는 대신 싱긋 웃어주었다. 미래를 알고 싶어 하는 이 교관에게 미래의 실상을 솔직히 알려주면 반가워할까? 어림없는 소리다. 헛소리 말라고 내 뺨을 갈기지나 않으면 다행이다.

사람들이 알고 싶은 미래는 진짜 미래가 아니라 '좋은 미래' 같다. 처음에 드리머와 지구인은 사이가 좋았다. 그러나 미래의 일을 일상으로 말하는 드리머들에게 끊임없이 자극된 지구인들이 드리머를 학살하는 사건이 일어났다. 분명 드리머들이 '진실'을 이야기한 탓이다. 지구인은 드리머와 달리 미래를 알고 대처하는 방법을 전혀 알지 못했다. 그래서 듣기 싫은 '나쁜 미래'를 말하는 입을 없애려 했던 것이다.

그 사건 이후 드리머들은 지구인들이 아무리 괜찮다고 말해도 결코 미래에 다가올 일을 들려주지 않았다. 아마 미래를 아는 일이 지구인의 수용 범위를 벗어난다고 여겼거나 지구인은 미래와 현재를 동시에 살아가는 방법을 우주가 끝날 때까지 배우지 못하리라고 생각했기 때문일 것이다.

그러나 드리머의 혈통을 이어받은 나는 자연스럽게 미래를 본다. 스쳐 지나가는 사람들의 먼 미래를 저절로 꿈꾸는 것이다. 지구인에게 말로 설명하긴 어렵다. 그러니까, 흠. 그 사람들이 각각 주인공으로 등장하는 수백 편의 영화를 동시에 보는 것과 비슷하다고 생각하면 될 것 같다. 설명할 길이 없지만, 나는 찰나에 지나가는 수백 개의 먼 미래를 모두 보고 기억하기도 한다. 즐거운 일은 아니다. 하지만 지구인들은 결코 꿈꿀 수 없는, 그들이 앞으로 만날 사람들과 다가올 사건들을 바라보며 때로 희열에 젖는다. 멋지게 성장한 일랴의 딸을 보았을 때도 그랬다.

"무슨 생각을 하고 있어, 에일랴?"

슬며시 웃는 내게 일랴가 묻는다. 옆에 앉은 교관은 내 미소가 하 수상쩍다는 표정으로 고개를 갸웃거리다가 피식 웃었다.

"에일랴, 그 미소 말인데."

"네."

"꼭 '드리머의 미소' 같아."

"드리머의 미소가 뭔가요?"

이해하지 못한 일랴가 교관에게 물었다. 교관은 꽤나 거드름을 피우며 설명을 시작했다.

"드리머의 미소는 말이야, 수수께끼 같은 미소로서……."

드리머의 미소는 수수께끼 같은 미소로서 증조할머니의 사진에서 언제나 볼 수 있는 미소이다. 사진 속에서 웃고 있는 증조할머니는 순수한 드리머였다. 어딘가 슬퍼 보이면서도 희망이 가득한 증조할머니의 미소는 오직 드리머들만이 보일 수 있는 것이다. 불가사의한 모순이 느껴지는 드리머의 미소가 지구인들에겐 신비로워 보이는 모양이지만, 나는 그 미소의 의미를 잘 안다. 미래는 일방적으로 슬프거나 기쁘지 않다. 항상 슬픈 미래와 기쁜 미래가 함께한다. 그래서 미래를 꿈꾸는 드리머의 미소엔 슬픔과 기쁨이 동시에 깃들 수밖에 없는 것이다.

증조할머니의 미소에 깃든 슬픈 미래는 종족이 소멸되고 없는 미래였을지 모르겠다. 그러나 기쁜 미래 속엔 분명 내가 보였을 거라고 자신한다. 내가 꿈속에서 행복해 보이는 일랴의 뺨에 입을 맞추고 그녀를 위해 울었던 것처럼 증조할머니도 생전에 보지 못할 손녀인 나에게 그랬을 것이다. 어쩌면 먼 과거에서 지금 이 순간을 꿈꾸고 있는 증조할머니가 다가올 슬픔 때문에 마음 아파하는 나를 쓰다듬고 있는지도 모른다.

"하지만 미래를 알아도 좋지만은 않을 것 같아요."

계속 떠벌리는 교관에게 일랴가 단호하게 말했다.

"어째서?"

"미래가 항상 행복하리라는 보장이 없잖아요. 게다가 미래가 정해져 있다는 운명론은 싫은걸요. 에일라는 어떻게 생각해? 드리머의 꿈을 꾸고 싶어?"

"에……."

나는 머리를 긁적이며 웃었다.

"좋을 것 같기도 하고, 안 그럴 것 같기도 해."

"교묘하게 빠져나가는 대답이잖아, 그건!"

일랴가 너무하다는 얼굴로 소리쳤고, 나는 흥분한 그녀를 보며 깔깔 웃었다.

"난 미래를 알고 싶지 않아."

일랴가 큰 소리로 말했다.

"어째서?"

교관이 의아하게 물었다.

"어째서라뇨."

두 눈을 부릅뜬 일랴는 한심하다는 표정이 되었다.

"미래를 안다면, 이미 정해져 있는 내 삶을 안다면 지금 꿈꾸는 것이 다 무슨 소용이죠? 어차피 미래가 정해져 있다면 지금 뭔가를 희망한다고 해봤자 모두 허사인걸요! 예를 들어서, 에일라가 함교의 부함장이 안 된다고 정해져 있다면 간절히 원해봤자 소용이 없잖아요."

"에?"

교관이 자못 우습다는 얼굴로 나를 보았다.

"꼬맹이 에일라가 부함장이 되고 싶어 한다고?"

"왜요? 못할 것 같아요?"

퉁명스럽게 쏘아붙였다.

"부함장은 쉽게 되는 자리가 아니야."

"누가 쉽게 되는 자리래요?"

역시 정이 안 가는 남자다.

"쉽진 않지만 에일라 정도면 충분히 부함장이 될 수 있어."

그렇게 말하면서 다가온 사람은 저쪽에서 일랴의 눈치를 자꾸 살피던 아레작 교관님. 사실은요, 교관님. 난 교관님을 정말 좋아해요. 외모는 볼품없지만 사람에게 힘을 주거든요. 그래서 먼 미래에 우주 함대 사령관 자리에까지 오르게 되는 거겠죠. 일랴가 당신 때문에 꿈을 포기하는 것은 정말 싫지만, 내가 가장 좋아하는 친구 일랴를 그 깊은 마음으로 다정하게 오래오래 사랑해주세요. 이미 그랬지만. 아니, 그럴 테지만.

"그럼요. 내겐 최고가 될 자질이 충분히 있다고요."

나는 손가락을 건들거리며 거드름을 피웠다.

"이미 존경하는 함장님과 함께 함교를 몰고 우주를 몇 번이나 오간걸요. 물론 꿈속에서지만."

내 말에 일랴와 도리안, 아레작이 와르르 웃음을 터트렸다. 그래, 언젠가 우리는 모두 시간 속에서 산산이 흩어질 것이다. 도리안은 함교에서 쫓겨나고 일랴는 죽겠지만, 지금 이 순간의 느낌은 말로 표현할 수 없을 정도로 소중하다.

"또, 또 시작이야."

일랴가 손뼉을 치며 깔깔 웃었다.

"에일라는요, 꿈도 아주 구체적으로 꿔요. 몇 년, 몇 시에 어느 행성 근처를 비행하다가 어떤 사건이 일어나는지도 꿈에 나온다니까요."

"헤에?"

도리안이 의심스러운 눈초리로 끈질기게 나를 바라보았다.

"혹시 드리머의 꿈 아니야?"

"아니야, 도리안."

아레작 교관님이 잔잔히 미소를 지으며 가르쳐준다.

"드리머는 자신의 미래에 대한 꿈은 꾸지 못해. 그러니까 아무리 드리머의 후손이라도 자기 미래는 볼 수가 없어."

"무식함이 들통 났네요, 도리안 교관님."

일랴가 장난스럽게 말하는 바람에 모두가 와르르 웃었다. 그런데 존경하는 아레작 교관님은 내가 지구인 혼혈임을 잊었다. 지구인의 피가 섞인 나는 직감이 발달한 지구인처럼 때로 나의 미래에 대한 꿈을 선명하게 꾼다. 개꿈인지 드리머의 꿈인지 구별하는 것이 다른 사람 꿈을 꿀 때보다 힘들긴 하지만 예지몽임을 본능적으로 깨달을 때가 있다. 부함장이 되는 꿈이 예지몽인지는 아직 모르겠다. 어떤 때는 예지몽 같고 어떤 때는 개꿈 같다. 그냥 꿈에서처럼 부함장이 될 거라고 믿어버리고 싶은데, 유감스럽게도 그 꿈의 결말이 별로 좋지 않다.

"난 아레작 교관님의 말이 맞았으면 좋겠어요."

일랴가 부드럽게 미소를 지으며 말하는 바람에 아레작 교관의 얼굴이 선홍색으로 붉어졌다.

"으응?"

당황한 아레작이 반문하자 일랴가 어깨를 으쓱해 보였다.

"에일라의 꿈은 결말이 이상해요."

"어떤데?"

"에……."

모두 나를 바라보는 바람에 선심을 쓰는 척하며 꿈 이야기를 들려주었다.

"마지막에 이르면 어떻게 된 일인지 함교가 추락을 하는 상황이 벌어져요. 모든 승무원이 대피하고 함장님과 나만 함교에 남는데, 함장님이 승무원들은 다 대피했느냐고 물어요. 나는 '함장님도 가셔야 해요!'라고 외쳐요. 그러면 존경하는 함장님이 이렇게 대답하시죠."

나는 벌떡 일어선 후에 엄숙한 함장을 흉내 내며 좌중을 둘러보았다.

"나는 이 함교와 마지막을 함께할 의무가 있다."

"뭐야, 그렇게 구태의연한 대사라니."

과장된 내 연기를 본 두 교관이 배를 잡고 웃어댔다. 나와 일랴 역시 깔깔 웃어젖혔다. 하지만 그들에게 말할 수 없다. 그 말을 하는 함장의 목소리가 얼마나 묵직하고 장엄하게 들리는지, 먼 시간을 꿈꾸는 것처럼 우주를 마주한 함장의 뒷모습이 얼마나 절절한 감정을 불러일으키는지. 그 뒷모습은 결코 잊을 수 없다. 함장의 뒷모습이 문득 떠오를 때면 코끝이 찡해져서 북받치는 눈물을 참기 위해 애를 써야만 한다. 이렇게 농담처럼 지껄일 때는 빼고 말이다. 그 꿈의 마지막은 온통 새하얀 빛이다. 그 하얀 빛 속으로 꿈속의 모든 풍경이 잠겨버린다.

"하지만 에일라."

웃음을 그친 일랴가 내 손을 두 손으로 꽉 쥐었다. 내가 가장 좋아하는 친구의 눈에는 진심이 담겨 있다. 그것을 잃게 될 거라고 생각하니까 숨을 못 쉴 정도로 슬프다.

"만약에…… 혹시나 말이야……. 그 꿈이 드리머의 꿈 같다는 생각이 들면 절대로 부함장은 되지 마."

"왜?"

"네가 죽는 것 싫어."

일랴가 우는 흉내를 내며 우리를 웃겼다.

고민이 된다. 하얀 빛으로 끝나는 꿈은 아마도 드리머의 꿈일 것이다. 그런데 부함장이 되려는 꿈을 포기하긴 싫다. 해선 안 되는 일을 더 하고 싶어지는 지구인의 고약한 성향이 핏속에 흘러서인지 '그래도 설마 그렇겠어?' 하는 마음도 든다.

일랴라면 어떻게 할지 궁금해진다. 아레작과 결혼을 한 후에 교통사고로 일찍 죽게 된다고 알려주면 일랴는 아레작과 사랑에 빠지지 않고 함선 승무원으로 남는 삶을 살 수 있을까? 답하긴 쉽지 않다. 그런데 저쪽에서 걸어가는 카이야 교관을 보고 있자니 부정적인 답이 떠오른다.

카이야 교관은 첫눈에 반한 남자와 열애 끝에 결혼을 했다. 남자의 성미가 고약한 데다 낭비벽도 심해서 그를 아는 우리와 카이야의 부모는 결혼을 말렸다. 카이야가 불행해질 것이 뻔해 보였기 때문이다. 하지만 카이야는 결국 그와 결혼했고 우리가 예견한 대로 남자의 빚더미를 고스란히 안게 되었다. 박봉의 월급으로 빚을 갚느라 고생이 심해서인지 카이야 교관은 몇 년 전에 비해 몹시 우울해 보였다.

당연히 나는 카이야에게 벌어질 미래를 미리 알았다. 그래서 다른 사람들이 카이야의 결혼을 결사적으로 말려 다행이라고 생각했다. 그러나 온전히 지구인인 카이야는 '그래도 설마 그렇겠어?' 하는 마음이 들었는지 다른 사람들의 말에 전혀 귀 기울이지 않았다. 내가 충고를 한다고 해도 일랴 역시 다른 선택을 할 것 같진 않다.

어째서일까. 어째서 사람들은 불행이 예정된 선택인 줄 알면서도 불꽃에 날아드는 불나방처럼 불행을 향해 몸을 던지는 것일까. 그에 대한 답은 부함장이 되는 일이 진짜로 일어난 뒤에나 알게 될 것 같다. 어떤 일이든 겪어보지 않고는 쉽게 말할 수 없으니까 말이다.

앞에 앉아 있던 세 사람이 갑자기 웃음을 거두고 일어섰다. 소집을 알리는 음악이 격렬하게 울려 퍼졌기 때문이었다. 우리는 임관식이 열리는 소집 장소로 향하기 시작했다.

해마다 연말인 이즈음엔 승무원 인턴 과정을 밟고 있는 학생들과 교관들 중에서 함선 승무원을 뽑아 임명하는 임관식이 열린다. 승선은 여기에 있는 모든 사람의 꿈이다. 그래서 예고 없이 열린 임관식에서 불리는 이름에 모두의 마음이 두근거린다. 자신이 지명되기를 바라면서 소집 장소로 향하는 이들의 얼굴에는 설렘과 기대가 넘쳐났다. 하지만 이미 임관식을 꿈에서 본 나는 누가 선발되고 제외되는지 모두 알고 있었다. 김이 팍 샌 기분이다. 그러나 나 역시 다른 함선의 승무원으로 지명되기 때문인지 한편으로는 두근두근 설레었다.

"정렬! 지금부터 임관식을 시작하겠습니다. 승무원 임관식을 위하여 각 함선의 함장님이 참석하여주셨습니다. 이제 정례대로 각 함장님들께서 앞으로 자신의 함장에 탑승할 승무원 임관 및 지명을 해주시겠습니다."

사회자의 낭랑한 목소리가 장내에 울려 퍼졌다. 일랴는 내 손을 꽉 쥐면서 기대에 들뜬 얼굴로 웃어 보였다. 긴장하지 마, 일랴. 넌 가장 먼저 지명되니까. 그때, 앞으로 걸어 나온 늙은 함장이 마이크에 대고 일랴의 이름을 불렀다. 그것 보라니까. 나는 몰랐던 척하면서, 마구 함성을 지르는 일랴를 끌어안고 깡충깡충 날뛰었다. 예의가 바른 일랴도 오늘만은 부러움과 질투가 섞인 얼굴로 조용히 하라는 듯이 바라보는 사람들의 시선이 전혀 느껴지지 않는 모양이다.

"나 승무원이야, 에일라!"

흥분한 일랴를 진정시키며 축하한다고 한 백 번쯤은 말한 것 같다. 그러는 동안에도 이름이 차례차례 계속 불렸다. 일랴만큼이나 흥분한 사람이 늘어나면서 장내는 점점 소란스러워지기 시작했다. 환호성과 부러움 섞인 축하인사가 여기저기서 오갔다. 그리고 일랴와 떠드는 동안 마침내 내 이름이 불렸다. 일랴는 냉정한 미소를 띤 함장이 내 이름을 부르는 순간 장내가 떠나가라 소리를 지르며 나를 끌어안았다. 그 뒤에는 뭐가 어떻게 흘러갔는지 모르겠다. 사람들이 몰려와 축하인사를 건네는 통에 정신이 하나도 없었다. 도리안과 아레작 교관은 나와 일랴를 축하해준 다음에 소란을 피해 떠났다. 지명되지 못한 사람들이 다른 구역으로 하나둘씩 이동한 다음에야 장내는 조금씩 조용해졌다. 그리고 곧 예비 승무원들도 각자가 소속된 팀으로 흩어지기 시작했다. 일랴는 나와 다른 함선에 탑승하게 된 것을 섭섭해 하며 눈물을 글썽였다.

"꼭 부함장이 되는 거야! 아냐, 에일라! 함장이 되는 거야! 약속이다!"

자신이 탑승할 함선의 승무원들이 모이는 곳을 향해 걸어가다가 뒤돌아선 일랴가 큰 소리로 외쳤다.

"너도!"

나도 큰 소리로 마주 외쳤다. 그런데 진짜로 부함장이 되고 싶은지 모르겠다. 부함장이 되면 꿈에서 본 것처럼 함장이랑 흰 빛

속에서 죽어야 하니까 말이다. 인생의 좋은 맛도 못 보고 젊은 나이에 그렇게 죽어버리다니 퍽 재미가 없는 일이다. 나는 씁쓸한 기분을 감추고 일라에게 힘차게 손을 흔들었다. 그때, 누군가 어깨를 잡았다.

"호, 함장이 되는 것이 꿈인가?"

앞으로 함장님이라고 불러야 하는 여자가 뒤에 서 있었다. 나는 반사적으로 경례를 붙였다.

"네!"

"그래. 야심만만한 여학생이네?"

놀리는 말투에 얼굴이 붉어졌지만, 함장은 잘 부탁한다는 듯이 고개를 가볍게 끄덕였다.

"난 당찬 승무원이 좋아. 그 기세로, 내가 퇴직할 때까지 부함장이라도 되어주면 좋겠어, 에일라 양."

"넵!"

다시금 경례를 붙이자 함장이 웃으며 뒤돌아섰다. 그리고 한 걸음, 한 걸음 멀어지기 시작했다. 함장의 뒷모습을 지켜보던 나는 그 자리에 얼어붙었다. 남자의 어깨라 하기엔 좁고, 여자의 어깨라 하기엔 넓은 어깨와 부드러운 등의 곡선이 낯익었다. 저 꿈 너머에 있는 하얀 빛 앞에 서서 장엄한 목소리로 중얼거리던 함장의 뒷모습이었다. 이것이 내 미래다. 나는 이 함장이 모는 함선의 승무원이 되었고, 언젠간 부함장이 된다. 저 시간 너머에서 언젠가, 지금은 겨우 서로의 이름밖에 모르는 함장과 내가 여기 서 있는 낯선 승무원들을 사랑하게 되고 그들을 탈출시키려고 목숨을 걸게 되는 것이다. 그리고 나는, 지금은 낯설기만 한 이 함장과 마지막까지 함선에 남아서 함장의 뒷모습을 지금처럼, 그러나 지금과는 전혀 다른 감정으로 바라보고 서 있게 될 것이다. 바로 지금 이 순간이 그 꿈 너머에 있는 그때인 것처럼 콧등이 시큰해져왔다. 나는 뜨거워지는 눈동자로, 멀어져가는 함장의 뒷모습을 계속 바라보았다.

이럴 때가 아니었다. 시작조차 되지 않은 미래를 떠올리며 감상에 젖을 것이 아니라 예정된 종말을 피하기 위해 승무원 지명을 거부해야 한다. 젊은 나이에 낭만이라고는 눈곱만큼도 없는 개죽음을 당하고 싶지는 않으니까 말이다. 잠시 망설이는 순간 카이야가 떠올랐다. 예견된 미래를 알면서도 결국 선택했던 어리석은 카이야 교관이.

"함장님!"

내가 다급하게 부르자 함장이 뒤돌아섰다. 무슨 일인가 하는 표정이었다. 함장은 잔뜩 상기된 내 표정을 읽으면서 내가 입을 열 때까지 기다렸다. 지금 나는 당신이 어떤 사람인지 모릅니다. 하지만 나는 마지막을 함께할 결심을 하고 목숨을 걸 정도로 당신을 존경하고 좋아했습니다. 아니, 그럴 겁니다.

"왜 그러지, 에일라 양?"

"저…… 승무원 지명을……."

"승무원 지명을? 그다음 말이 뭐지?"

"감사합니다!"

"뭐?"

"승무원으로 지명해주셔서 감사합니다! 꼭 부함장이 되겠습니다!"

함장은 어이가 없는지 크게 웃은 뒤에 돌아서서 다시 멀어져 갔다.

그래, 분명히 어리석은 선택인 줄은 안다. 멍청한 지구인의 피가 내 속에 흐르기 때문이라고 변명해본다. 미래를 알든 알지 못하든 선택의 순간은 온다. 그리고 꿈 그 너머에 있는 희망과 기대 때문에 무엇인가를 택하게 된다. 함장의 장엄한 목소리와 결연한 얼굴 그리고 함선의 최후를 뜻하는 것 같은 하얀 빛. 그것이 꿈 저 너머에서 나를 기다리는 종말일 것이다. 그러나 이 선택의 기로에서 결국 그 꿈을 선택하는 것은 하얀 빛 너머에 뭐가 있는지 보지 못했기 때문이다. 미래를 알지 못하기 때문에 무언가를 도박하듯 선택하는 지구인들처럼 나 역시 알지 못하는 하얀 빛 그 너머 때문에 도박을 한다. 그리고 지금으로선…… 그 도박의 결과가 대박인지 파산인지 알려면 그 꿈 너머에 있는 미래에 닿아보는 길밖에 없다.

■ 꿈 , 그 너 머 는 ……

　　나를 부함장이라 부르는 이가 있다. 대범한 부함장이 엄청난 애정이 넘치는 글을 환상문학웹진 거울 특집호에 싣는 바람에 이젠 공개된 사실이다. 얼굴이 화끈거리는 한편으로 행복함을 느꼈던 그 글에서 부함장이 밝혔듯, 나는 이십대 초반일 때 십대 초반인 부함장을 처음 만났다. 이 글은 그 후로 꾸준히 이어진 우리의 만남을 기념하며 부함장을 주인공으로 쓴 글이다.

　　처음 만났던 우리는 십여 년이 흐른 후에 서로가 소소한 고민을 나누고 연말마다 둘만의 오붓한 송년회를 보내는 사이가 될 줄 전혀 예상하지 못했다. 더 경이로운 것은 우리가 서로 만나게 될 것을 전혀 짐작도 못했다는 사실이다.

오만하던 시절엔 누구를 만날지 내가 결정한다고 생각했다. 그러나 사람과의 만남은 예측이 불가능한 삶의 비밀이었다. 인생은 짙은 안개로 덮인 광활한 벌판과 같다. 이리저리 헤매는 동안 누구를 만나고, 어떤 사이가 될지는 알 수 없다. 다만 지금은 보이지 않는 안개 너머의 누군가를 향해 힘껏 걸어갈지, 홀로 남을지 결정할 수 있을 뿐이다.

　강재현 시인의 「너무 어렵게 살지 말자」라는 시를 좋아한다. 가끔 사람 때문에 마음이 심란할 때면, "등 돌린 만큼 외로운 게 사람이니 등 돌릴 힘까지 내어 사람에게 걸어가자"는 구절을 되뇌어본다. 사교성이 넘치는 성격이 아니어서 사람을 만나고 대하는 것이 아직도 불편하고 쉽진 않다. 그러나 힘껏 사람을 향해 걸어가려고 노력한다. 짙은 안개 너머에 기다리는 삶의 비밀을 좀 더 알고 싶기에. 나아가지 않으면 거기에 무엇이 있는지 알 수 없기에.

까 마 득 히 먼 데 로 부 터

까 마 득 히 먼 데 로 부 터

그날 아침은 일상적으로 시작되었다. 날이 밝았고, 세영은 전날 누웠던 자리에서 눈을 떴다. 십 년 넘게 살아온 집의 천장에 붙은 벽지가 조금씩, 조금씩 빛이 바래가고 있었다. 세영은 누운 채로 벽지를 바라보았다. 천장의 벽지는 시간의 흐름을 알려주지 않았다. 어제가 오늘 같고 십 년 전이 엊그제 같은 느낌 때문에 자신이 몇 살인지, 오늘이 며칠인지도 쉽게 파악되지 않았다.

　세영은 문득 가벼운 몸을 느끼면서 자신이 지금 열대여섯 살인지도 모르겠다고 생각했다. 자리에서 일어나 거실로 나가면 어머니가 차려놓은 아침 밥상이 모락모락 김을 내며 식탁 위에 놓여 있고, 식탁 의자에는 어제 손질한 교복이 걸려 있을 것이다. 모두 반복되는 일상이었다. 교복을 입고 아침을 먹은 후엔 학교까지 학생들을 실어다주는 봉고차를 타러 골목을 헐레벌떡 뛰어 내려가야 할 테고, 잠이 덜 깬 친구들과 봉고차 안에서 수다를 떨다가 학교에 도착하면 0교시 수업이 곧 시작될 것이다. 그런데 친구들의 얼굴이 선명하게 떠오르지 않았다. 매우 미워했거나 좋아했던 친구들의 얼굴이 희미하게 떠올랐지만, 이름은 첫 글자만 생각이 나거나 아예 기억이 나지 않았다.

"그러니까 지금 내가 열대여섯 살 먹은 여고생은 아니겠네."

세영이 미간에 주름살을 잡으며 중얼거렸다. 그랬다. 바깥에서 분주히 오가야 할 어머니의 발걸음 소리가 들리지 않았다. 그렇다면 스물두 살인지도 몰랐다.

타지에서 낑낑대며 대학 생활을 하다가 휴학계를 던지고 집으로 내려와서 맞은 아침이 기억났다. 의논조차 없이 휴학을 했다며 부모님은 간밤에 불같이 화를 냈다. 아버지는 아직도 앵돌아져 세영에게 말조차 건네지 않았다. 이상과 열정과 꿈을 이야기하면서 대학에서 결코 해결되지 않던 결핍과 갈망을 털어놓았지만 사람이 원하는 것을 모두 하며 살 수 없다는 말만 들었다. 세영은 그 말을, 매일매일 자신을 죽여가라는 잔인한 선언으로 받아들이고는 눈이 빨개지도록 밤새 서럽게 울었다. 하지만 지금 눈동자는 메말랐고 그때 가졌던 이상은 기억이 나지 않았다.

"스물두 살도 아니겠네."

세영이 빛바랜 벽지를 보며 다시 중얼거렸다. 세영은 시간의 흐름을 짐작할 수 없는 방 안에 누운 채로 오늘이 언제인지 다시 곰곰이 생각해보았다. 기묘하게 마음이 쑤시며 기분이 나쁜 것으로 보아 어쩌면 오늘은 서른한 살인 어느 날이었다.

삼십대가 그리 나쁜 건 아니었지만 그렇다고 썩 좋지도 않았다. 이런저런 일을 담담히 받아들이며 세상일이 다 그렇다고 말할 수 있게 된 것은 나쁘지 않았다. 하지만 치열하게 취업전쟁을 끝내고 입사하면서 품었던 설렘이 가신 후에 기계적으로 반복되는 일상은 썩 좋지 않다. 상사는 기분이 언짢을 때마다 괜한 트집을 잡거나 짜증을 내기 일쑤였고, 세영은 매일같이 속으로 욕을 퍼부었다. 불쑥 다 때려치우고 다른 일을 하고 싶어질 때가 많았지만, 예전에 하고 싶었던 일들이 이젠 어린애의 허황된 꿈처럼 여겨졌다.

그런데 지금 느끼는 기묘한 불안과 불쾌함은 상사 때문이 아니었다. 악마 같던 상사는 지금쯤 나이를 훨씬 더 먹어서 그토록 충성하던 회사를 그만두고 시궁창같이 여기던 삶을 좀 더 낫게 아니면 좀 더 비굴하게 이어가며 살고 있을 터였다. 그러니까.

"그러니까 분명히 서른하나도 아닌데."

세영이 마침내 몸을 일으켰다. 그리고 곧장 유선 전화 수화기를 들었다.

모레가 결혼식이었다. 세영은 안내음성이 시작되자마자 조급하게 비밀번호와 연결할 전화번호를 눌렀다.

"여보세요?"

혁준이 전화를 받았다.

"나예요."

습관처럼 대답한 세영은 시큰둥한 자신의 목소리에 내심 당황했다. 이상하게 목소리가 떨렸다.

"세영아. 목소리가 왜 그래?"

"그냥."

세영은 별다르게 대답할 말이 없으면 '그냥'이라고 대답하곤 했다. 혁준은 두 음절 속에 담긴 기분을 늘 귀신같이 읽었다.

"불안하니?"

혁준이 상냥하게 물었다. 결혼일자를 정한 후부터 혁준은 더할 나위 없이 상냥했다. 그는 세영을 안심시킬 이야기를 가만가만히 들려주었다. 세영은 잔잔한 강물처럼 흐르는 그의 목소리를 음미하고 되씹으면서 말없이 수화기를 만지작거렸다. 그리고 그의 말이 끝난 후에 찾아온 괴괴한 침묵이 둘 사이에 놓인 거리감을 더 벌이기 전에 입을 열었다.

세영은 웨딩드레스가 마음에 들지 않는다고 했다. 크림색 드레스가 더 마음에 들었는데 그가 옅은 분홍빛 드레스를 더 마음에 들어 했기 때문에 그것을 입기로 결정했다고 했다. 입어봤더니 드레스의 긴 끝자락이 질질 끌려서 식장에 들어가다가 넘어질 것 같더라는 소리도 했다. 혁준은 자신이 잡아주면 되지 않느냐며 소리 내어 웃었다. 행복하게 오래오래 함께 살자는 그의 말에 목이 멨다. 그래서 눈물이 핑 돈 채로 수화기를 내려놓았다.

큰방 문을 열었다. 거실에는 아버지가 사다두신, 터무니없이 큰 의자가 있었다. 한 사람이 앉기에는 너무 크고, 두 사람이 앉기에는 작았다. 그 의자에 비좁게 궁둥이를 맞대고 앉은 어머니와 아버지가 주거니 받거니 농담을 하던 광경이 빛바랜 영화의 장면처럼 나타났다가 사라졌다. 세영은 어젯밤에 그랬던 것처럼 그의자에 앉았다. 그리고 덩그러니 빈 거실을 멍하니 바라보면서 낡은 팔걸이를 손으로 쓰다듬었다.

아버지가 돌아가셨을 때도, 어머니가 돌아가셨을 때도 이 의자에 앉아서 이렇게 거실을 바라보았다. 그때도 거실은 이토록 텅 비었고, 눈은 메말라 있었다. 세영은 옆에 놓인 무선 전화 수화기를 집어 들었다. 소녀에게 전화를 걸 생각이었다. 소녀라면 슬픈데도 울지 못하는 자신을 탓하지 않을 것이다.

그런데 그 애가 몇 살이더라?

곰곰이 되짚어봤지만 소녀의 정확한 나이는 기억나지 않았다.

부모님이 돌아가신 날에도 세영은 소녀에게 전화를 했다. 그리고 축축함을 품은 메마른 목소리로 말했다. 어머니가, 아버지가 돌아가셨어. 이상했다. 울어야 하는 쪽은 세영이었는데 수화기 너머에서 어쩔 줄 모르던 소녀가 울었다. 그리고 힘내라는 소녀의 말을 듣고서야 비로소 눈물이 핑 돌았다. 세영은 소녀에게 전화하려고 수화기를 고쳐 쥐었다. 그때, 요란하게 전화벨이 울렸다.

화들짝 놀란 세영은 수화기를 떨어뜨렸다. 수화기를 주워서 통화 버튼을 누르자 사무적인 목소리가 흘러나왔다.

"오늘 회사에 안 나오십니까?"

"갈 거예요."

세영이 무심히 대답하며 한숨을 쉬었다.

"저기…… 소식은 들었습니다."

부하 직원이 목소리를 낮추며 에둘러 말했다.

"오늘 하루는 쉬시지그러세요."

"아니에요. 회사엔 별일 없나요?"

"전화가 정확하게 연결이 안 된다는 불만이 몇 건 접수된 것 외엔 없습니다. 하지만 그런 오류야 늘 발생하잖습니까."

부하 직원이 어색함을 감추면서 웃었다.

"그래요. 그 문제는 신이사님에게서 들었어요."

조용히 대꾸한 세영은 인사를 몇 마디 덧붙이고 전화를 끊었다. 그리고 잠시 망설이다가 소녀에게 전화를 걸었다. 기다렸다는 듯이 전화기를 낚아챈 소녀의 재기발랄한 목소리를 들으면 언제나 들뜬 기분이 들었다.

"여보세요."

소녀가 수화기 건너편에서 숨을 몰아쉬었다. 숨을 헐떡이며 뛰어와 전화를 받는 광경이 눈에 선했다. 소녀는 요즘 드라마를 열심히 본다고 했다. 세영도 아는 드라마였다. 한때 광적으로 좋아했던 드라마인데도 자세한 줄거리가 기억나지 않았다. 하지만 소녀가 드라마 줄거리를 줄줄 이어가는 동안 조금씩 주인공들의 이야기가 떠올랐다. 그러나 드라마가 어떻게 끝나는지 알고 싶어서 안달인 소녀에게 결코 드라마의 결말을 알려주지 않았다.

세영은 소녀의 세상 전부인 것 같은 드라마 이야기가 끝나고서야 시험을 잘 보았느냐고 물었다.

"그냥저냥. 지겨워 죽겠어요, 아줌마. 대체 시험은 언제쯤에나 끝나요? 방학까지 아직도 한참 남았어요. 시간이 너무 안 가는 거 있죠. 빨리 어른이 돼서 맘대로 살았으면 좋겠어요. 엄마가 어제도 딴짓한다고 얼마나 잔소리를 한 줄 알아요? 세상이 네 마음대로 살아지냐는 말이 지긋지긋해서 죽겠어요."

소녀가 볼멘 목소리로 투덜거렸다. 세영은 그 나이엔 시간이 느리게 흘러간다고 대답했다. 소녀였을 때의 시간은 수천 번 재생한 비디오테이프처럼 늘어져서 천천히 흘러가기만 했다. 그랬던 시간이 언제부턴가 빨라지더니 가속력이 야금야금 덤으로 붙었다.

소녀는 금세 자신이 하고 싶은 일로 화제를 바꾸었다. 세영은 소녀의 두서없는 꿈을 들으면서 자기도 모르게 자꾸 웃었다. 소녀는 가보고 싶은 나라들이 있다며 상상의 나래를 이어갔다. 상상 속에서 이국異國의 땅에 닿은 소녀는 맨발로 황톳길을 밟았고 안개처럼 피어오르는 먼지 속을 헤치고 나아가며 꿈꾸던 사람들을 만나고, 사랑을 나누고, 영원한 행복으로 이어질 일들을 겪었다.

그 모든 이국은 세영이 이미 밟아본 곳들이었다. 그녀는 그 모든 곳에서 소녀가 꿈꾸던 사람들을 만났고, 사랑도 나누었으며, 찰나로 끝난 일들을 겪은 터였다. 가도 가도 채워지지 않는 결핍과 까마득히 먼 데 있는 것을 그리워하는 갈망이 결코 그치지 않았음을 소녀에겐 말하지 않았다. 아니, 그럴 필요를 느끼지 않았다. 소녀 역시 언젠가 그 모든 이국을 여행하면서 세영과 같은 것을 느낄 것이기 때문이었다.

이제 소녀의 주제는 사랑으로 바뀌었다. 어제 웨딩숍 앞을 지나가다 크림색 웨딩드레스를 봤다고 했다. 세영은 그 말을 들으면서 한숨을 쉬었다. 마음에 들었던 웨딩드레스를 입지 못한 일이 여전히 후회스러웠다. 그래서 웨딩드레스만은 꼭 마음에 드는 것을 입으라고 소녀에게 말해주었다. 그때, 수화기 저편에서 소녀의 모친이 꾸중하는 소리가 들려왔다.

"언제까지 전화기만 붙잡고 있을 거니."

엄하지만 상냥한 목소리를 들으면서 세영은 엄마를 떠올렸다.

그 나이 때는 어련히 그런 건데 말이지.

세영이 전화기를 붙들고 살았던 어린 시절 이야기를 꺼낸 엄마가 말했다. 그리고 미안하다고 했다. 임종이 다가오던 어느 날이었다.

— 이상하지, 세영아. 그때 알았으면 좋았을 일을 왜 꼭 한참 지난 뒤에야 알고서 미안해 하고, 후회하고 그런지 모르겠다.

세영은 산다는 것이 다 그런 거 아니겠냐고, 미안할 필요가 없다고 말했다. 지나고 나면 다 추억이 된다. 그러니까 그 시절의 엄마가 그리워지는 때도 언젠간 있을 거야. 병상에 누운 엄마는 세영이 세상 다 산 애처럼 군다며 핀잔을 주었다.

그런데 엄마를 위로하려고 무심코 했던 말이 사실이었다. 세영은 전화를 끊으려고 서두르는 소녀의 뒤에서 잔소리하는 엄마의 목소리를 들으면서, 오랜만에 엄마를 떠올리고 울었다. 엄마가 임종하던 순간에도, 그리고 그 후로도 엄마를 떠올리며 운 적이 없었는데 이상한 일이었다. 메말랐던 눈동자가 돌아갈 수 없는 과거의 추억 속에서야 하염없이 젖어갔다.

죽음을 앞둔 엄마는 점점 마르면서 쪼그라들었다. 이대로 계속 작아지다간 콩알만큼 줄어들어버릴 것만 같았다. 그래서 모친이 임종했을 때, 더 작아지기 전에 가셔서 다행이라는 기묘한 안도감마저 들었다. 그런데 그리 애틋한 모습의 엄마가 아니라 카랑카랑 꾸중을 하던, 너무 강해서 밉기까지 했던 엄마의 모습이 떠올라서 눈물이 난다는 것이 이상하게 서러웠다.

소녀가 끊어버린 수화기에서 뚜뚜 신호음이 울려 나왔다. 세영은 그 소리를 듣다가 수화기를 내려놓았다. 시간을 잃은 거실 밖에서 문이 열리는 소리가 들리고 한 남자가 들어왔다. 혁준이었다. 세영과 눈이 마주친 그가 고개를 돌렸다.

"짐. 챙겨 가려고."

방으로 들어간 혁준이 캐리어 가방을 들고 나왔다. 할 말이 무척이나 많았었는데 막상 그를 보자 할 말이 없었다. 그의 캐리어 가방은 거대했지만 두 사람이 공유했던 시간을 담아 가기엔 터무니없이 작았다.

"하연이하고 준우는?"

그가 담담히 물었다.

"잘 있대. 어제 전화해서 알렸어."

세영도 담담히 대답했다.

"별 말 안 해?"

혁준이 캐리어 가방 손잡이를 잡고 선 채로 물었다. 여느 때와 같은 일상이었고, 여느 때와 같이 담담한 대화였다. 하지만 그가 까마득히 먼 데서 잠시 돌아온 사람처럼 낯설었다.

"이제 둘 다 어른이잖아. 부모인 우리 인생이니까 우리가 알아서 하래."

그가 고개를 주억거렸다. 헤아리기도 벅찬 나날 동안 매일 보아온 얼굴인데도 그저 내가 아는 사람이다 싶기만 했다. 사랑이고, 열정이고, 꿈인 시간은 영원히 계속될 수 있을 거예요. 언젠가 소녀는 확신에 찬 목소리로 말했다.

"아니야. 사랑이고, 열정이고, 꿈인 시간은 찰나에 불과해."

세영이 멍하니 중얼거렸다.

"무슨 소리야?"

혁준이 인상을 찌푸렸다.

"알 거 없어요."

세영의 대답은 쌀쌀맞았다. 혁준은 세영의 태도에 화를 내려다가 이내 풀이 죽은 얼굴로 고개를 숙였다.

"할 말 없니?"

있는 듯도 하고, 없는 듯도 했다. 세영은 가만히 그를 바라보다가 입을 열었다.

"옅은 분홍색 웨딩드레스 말인데, 정말 싫었어. 기억나요? 나, 사실은 크림색 드레스를 입고 싶었는데, 당신 때문에 그 웨딩드레스를 입었단 말이야. 질질 끌리는 긴 자락에 걸려서 넘어지진 않을지 불안했어. 결국 식장에서 넘어졌잖아. 당신은 잡아주지도 못했고. 결혼식 망치기 싫어서 안 아픈 척했지만 사실은 꽤 아팠어. 다시 돌아가서 뭔가 바꿀 수 있다면 딱 하나야. 크림색 웨딩드레스를 입고 싶어."

"다시 돌아가도 나와 결혼은 할 거라는 뜻이야? 고맙다고 해야

하니?"

혁준이 복잡한 표정으로 웃었다.

"어쩌겠어."

찰나가 계속되지 않는다는 진리를 이제 아는데.

최근 들어 이상하게 멋을 부리던 혁준은 어느 날 사랑하는 여자가 생겼다는 말을 꺼냈다. 그가 이혼을 거론했을 때도 세영은 그다지 충격을 받지 않았다. 오히려 그에게 그런 열정이 아직 남아 있음이 부러웠다. 그리고 한때는 열정적으로 사랑했던 남자가 누군가에겐 여전히 매력적이라는 사실이 반갑기까지 했다.

세영은 혁준을 배웅하지 않았다. 거실은 여전히 시간을 잃어버린 것처럼 남아 있었다. 그녀는 많은 것이 들락날락하며 자리를 채웠다가 사라진 거실 같은 인생 안에 자신이 앉아 있었음을 깨달았다. 그때, 까마득히 먼 데 있는 소녀에게 자신이 전화를 걸었듯, 까마득히 먼 데 있는 누군가가 전화를 걸어왔다. 세영은 그 누군가도 지금 자신처럼, 시간을 잃어버린 텅 빈 거실에 앉아 수화기를 들고 있으리라고 생각했다.

"나야."

돌아가신 엄마의 목소리를 닮은 목소리였다.

"제대로 전화를 거신 거 맞아요?"

세영이 물었다.

"응?"

"고객들이 전화연결 오류 때문에 자꾸 불만을 접수한다나봐요. 어제는 한 고객이 십 년 전으로 전화를 했는데, 삼 년 전으로 전화가 갔나봐요. 칠 년이나 오차가 난 거죠. 신이사가 걱정이 되는지 점잖게 전화를 했더라고요. 그건 그렇고. 나 어제 이혼했어요."

"아아, 그때."

여자가 무심히 중얼거렸다.

"나, 오늘 결혼식 전날로 전화를 걸어서 옅은 분홍색 웨딩드레스가 마음에 안 든다고 혁준 씨에게 말했어요. 그러고 나서 엄마 살아 계실 때, 고등학교 때인가? 그때로 전화를 걸었더니 그 애가 그러네요. 웨딩숍 앞을 지나가다가 마음에 꼭 드는 크림색 웨딩드레스를 봤다고. 크림색 웨딩드레스가 왜 그렇게 눈에 밟혔는지 도무지 알 수가 없었는데, 그런 일이 있었더라고요. 기억도 못하고 있었는데 그 애 말을 듣고 나니까 이제야 기억이 나네요."

"듣다보니 나도 그랬던 기억이 나네. 그런데 신이사, 참 점잖은 사람인데 안됐어."

여자가 한숨을 쉬었다. 세영은 왜 그러냐고 묻지 않았다. 묻든 안 묻든 그냥 알게 될 일이었다. 게다가 앞으로 일어날 일을 말해선 안 된다는 통화 규정을 만든 사람이 바로 자신이었다.

"나는 어제 임종이 가까워 온 거 같다는 내 전화를 받았어."

여자가 씁쓸함을 웃음으로 감추며 말했다.

"뭐, 언젠가는 죽잖아요."

세영이 대답했고, 두 사람은 공모자처럼 소리 내어 웃었다.

"나도 그렇게 대답했어."

"그래서 뭐래요, 내가, 당신이. 그러니까 더 미래의 내가."

"괜찮을 거래."

여자가 대답한 후에 다시 말을 이었다.

"남편은 오늘 갔겠네? 우스꽝스럽게 큰 캐리어 가방을 챙겨 들고 말이야. 그날 속이 쓰리긴 했어. 나중엔 그냥 멍해지더라고. 텅 빈 거실에 앉아서 허공만 노려보던 기억이 나. 근데 그 캐리어 가방, 정말."

"멍청해 보였죠?"

두 사람이 다시 함께 웃었다.

"하연이와 준우는요?"

세영이 물었다.

"괜찮아. 그리고 괜찮을 거래."

"시간 오차 때문에 걱정이에요. 위자료 문제도 걱정이 되고."

"괜찮을 거야."

여자가 상냥하게 대답했다. 세영은 시간을 잃어버린 텅 빈 거실을 다시 바라보았다. 눈앞에는 하얀 눈으로 덮인 세상을 그린 수묵화가 커다랗게 걸려 있었다.

"거실에 걸린 이 그림. 아직도 거기 걸려 있나요?"

"응. 그리고 죽을 때까지 그럴 거란다."

물을 필요도 없었다. 그냥, 지나보면 알게 될 일이니까.

까마득히 먼 데서 걸려오는 전화를 받을 때마다, 혹은 까마득히 먼 데로 전화를 걸 때마다 시간을 잃어버린 거실에 앉은 자신들과 이야기를 나누며 생각했다. 그냥, 지나보면 알게 된다. 한때는 사랑이고, 열정이고, 꿈이었던 찰나들. 모든 일은 그 찰나에서 시작되지만, 찰나는 계속되는 일상과 현실의 일부가 되어버린다.

세영은 까마득히 먼 데서 전화를 걸어오는 수많은 자신이 지금의 자신처럼 그 말을 곱씹고 있음을 이미 알았다. 그들은 모두 소녀에게서부터, 까마득히 먼 데서부터 다시 반대편에 있는 까마득히 먼 데를 향하여 가는 길목에 놓인 징검다리들이었다.

■ 까 마 득 히   먼   데 로 부 터 는 ……

　힘들었던 날에 쓴 일기를 읽다보면 그 시절에 한없이 서툴고 쉽게 상처받던 내게 전화를 걸어 다 괜찮아질 거라고 위로해주고 싶어진다. 그리고 잔뜩 지치고 힘이 빠지는 날엔 아직 닥치지 않은 세월을 묵묵히 걸어 저 미래에 닿았을 내게 전화를 걸어 내 안부를 묻고 싶어진다. 지금 힘든 일은 무사히 다 지나갔니? 바라던 일은 이루었니? 건강하게 잘 살고 있니? 행복하니?

　과거와 미래의 내가 문득 그리워질 때가 있는 것은 나를 온전히 이해하는 타인이 없기 때문이다. 서로 사랑하며 많은 시간을 함께하는 사람이 있다 해도 각자의 인생에서 벌어지는 사건과 그 사건에서 느끼는 감정은 오로지 자신만이 완전히 이해할 수 있다. 그래서 홀로 자신을 대면하면서 보듬고 이해하는 순간은 타인이 줄 수 없는 깊이의 위로와 충만함을 준다.

　간섭하기 좋아하는 사람들의 다양한 충고와 이야기가 혼란스러울 때면 내 자신 안에 머무는 시간을 내려고 애쓴다. 그리고 상상 속의 전화기를 들고 과거와 미래의 내게 전화를 건다. 진짜 바라는 것을 말하는 나의 목소리를 듣기 위해서다.

온우주
단편선

포 스 트 잇

포 스 트 잇

문영은 사람을 잘 알아보지 못했다. 인사를 건네는 사람을 그냥 지나치는 바람에 오해도 자주 받았다. 그럴 때면 눈이 나빠서 그렇다며 안경을 손가락 끝으로 살짝 쓸어 올렸다. 거짓말이었다.

시력은 좋았다. 멀리 보이는 간판의 글자를 정확히 읽었고 미세한 움직임도 잘 놓치지 않았다. 그런데 이상하게도 얼굴만은 알아보기 힘들었다. 얼굴을 똑바로 보려고 해도 늘 눈의 초점이 맞지 않았다. 초점을 맞추려고 애쓰는 동안 상대방의 얼굴은 뿌연 연기처럼 갈래갈래 흩어져버렸다. 그래서 얼굴을 보는 대신 몸의 모양을 보거나 목소리를 유심히 들었다. 그도 아니면 사람에게 붙은 노란 포스트잇에 적힌 내용으로 사람을 분간했다. 문영에게만 보이는 노란 포스트잇이었다.

노란 포스트잇은 초등학교 시절에 첫 이사를 할 무렵에 처음 나타났다. 사람을 분명히 알아보던 시절이었다. 식구들과 함께 어설프게 이삿짐을 싸는 동안 뜻밖의 물건이 여기저기에서 자꾸 튀어나왔다. 필요한 물건, 필요 없는 물건, 가지기도 버리기도 애매한 물건이 사방에 어지럽게 널브러졌다. 엄마는 지난 삶의 군더더기를 깔끔하게 정리하려고 마음먹은 사람처럼 모든 물건에 쪽지를 붙이라고 했다.

필요 없음, 버릴 것, 유보, 이모에게 줄 것, 기부할 것, 취급주의.

서툰 글씨로 적어 붙인 포스트잇은 엄마의 마음이 바뀔 때마다 교체되었다. 버려질 물건이 기부되는 것으로 바뀌기도 하고 이모에게 갈 물건이 집에 남기도 했다. 그날 밤에 문영은 노란 포스트잇에 적힌 까만 글씨를 일일이 읽어보았다. 엄마가 전능한 신처럼 결정한 물건들의 운명이었다. 포스트잇의 샛노란 색깔에 눈이 아렸다. 노란 잔상이 눈을 감아도 사라지지 않았다.

전학해서 처음 교실에 들어섰을 때에도 낯선 아이들의 얼굴보다 우련한 노란빛이 먼저 보였다. 유령처럼 아이들 위를 떠돌던 노란빛은 나날이 짙어지더니 어느 날 마침내 포스트잇으로 변해버렸다. 문영은 이사하기 전날 밤에 그랬던 것처럼 포스트잇을 일일이 읽어보았다.

집중력이 필요함, 책임감을 길러야 함, 끈기가 부족함, 친구 관계에 문제가 있음, 거짓말을 잘함, 기초학력이 부족함, 편식이 심함.

내용은 제각각이었다. 노란 포스트잇을 누가 붙여줬냐고 묻고 싶었지만 낯선 아이들에게 말을 걸 용기가 나지 않았다. 외톨이처럼 교실에 앉아 숨을 죽인 사람은 문영과 담임 두 사람뿐이었다. 문영은 책상 앞에 앉은 담임을 물끄러미 바라보다가 담임의 시선을 좇아보았다. 담임의 시선은 '?'라고 적힌 노란 포스트잇을 집요하게 따라다니고 있었다. 고개를 갸우뚱거리다가 곰곰이 생각하는 표정이 낯설지 않았다. 이삿짐에 붙일 내용을 고민하던 엄마의 표정이었다.

문영은 '착함'이라고 적힌 포스트잇이 붙은 짝지의 얼굴을 가만히 바라보았다. 눈이 마주친 짝지는 어색함을 감추기 위해 어설프게 웃었다. 문영은 포스트잇을 손가락으로 가리키며 담임선생님이 붙여줬느냐고 물었다. 짝지는 대답 대신 더 활짝 웃었다. 그러나 눈빛에 담긴 의아함과 당황스러움을 감추지는 못했다. 문영은 자신에게 이상한 비밀이 생겼음을 깨달았다.

친구들에게만 붙었던 포스트잇은 생물처럼 번식했다. 선생님 옷 위에 나타나는가 싶더니 얼마 후엔 문방구 아저씨와 분식점 아줌마의 옷에도 나타났다. 포스트잇에 적힌 글씨의 크기와 모양만큼이나 내용도 제각각이었다.

고등학생이 된 문영은 '카리스마 넘치는 사회 교사'라는 포스트잇이 붙은 사회 선생을 동경했다. 그런데 우연히 시장에서 만난 선생은 허름한 추리닝을 입은 채로 부인의 시장바구니를 들고 있었다. 큰 소리로 부르는 부인에게 달려가는 표정이 어디를 보나 공처가였다. 크게 실망한 문영은 포스트잇의 내용을 믿지 않기로 결심했다. 그러나 1년이 채 가기도 전에 그 결심을 까맣게 잊었다. 그리고 이듬해에 새로 생긴 단짝에게 붙은 포스트잇의 내용을 믿었다. '예쁘고 공부도 잘하고 착한 학생'이라고 적혀 있는 단짝과 사이가 나빠질 일은 없을 것 같았다. 그러나 해가 바뀌기 전에 둘은 절교했다. 문영이 기말고사에서 좋은 성적을 거둔 것이 화근이었다. 사소하게 시작된 말다툼은 서로에게 잊기 힘든 상처를 내고 끝났다. 그러나 문영은 포스트잇의 내용이 틀렸다고 생각하지 않았다. 적히지 않은 내용이 있을 뿐이었다.

나이를 먹을수록, 한 사람에게 붙은 포스트잇이 두 장 혹은 서너 장으로 늘어나기 시작했다. 포스트잇의 내용은 점점 더 길고 복잡해져서 한 번에 이해하기에 벅찼다. 찬찬히 몇 번이고 되풀이해서 포스트잇을 읽을 때면 '?'가 적힌 포스트잇을 집요하게 눈으로 좇던 담임이 떠올랐다. 그러면 '착함'이라고 적혔던 착했던 짝지가 생각나면서 모든 것이 단순했던 시절이 그리워졌다.

상대방의 얼굴이 어릿어릿하게 보이는 증상이 그때쯤 나타났다. 가볍게 여겼던 증상은 시간이 흐를수록 점점 심해졌다. 어느 날 지나가는 사람들에게 붙은 포스트잇을 열심히 들여다보다가 고개를 든 문영은 거리의 풍경이 전과 완전히 다름을 비로소 깨달았다. 번잡한 거리를 얼굴 없는 유령들이 행진하고 있었다.

그 후로 문영은 더욱 사람의 얼굴을 보지 않게 되었다. 포스트잇이 붙은 가슴팍으로 시선을 내리깔고는 긴장을 많이 하는 성격이라서 눈을 잘 못 마주친다고 말하면 사람들은 납득했다. 눈이 나쁘다는 말과 마찬가지로 거짓말이었다.

해가 갈수록 세상은 더욱 샛노란색으로 물들어갔다. 문영은 다닥다닥 붙은 노란 포스트잇 위에 적힌 문장들 위를 눈으로 걷다가 종종 길을 잃었다. 피를 빨아 몸을 불리는 거머리처럼 한 줄, 한 줄 불어가던 문장은 예사로 서너 줄이 넘어가다가 온통 뒤죽박죽이 되어버리기 일쑤였다. 거미줄처럼 사방에 늘어선 문장에서 도망치는 방법은 하늘을 올려다보는 것이 유일했다. 눈이 지나치게 피곤해지면 질끈 눈을 감았다. 그러면 아주 잠깐이나마 아무 설명도 없는 세상과 사람을 상상할 수 있었다.

그런데 상상 속에서나 있을 법한 사람이 갑자기 일상에 나타났다. 구립도서관에서 여는 인문학 강좌를 신청한 문영은 강의 첫날에 하얀 사막과 마주쳤다. 아무것도 붙지 않은 하얀 셔츠가 세상의 맨 얼굴처럼 놓여 있었다. 맨 앞자리에 앉은 남자가 입은 셔츠였다. 일주일에 한 번씩 강의를 들을 때마다 문영은 남자의 하얀 등짝에서 눈을 떼지 못했다. 포스트잇이 붙지 않은 사람이라니 너무 비현실적이었다.

강좌가 진행되는 동안 제법 안면을 익힌 사람들이 친목을 위해 마련한 술자리에서도 문영은 하얀 사막만을 물끄러미 응시했다. 두런두런 이야기들이 오갔지만 어떤 단어도 귀에 닿지 않았다. 귓등에서 미끄러져 바닥에 떨어진 단어들이 자음과 모음으로 부서지면서 요란한 소리를 냈다.

그 소리를 들으면서 문영은 첫 이사를 하던 날 포스트잇을 붙이지 않았던 물건들을 생각했다. 버리기엔 멀쩡하고 가지기엔 쓸모가 없는 것들이었다. 엄마는 며칠을 두고 고민했지만 아무런 기대도 욕망도 담을 수 없었던 그 물건들에는 결국 포스트잇이 붙지 않았다. 남자는 갈 곳 없이 침울하게 놓였던 그 물건들처럼 말없이 앉아 있었다.

술에 취한 일행이 하나둘씩 돌아갈 때마다 단어가 후드득후드득 떨어지는 소리가 줄어들었다. 마주한 하얀 사막이 적막함에 잠겨드는 것을 느끼고서야 문영은 남자와 단둘이 되었음을 깨달았다. 적막은 길었다. 얼마나 오랫동안 서로 앉아 있었는지는 몰랐다.

남자가 입을 열고 자신의 이름을 말했다. 그리고 시간이 지나면 쉽게 잊힐 의미 없는 이야기를 했다. 깊은 밤에 하얀 사구砂丘를 움직이는 사막바람 같은 목소리였다.

"내게는 이상한 비밀이 있어요."

문영은 하얀 사막 위를 메마른 눈으로 걷다가 충동적으로 불쑥 비밀을 말했다. 하얀 사막은 그녀의 말에 흔들리지 않았다. 비밀은 요묘한 별빛처럼 하얀 사막 속으로 스며들어버렸다.

그 후로 문영은 인문학 강의를 듣는 화요일에 그와 함께 커피를 마셨다. 그러는 동안 만남이 습관처럼 굳어졌다. 강좌가 끝난 뒤에는 서로를 만나기 위해 일부러 화요일 오후 시간을 비웠다. 주변에서는 두 사람이 사귄다고 여겼지만 문영도 그도 잦은 만남의 의미를 서로에게 묻지 않았다.

"아직도 내게는 포스트잇이 안 붙었어요?"

하얀 사막을 입은 남자, 은석이 종종 문영에게 물었다.

"내가 아무 짝에도 쓸모없는 사람이라서 포스트잇이 붙지 않은 것은 아닐까요? 잊으면 안 되거나 중요한 물건에 포스트잇을 붙여놓잖아요."

은석은 학창시절에 자신의 이름을 기억하는 사람이 별로 없었다고 말했다. 그리고 지금도 사람들의 시선이 언제나 자신을 비껴간다고 했다.

"난 존재감이 별로 없는 사람인가봐요. 오래 같이 지냈던 사람들도 한동안 안 보다가 만나면 내 얼굴을 못 알아보거든요. 문영 씨는 아예 제 얼굴을 모르고."

하얀 사막을 가로지르는 바람 소리가 슬픔에 젖어들었다.

"나는 은석 씨 그대로가 좋아요."

문영이 말했다. 커피 옆에 놓인 빨대를 의미 없이 만지작거리던 은석의 손이 굳었다. 문영은 자신이 던진 팽팽한 긴장에 화들짝 놀라며 말을 덧붙였다.

"노란 포스트잇이 붙어 있는 사람을 보면 너무 어지럽거든요. 노란 포스트잇에 적힌 글자들이 거미줄 같기도 하고, 아니, 그러니까 내 말은……"

말을 덧붙일수록 처음 내뱉었던 말의 의미가 뭉그러졌다. 은석이 다시 빨대를 만지작거리기 시작했다.

"무한소수 있잖아요. 끝없이 이어지는 숫자. 그걸 볼 때처럼 어지러워요. 한 바닥 가득히 적힌 파이의 값을 본 적 있어요?"

문영이 자주 꾸는 악몽을 떠올리며 물었다. 악몽 속에 나타난 문장은 새로 등장하는 단어로 이어지고 또 이어지며 무한소수처럼 계속되었다. 영원히 끝나지 않을 문장이었다. 악몽을 꾼 날 아침에는 파이를 나타내는 숫자가 빽빽이 적힌 종이를 나눠 주던 수학선생의 말이 기억났다.

— 인간은 결국 한 숫자의 값조차 정확히 알지 못하고 죽어버리는 거야.

"그래서 숫자 대신 문자를 쓰잖아요. 이렇게."

은석의 손가락이 탁자 위에 파이 기호를 그렸다. 그러나 문자는 숫자의 모습만을 감출 뿐이었다. 숫자는 단순한 기호 뒤에 숨은 채로 여전히 끝없이 증식하고 있었다.

"예전에, 수학 시간에 어떤 친구가 했던 이야기인데요. 무한소수는 죽은 숫자래요. 무한소수에 말줄임표를 쓰잖아요? 끝이 나지 않고 숫자가 계속된다는 표시로요. 그 친구가 말하길, 말줄임표는 숫자가 죽었단 뜻이라고 했어요. 죽으면 말을 잃으니까요."

"숫자가 죽었다고요?"

"네. 무한소수가 그 많은 숫자를 감당하지 못해서 죽어버린대요. 무한소수를 볼 때면 그 이야기가 자꾸 생각나요."

은석은 웃었고, 문영은 그 후로 끝나지 않는 문장을 읽는 꿈을 꿀 때마다 그의 이야기가 생각났다. 가끔 이런 식으로 아주 사소한 것들이 삶에 영원한 흔적을 남겼다.

카페 유리창에 물방울이 맺히더니 긴 꼬리를 그리며 미끄러졌다. 비가 내리기 시작했다. 두 사람은 처음 만났을 때처럼 말이 없었다. 문영은 은석의 새하얀 셔츠를 가만히 바라보았다. 문자와 소리가 지워진, 유일한 침묵과 고요가 거기에 있었다.

이듬해 봄이 올 때까지도 은석은 변함이 없었다. 포스트잇이 노란 봄꽃처럼 사람들을 뒤덮으며 샛노랗게 피어났지만 은석만은 불모지 같은 하얀 사막이었다. 노란빛에 지친 문영은 그가 입은 하얀 사막을 가만히 눈으로 더듬었다. 드러나지 않은 수많은 이야기와 은밀한 비밀이 사막 속에 묻혀 있을 것만 같았다.

눈으로는 찾을 수 없어, 마음으로 찾아야 해.

『어린 왕자』의 사막여우가 했던 말이 자주 귓가에 맴돌았다.

"아직도 그 사람을 만나니?"

1년 만에 나간 모임에서 만난 한 친구가 탐탁지 않은 목소리로 물었다. 그녀에게 붙은 노란 포스트잇들이 화려한 비늘처럼 반들거렸다.

"너무 소심한 남자는 별로야."

당당한 기세로 말하는 친구 앞에서 문영은 눈을 가만히 내리깔았다. 친구에게 새로 붙은 포스트잇을 읽으려는 참이었지만 문영의 기분이 나빠졌다고 지레짐작한 친구는 다소 성의 없는 사과를 했다. 그러고는 화제를 돌려서 재빠르게 말을 이어갔다. 그녀는 언제나 모임의 이야기를 주도하면서 다른 사람들보다 두세 배 정도 더 많이 말했다. 그러나 불평하는 친구는 없었다. 오히려 그녀 덕에 불편한 침묵이 생기지 않는 것을 다행스럽게 여겼다.

잠시만 떨어져 지내도 할 말이 태산 같던 시절도 있었는데 이젠 1년에 두어 번 모여도 서로 할 말이 그리 많지 않았다. 침묵이 길어지지 않도록 서로 애를 써보지만 적당히 공감할 수 있는 이야깃거리가 떨어지면 끝끝내 어색한 침묵이 이어졌다. 돌림노래처럼 말을 이어가야 하는 의무감은 오로지 그녀가 있을 때만 사라졌다. 친구들은 안도감을 감추고 그녀의 이야기에 귀를 기울였다.

사람들에겐 여러 이유로 말하지 않고 감추는 일이 있다. 부끄럽거나 수치스러운 일, 나쁜 일, 동정이나 비난을 받기 싫은 일, 약점이나 나약함을 드러내는 일은 비밀이 되기 마련이었다. 그러나 그녀는 그런 일들마저 하나하나 끄집어내어서 햇볕에 말리는 곡식처럼 늘어놓았다. 포스트잇에는 결코 적히지 않는 이야기들이었다. 노란 종이에는 은밀한 비밀이 적히는 법이 결코 없었다. 그래서 포스트잇을 읽는 탓에 상대방이 할 말을 미리 아는 문영도 그녀의 이야기만은 집중해서 들었다.

모임을 마치고 홀가분하게 자리에서 일어선 그녀는 문영을 1호선 지하철 역까지 태워다주면서 은석에 대해 물었다. 문영은 별로 말하고 싶지 않았지만, 그녀가 꼬치꼬치 캐물으며 보채는 바람에 어쩔 수 없이 사소한 몇 가지, 이를테면 그가 소심하지만 성실한 남자이고, 말수가 적지만 내면이 확고하며 공부를 좋아하는 남자임을 말했다. 그리고 조금 망설이다가 신비한 비밀이 숨어 있는 하얀 사막을 입은 남자라고 덧붙였지만 그녀가 그 말을 이해한 것 같지는 않았다.

"대체 그 남자에 대해서 아는 게 뭐니?"

그녀는 은석이 어디에 살고, 어느 대학을 나왔는지 연거푸 물은 후에, 대답을 못하는 문영에게 핀잔을 주었다. 문영은 지금까지 그가 어떤 사람인지 들려주지 않았느냐고 화를 내려다가 관두었다. 가만히 입을 다물고 창밖만을 내다보는 동안 차 안에 침묵이 내려앉았다. 친구는 당최 침묵을 견딜 수 없다는 듯이 다시 입을 열었다. 그리고 문영이 듣건 말건 혼자서 떠들기 시작했다. 서로 관련 없는 이야기들이 낯선 이방인들처럼 허공에서 스치고 사라졌다.

"그 남자에 대해선 내가 알아볼게."

차에서 내리는 문영에게 친구가 말했다. 문영은 맥락을 종잡을 수 없었던 이야기들이 어떻게 그런 결론으로 귀결되었는지 알 수가 없었다. 어쩌면 그녀에게 붙은 포스트잇의 내용처럼 말솜씨가 뛰어나고 인맥이 넓으며 남을 걱정하는 마음씨가 훌륭해서 가능한 일인지도 몰랐다. 문영은 그녀가 곧 은석에 대해 잊으리라 여기면서 고맙다고 말한 후에 차 문을 닫았다. 그러나 예상과 달리 그녀는 은석의 일을 잊지 않았다.

문영은 일주일 후에 그녀의 전화를 받았다. 그녀는 친한 언니가 아는 남자의 동생과 은석이 같은 대학을 나왔다고 이야기를 시작했다. 친구와 친한 언니, 그 언니와 친한 남자 그리고 그 남자의 동생을 거쳐 온 말들이 콸콸 귓속으로 쏟아졌다. 1년 가까이 만나면서도 전혀 몰랐던, 그리고 앞으로도 쭉 몰랐을 이야기들을 문영은 고작 삼십 분 만에 알게 되었다.

무던하고 평범한 집에서 자랐고, 형이 하나 있다고 했다. 형이 워낙 잘난 사람인 데다 부모님의 편애가 심해서 은석이 어릴 때부터 스트레스를 많이 받은 모양이었다. 친구는 분명 그래서 은석이 소심한 거라고 단정 지었다.

"그런데 그 남자 잘생겼니?"

일방적으로 쏟아내던 말을 멈춘 친구가 물었다. 딱 한 가지, 문영이 대답할 수 없는 질문이었다. 문영은 허가 찔린 기분으로 말을 더듬었다.

"하긴, 사람마다 잘생겼다는 기준이 다르니까."

차마 못생겼다고 하질 못해서 말을 더듬는다고 여겼는지, 친구가 너그럽게 말하고 전화를 끊었다.

잘생겼니?

문영은 친구의 질문을 다시 곱씹었다. 다른 사람이 대신 답해줄 수 없는 질문이었다.

그 후에 은석을 만난 문영은 그의 얼굴 쪽으로 시선을 올리려고 노력했다. 그러나 시선은 그의 짧고 뭉툭한 목덜미 위로 당최 올라가질 못했다. 얼굴이 있어야 할 곳에 소용돌이치는 이미지를 볼 자신이 없었다. 보고 나면 그것을 은석의 얼굴로 기억할 것만 같았다. 이미지가 귀엽거나 독특하면 다행이지만 괴상하고 망측하거나 무섭지 말라는 법이 없었다. 자꾸 불안하게 움직이는 눈을 보면서 은석이 왜 그러냐고 의아하게 물었다.

문영은 그의 얼굴을 보려 한다는 말 대신, 그에게 포스트잇을 붙여보고 있다고 말했다. 거짓말이 아니었다. 그의 얼굴을 보기 위해 상상의 포스트잇을 징검다리처럼 은석의 몸 위에 놓았다.

이야기를 잘 들어줌, 걸음이 느림, 속에 없는 말을 할 때면 말을 더듬음.

가끔은 은석에게 말할 수 없는 비밀을 적어보기도 했다. '나와 연애하고 싶은 여자가 있음'도 그중 하나였다. 은석은 상상의 포스트잇에 어떤 내용을 적는지 물어도 답하지 않는 문영 때문에 당황하는 것처럼 보였다. 목덜미가 가끔 땀으로 젖기도 했다. 그러나 문영은 끝끝내 그의 하얀 사막에 무엇을 적고 있는지 말해주지 않았다.

답이 돌아오지 않는 질문을 은석이 끈질기게 던지는 동안 여름이 끝났다. 얼굴 윤곽을 따라 조금씩 위로 옮겨가던 문영의 시선은 은석의 뺨에 이르러 있었다. 그의 얼굴은 여전히 뿌옇고 흐릿했지만 최소한 턱 선과 입술은 선명해졌다. 문영은 각이 진 턱과 얇고 긴 입술을 눈으로 덧그리면서 그의 눈과 코와 귀를 은밀히 상상하다가 얼굴을 붉혔다. 그리고 왜 그러냐고 묻는 은석에게 아무것도 아니라고 대답했다.

은석은 중요한 일을 놓친 사람처럼 쩔쩔매다가 초조해져서 자신도 모르게 손톱 끝을 물어뜯었다. 미안해진 문영은 그의 얼굴이 조금씩 보인다고 사실대로 말하려다가 관두었다. 그의 이목구비를 선명하게 보는 날에 깜짝 놀라게 해주고 싶어서였다. 그날이 오면 노란 포스트잇에서 해방되리라는 예감도 들었다.

노란 포스트잇은 더 촘촘하게 사람들의 몸 위를 뒤덮어갔다. 복잡한 내용이 깨알 같은 글씨로 적혔던 포스트잇 위에 새로운 포스트잇이 붙기도 했다. 글씨는 커졌고, 내용은 짧아졌다.

밝은 표정으로 창밖을 지나가는 젊은 남자의 가슴엔 '입사'라는 두 글자가 회사이름과 함께 커다랗게 적혀 있었다. 문영은 그의 밝은 표정과 경쾌한 걸음걸이에 기분이 좋아져서 자신도 모르게 그가 행복해 보이는 이유를 말했다. 젊은 남자가 입사한 회사

이름을 들은 은석이 거칠게 커피를 한 모금 마셨다.

"광고판들이 온 거리를 지나다니고 있나 보죠?"

은석의 말투가 퉁명스러웠다. 처음 보는 모습이었다. 문영은 그의 거친 말투에 살짝 기분이 상했다. 그런데 곧 말실수를 했다 싶어서 허둥거리는 은석의 모습 때문에 속으로 웃고 말았다.

"광고판이 아니라 꼭 간판 같아요."

문영은 덤덤한 척 대꾸하면서 길 위를 지나가는 노란 포스트 잇을 보고 읽었다. 이해하기 위해 열심히 읽어야만 했던, 한 편의 소설만큼 길었던 이야기들이 광고카피처럼 명징하고 짧은 문장이나 단어로 변한 지 오래였다. 이제 문영은 끝없이 이어지는 문장을 읽는 꿈을 더 이상 꾸지 않았다.

"역시 회사원이 더 낫겠죠?"

은석이 초조하게 두 손을 비꼬면서 혼잣말처럼 중얼거렸다. 그의 이마에서 흘러내린 땀이 각진 턱 끝에 매달렸다. 얇은 입술이 중요한 말이라도 할 것처럼 달싹거렸지만, 끝내 일자로 닫히고 말았다. 그가 그럴 때마다 묘한 기대를 해보는 문영도 김이 샜다.

은석이 남자 친구가 아니라고 말하면 주변 사람들은 웃었다.

— 그러면 대체 둘이 무슨 사이란 말이에요?

내숭 떨지 말라는 얼굴로 눈을 살짝 흘기면서 사람들이 반문했다. 자신이 묻고 싶은 말이었다. 대체 우리는 무슨 사이일까요? 문영은 은석이 입은 하얀 사막 위를 눈으로 걸으며 먹먹해졌다. 은석은 침묵 위를 걷는 문영의 눈길을 보다가 한숨을 쉬었다. 그리고 그날 도시철도 역 앞에서 헤어질 때까지 아무 말도 하지 않왔다. 잘 가라는 인사를 남기고 돌아서는 뒷모습이 그날따라 낯설었다.

그래서인지 은석의 연락이 며칠 동안 없는 것이 불안했다. 처음 있는 일도 아니었다. 서로 바쁠 때는 보름이 넘게 연락을 하지 않은 적도 있었다. 그런데 마지막 헤어질 때 느꼈던 낯설음이 떠오를 때마다 이상하게 불안했다. 마치 은석이 그날부터 자신이 전혀 모르는 세계로 뚜벅뚜벅 걸어가기 시작한 것 같았다.

"고민이 많아서 그렇겠지, 뭐."

은석의 집안 이야기를 들려주었던 친구는 왜 그렇지 않겠느냐는 투로 말했다. 그녀의 가슴팍엔 '남편 개인병원 개업'이라고 적힌 새 포스트잇이 붙어 있었다.

"무슨 고민?"

문영이 의아하게 물었다.

"자주 만났던 거 맞긴 하니?"

친구가 핀잔을 주었다. 좋아하는 남자의 일을 일면식도 없는 친구가 더 잘 알다니 웃긴 일이었다. 대체 우리는 무슨 사이일까. 다시 속으로 중얼거렸다.

"은석 씨, 취업이랑 유학 준비 사이에서 고민하는 모양이던데? 공부만 하던 사람이어서 직장 생활 버티긴 힘들 거 같더라. 집안에선 머리 좋은 아들 욕심이 나서 유학 준비하라고 성화인 모양인데, 그 소심한 성격에 외국생활 잘 버티겠어? 게다가 공부 끝내고 돌아온다 해도 요즘 자리 잡기가 워낙 어렵잖아. 그런데 너한테 아무 말도 안 하디? 아직도 밥만 먹는 사이야?"

한심하다는 말투였다.

"아니, 그래도 요즘은······."

요즘은 예전과 다른 뭔가가 있어. 변명을 하려고 운을 뗐지만 혀가 굳었다. 모두 예전과 다른 바가 없었다. 그가 조금 낯설어진 것만 제외하고. 선명해진 그의 턱선과 입술 그리고 희미하게 보이기 시작한 콧방울을 떠올리자 마음이 선뜩해졌다. 나날이 조금씩 나타나는 이목구비들이 모이면 어느 날 불쑥 낯선 얼굴이 될 것이다. 그가 조금씩 낯설어지는 것은 그래서일까. 문영은 친구의 이야기를 건성으로 들으며 만지작거리던 핸드폰을 확인했다. 그에게서 온 연락은 없었다.

친구와 헤어져 돌아온 후에도, 그다음 날에도 은석은 여전히 연락을 하지 않았다. 대신 깊은 밤, 꿈속에 나타났다. 그는 문영과 나란히 걷다가 문득 걸음을 멈추고 얼굴을 마주했다. 문영은 낯선 얼굴에 화들짝 놀라서 잠을 깼다. 꿈에 나타나는 은석의 민낯은 날마다 달랐다. 어느 날은 동그랗고 온화한 얼굴이었고, 어느 날은 날카롭고 초조한 인상이었다. 문영은 매일 시시각각 변하는 낯선 얼굴에 소스라쳐 놀라며 일어났다. 늘 비슷한 시각이었다.

그런데 열흘쯤 후에 은석이 그 시각에 전화를 걸었다. 묘했다. 문영은 아직 꿈속인가 싶어서 처음엔 전화를 받지 않았다. 전화가 올 만한 시간이 아니었다. 자다가 일어나기엔 너무 이르고, 밤을 새며 깨어 있기엔 늦은 시각이었다. 끊긴 전화가 다시 걸려왔을 때야 문영은 번뜩 정신을 차리고 전화를 받았다.

은석은 잠긴 목소리로 잘 지내느냐고 물었고, 문영은 잠이 덜

깬 목소리로 잘 지낸다고 답했다. 그런 후에 문영은 조심스레 밝은 목소리로 잘 지내느냐고 물었고, 은석은 밝고 미안한 목소리로 잘 지낸다고 답했다. 그리고 저녁에 시간이 나느냐고 물었다. 전화통화를 하기에도 약속을 정하기에도 묘한 시간이었지만 둘은 여느 때처럼 약속 장소와 시간을 정하고 전화를 끊었다.

문영은 그 후에 다시 잠들지 못하고 누운 채로 뒤척였다. 이런 시간에 전화를 걸어와서 만나자고 하다니 꼭 해야 할 이야기가 있는 모양이다. 은석의 말투에서는 결연함마저 느껴졌다. 문영은 괜한 기대와 설렘으로 뒤척이다가 일어나 거울 앞에 앉았다. 선명하게 보이는 유일한 얼굴이 거울 속에 있었다. 문영은 자신의 민낯을 유심히 바라보다가 세수한 후에 평소보다 오래 화장을 했다.

은석은 약속 장소인 카페에 앉아 있었다. 문을 등지고 앉은 은석의 셔츠는 평소처럼 하얀색이었다. 문영은 뒤에서 인사를 건네고 은석의 맞은편에 앉았다. 그리고 은석이 입은 하얀 사막 가운데 불쑥 생겨난 샛노란 종이를 보았다. 그 순간, 몸속을 넘실거리며 지나던 설렘과 기대가 한순간에 빠져나갔다. 오로지 하얀 사막과 노란 포스트잇 그리고 자신만이 남은 기분이 들었다.

"꼭 확인할 것이 있어요. 그래줄 사람이 문영 씨밖에 없으니까……."

은석이 가만가만 말을 하는 동안 문영은 노란 포스트잇에 적힌 글씨를 다시 읽었다.

필요하신 분 가져가세요.

처음 포스트잇을 보던 즈음, 첫 이사를 하던 날이 되살아났다. 엄마가 아무 종이도 붙이지 않았던 물건들 중 일부에는 결국 '필요하신 분 가져가세요.'라고 적힌 종이가 붙었다. 쓸모없거나 버릴 물건임을 에둘러 표현한 말이었다.

"나에겐 중요한 일이니까 솔직하게 대답해주세요. 다른 사람들에겐 붙은 종이가 내게는 정말 안 붙었나요? 나에 대해 아무것도 안 적힌 거예요? 그거, 내가 아무것도 아니라는 뜻 아닌가요?"

격양된 목소리였다. 질문도 포스트잇에 적힌 내용도 질 나쁜 농담 같았다.

"은석 씨는 아무것도 아닌 사람이 아니에요."

문영은 울컥 복이 메었다. 은석이 초조하게 비꼬던 손을 멈췄다.

"은석 씨를 놀리고 싶어서 내가 거짓말을 했어요. 노란 포스트잇은 처음부터 없었어요. 내 눈에만 보이는 포스트잇이라니, 이상하잖아요. 내 말을 지금까지도 믿었다니, 은석 씨는 너무 순진해요. 만약 내 말이 진짜라면 은석 씨에게 포스트잇이 안 붙었을 리 없어요. 분명 멋진 말이 적힌 포스트잇이 잔뜩 붙었을 거예요."

그에게 붙이고 싶었던 포스트잇 내용이 자꾸 눈앞에서 아른거렸다. 문영의 말이 끝났지만 은석은 아무 말도 하지 않았다. 한참 동안 말없이 앉았던 은석이 불쑥 일어섰다. 미안하지만 가봐야겠다고 말하는 그의 목소리가 사막처럼 건조했다.

"은석 씨!"

큰 소리로 불러 세웠지만 그는 카페를 나가버렸다. 잠시 자신의 삶에 들어왔던 그가 성큼 나가버리는 기분이 들었다. 우두커니 서 있던 문영은 핸드백을 들고 거리로 나섰다. 샛노란 종이들이 깃발처럼 나부끼며 지나가는 길 위를 두리번거렸지만 은석은 보이지 않았다.

그날 이후로 은석은 문영의 전화를 피했다. 문영은 두 번 다시 그를 볼 수 없을 것 같은 예감을 무시하면서 계속 연락을 했다. 전화벨이 끝난 후에 들리던 기계적인 목소리는 어느 날 '지금 거신 번호는 더 이상 사용하지 않는 번호'임을 알려주었다. 그리고 얼마 지난 후에는 낯선 십대 여학생이 전화를 받았다.

"몰랐니? 은석 씨 결국 유학 갔어. 아들 혼자 외국서 고생시키기 싫다고 극성부리는 엄마 덕에 선본 지 두 달 만에 결혼했잖아."

오랜만에 만난 친구가 눈을 동그랗게 떴다. 문영은 아무 내색 없이 그녀의 가슴에 새로 붙은 포스트잇을 읽었다. 그리고 은석의 가슴에 쓸쓸히 붙어 있던 문장을 생각했다.

"괜찮니?"

친구가 말이 없는 문영의 눈치를 살폈다.

"안 괜찮은 것 같아."

문영이 혼잣말처럼 중얼거렸다. 세상에 단 하나였던 하얀 사막은 이제 없었다. 결국 보지 못했던 은석의 얼굴을 그날 밤 꿈에서 보았다. 하얗고 소박한 얼굴이었다. 늘 그에게 붙이고 싶었던 내용이 적힌 포스트잇을 그에게 보여주며 웃었다. 그러나 포스트잇을 붙이려는 찰나, 그가 하얀 모래 기둥처럼 내려앉았다. 어디선가 불어온 바람이 모래와 손에 든 노란 포스트잇을 날려버렸다.

문영은 먹먹한 기분으로 꿈에서 깨어나 한참을 울었다. 그리고 두 번 다시 그를 볼 수 없음을 마침내 인정했다.

친구는 그 후에도 간혹 은석의 소식을 문영에게 전했다. 어느 해 봄에 그는 아빠가 되었고, 어느 해 겨울에는 학위를 받았다. 아내가 교통사고를 당해 힘들어하기도 했고 한국으로 들어올지 외국에 남을지 고민을 하기도 했다. 은석의 삶은 문영이 전혀 모르는 곳에서 낯설게 흘러갔다. 문영은 그의 소식을 들을 때마다 하나씩 늘어나고 있을 샛노란 포스트잇과 거기에 적혔을 이야기들을 생각했다. 그리고 한때 그가 입었던 하얀 사막 위에 붙이고 싶었던 소박한 이야기들을 떠올렸다.

한국으로 돌아온 은석은 어느새 자리를 잡았고 가끔 신문에 이름이 오르내렸다. 기사 속에 있는 남자는 낯설었다. 그렇지만 어느 날 텔레비전 쇼에 나온 은석의 목소리는 예전과 다름이 없었다. 문영은 차분히 가만가만 말을 이어가는 목소리에 귀를 기울이면서, 그를 몹시 사랑했던 시절로 돌아갔다. 그리고 돌이킬 수 없는 미래를 상상했다. 상상 속의 은석은 여전히 하얀 사막을 입었고 소심했으며, 문영을 사랑했다.

낯설게 화면에 비치는 은석이 옛 이야기를 했다. 야심만만한 그에게도 소박한 시절이 있었다는 말에 리포터가 놀란 척을 했다.

"특별한 첫사랑도 있었어요."

은석이 꾸며진 웃음을 웃었다.

"그분은 사람들에게 붙은 포스트잇이 보인다고 했어요."

그의 목소리에 웃음이 배어 있었다.

"포스트잇이오?"

리포터가 의아하게 물었다.

"네. 그 포스트잇엔 그 사람에 대한 여러 이야기가 적혔다고 했어요. 그런데 그분이 날더러 하얀 사막이라고 하더라고요. 포스트잇이 없대요. 아무 가치가 없는 사람이라고 하는가보다 싶어서 충격을 받았죠."

그는 그녀에게 잘 보이고 싶어서 무던히 노력했다고 했다. 몇 번이나 사귀자는 고백을 하고 싶었지만, 무능력한 하얀 사막 신세를 벗어나지 않으면 안 될 것 같았다고 했다. 그래서 그는 어느 날, 고백 대신 노란 포스트잇을 붙이고 그녀를 만났다.

"필요한 사람이 가져가라고 적힌 포스트잇이었어요. 그 뜻을 알아주길 바랐죠. 그 사람에겐 진짜 필요한 사람이 되고 싶었으니까. 그런데 계획대로 안 됐어요. 그 사람은 내가 가여웠는지, 내가 아무것도 아닌 사람이 아니라는 말만 하더라고요. 역시 제가 성에 안 찼던 거죠. 하지만 그분이 그렇게 날 찬 덕분에 심기일전해서 여기까지 왔으니 고맙죠. 그날은 제 인생의 큰 전환점이었어요."

은석은 큰 소리로 웃었고, 끝까지 자신의 얼굴을 똑바로 보지 않았던 그녀가 조금은 섭섭했다고 했다. 문영은 눈을 가늘게 뜨고 애써 초점을 맞추어보았다. 그리고 비밀을 머금은 하얀 사막의 흔적을 찾기 위해 신기루처럼 나부끼는 노란 깃털들 사이를 눈으로 걷기 시작했다.

■ 포 스 트 잇 은 ……

처음 만나는 사람들은 내게 어떤 것을 좋아하고 싫어하는지 묻지 않는다. 인생에서 의미 있는 것이 무엇이라고 생각하는지도, 언제 가장 행복한지도 묻지 않는다. 물을 생각도 관심도 없어 보인다. 대신에 나이, 직업, 연봉, 사는 곳, 결혼유무, 출신학교, 전공을 묻거나 궁금해 한다. 나이가 들수록 더 그렇다. 어쩔 수 없이 대답하다보면 내 대답이 하나둘씩 보이지 않는 쪽지에 적혀서 이마에 붙는 것 같다. 그리고 그 쪽지들에 적힌 정보를 조합해서 만든 내게 가치가 매겨지는 기분이 들곤 한다.

대개의 만남이 이런 탓인지 사회는 더 많은 것을 성취하고 소유할 것을 요구한다. 그리고 남들과 비교하기를 부추긴다. 사회가 이렇다보니 자신이 성취한 것과 소유한 것을 은근히 자랑하고 싶어 하는 사람들을 많이 보게 된다. 그들은 자신이 어떤 것을 좋아하며, 인생에서 무엇에 의미를 두며, 언제 가장 행복한지는 스스로에게 별로 묻지 않는다.

타인의 가치와 시선을 중요하게 여기면서 자신의 본질과 멀어지면 진심으로 누군가를 만나기 어려워지는 것 같다. 만남은 자신이 잘났다고 관계의 우위에 서거나 상대가 너무 잘난 바람에 위축되어 물러서는, 자만심과 박탈감을 누가 차지할 것인가를 두고 벌이는 게임이 되어버린다.

어쩔 수 없이 몸에 밴 고약한 습성 탓에 상대를 하얀 사막으로 바라보는 일이 그리 쉽진 않지만 나날이 발버둥치며 노력한다. 이러다보면 언젠가 나의 편견과 타인의 시선에서 벗어나는 날이 오지 않을까. 그랬으면 좋겠다.

실존주의자들은 말했다. 인간 완성은(진정한 발달은) 우리가 타인의 영향력에서 해방되는 것이다.

별들이 빛나는 밤에

별들이 빛나는 밤에

안녕하세요.

나는 당신을 그날 처음 봤어요. 별로 특별한 날은 아니었어요. 일이 끝나지 않아서 밤늦게 퇴근한, 그냥 평범한 날이었어요. 같은 동네에 사는 직장 동료가 평소처럼 날 횡단보도에 내려주었고 나는 횡단보도를 건넜어요. 그리고 바람이 잠깐 불었어요.

그거 아세요? 정말 사소한 것이 평범한 날을 특별한 날로 바꿀 때가 있어요. 그날이 그랬어요. 잠깐 스쳐 지나간 바람이 그날을 바꿔놓은 거예요. 어쩌면 어디선가에서 흘러나온 옛 노래 때문인지도 몰라요. 갑자기 오래전에 지나간 시절로 돌아온 기분이 들었어요. 함께 나이를 먹던 친구들이 저 끝 모퉁이에서 와자지껄 떠들며 나타날 것만 같았어요.

너무 보고 싶지만 이젠 한자리에 모이기 힘든 친구들이에요. 모이더라도 우리는 할 말이 별로 없을 거예요. 가끔 전화를 하면서 우리는 알게 되었어요. 예전에는 우리 대화에 없었던 침묵이 생겨난 것을요. 침묵은 나날이 우리 대화를 먹어 치웠고, 우리는 다른 곳에서 제각기 나이를 먹기 시작했어요.

행복한 시간은 왜 항상 지나가버리는 걸까요? 그런 생각에 두 눈이 젖어왔어요. 하지만 울지 말아야 해요. 삶에 지지 않으려면 씩씩해야 하니까요. 지나는 사람들이 볼까봐 손등으로 눈물을 닦다가 당신과 눈이 마주쳤어요.

아주 오랫동안 당신을 보아왔는데, 왜 하필이면 그날 당신이 눈에 들어왔는지 모르겠어요. 아마 당신이 한없이 외로워 보여서 그랬을 거예요. 횡단보도 건너편에 있는 당신을 보는데 가슴이 먹먹해서 울었어요. 집에서도 자꾸 당신 생각이 나서 그날 밤새도록, 외로운 당신을 위해 울었어요.

안녕하세요.

방금 일을 끝내고 돌아왔습니다. 혼자 들어선 거실이 차갑습니다. 이곳을 채운 침묵이 차갑기 때문일 겁니다.

거울을 봅니다. 못 보던 주름을 매일 하나씩 발견합니다. 놀라움 뒤에 씁쓸해집니다. 나는 변하고, 늙어가고 있어요. 그 사실을 깨달을 때마다 불안해지다가 우울해져버립니다. 사람들이 눈치 채지 못하면 좋겠습니다.

샤워를 끝낸 후에 모니터를 켰습니다. 편안하게 세상을 마주하는 유일한 시간입니다. 모니터 위를 흘러가는 낯선 사람들의 이야기를 클릭하고 말없이 읽어봅니다.

이곳은 정신과 마음만이 방랑하는, 지경이 없는 광막한 영토입니다. 오로지 문자로만 흔적이 될 수 있지요. 오늘 우울했던 당신의 하루를 게시판에서 읽었습니다. 그 글 아래에 나도 가만가만 흔적을 남겨봅니다. 비로소 내 자신으로 돌아온 기분입니다. 소리 없는 내 목소리가 당신에게 닿았을까 궁금하군요.

오늘 당신 목소리를 몰래 듣고 있었어요. 당신은 가만가만 이야기를 이어가면서 웃었어요. 오랜만에 나도 소리 없이 웃어보았어요. 그리고 들킬까봐 금세 정색을 했지요.

예전엔 나도 퍽 잘 웃는 사람이었어요. 그런데 언젠가부터 내가 잘 웃지 않는 것을 깨달았어요. 서류를 읽거나 숫자를 계산하면서 웃을 수는 없으니까요. 실수를 감추고 싶을 때만 웃고 말아요. 오늘 아침에는 늦잠을 자서 출근 시간에 늦는 바람에 웃었어요. 바보처럼 웃는 모습을 아무도 보지 않아서 다행이었어요.

지하철을 타면서, 지각 사유를 뭐라고 둘러댈까 고민했어요.

그런데 지하철이 갑자기 멈추더니 인사사고가 났다는 방송이 들렸어요. 출근하던 사람들은 잔뜩 화를 냈고, 나는 핑곗거리가 생겨서 안도했어요. 회사에 당당히 전화를 한 뒤에 택시를 타러 갔어요. 택시를 가로채는 사람들 때문에 화난 사람들이 많더군요.

결국 버스를 탔어요. 미친놈이 지하철에 뛰어들어서 뒈졌대. 등교하는 남학생이 웃으며 말하는 소리가 들렸어요. 그래요, 사람이 죽은 거죠. 차창 밖을 내다보았어요. 지하도 입구에서 사람들이 꾸역꾸역 올라오고, 자동차가 맹렬하게 달리는 아침이었어요.

어느 날, 나의 죽음이 놓이는 날에도 사람들은 쉼 없이 걷고 자동차는 맹렬하게 달리겠지요. 그날에도 어떤 사람은 화를 내고, 어떤 사람은 안도할 거예요. 갑자기 속에서 뜨거운 것이 왈칵 치밀어 올랐어요. 그리고 창밖으로 지나가는 당신을 보았어요.

그래서 다행이에요.

○

오늘은 일 년 전에 죽은 친구의 기일이었습니다.

나는 아직도 애도를 끝내지 못한 채, 친구의 죽음 언저리를 서성입니다. 오랜만에 꺼낸 사진 속의 친구는 여전히 착하고, 밝고, 젊습니다. 이젠 영원히 그럴 겁니다.

친구를 사랑했던 만큼 질투했고 또한 미워했습니다. 친구는 나보다 훨씬 나은 사람이었고 사람들에게 인정과 사랑도 더 많이 받았습니다. 질투해서, 미워해서 미안했습니다. 장례식장에서 흘린 눈물엔 슬픔보다 죄책감이 더 많이 담겼을지도 모르겠습니다.

겨우 일 년이 흘렀는데, 사람들은 친구를 담담히 잊습니다. 친구가 살았던 찬란한 순간들은 천천히 소멸되어갑니다. 친구는 아직도 천천히 죽어가고 있는 겁니다.

친구가 사라진 자리에 이제 내가 있고, 친구의 죽음을 찍던 카메라는 나의 삶을 찍습니다. 언젠가 저 카메라는 나의 죽음을 찍을 것이고, 또 다른 사람이 내 자리를 대신할 겁니다.

오늘 직장 동료가 당신 사진을 한 장 파일로 주었어요. 제일 잘 나온 사진이래요. 나는 일부러 관심 없는 척하면서 시큰둥하게 사진을 받았어요. 짝사랑을 자랑할 나이는 오래전에 지났으니까요. 그래서 집에 와서야 오랫동안 당신 얼굴을 들여다보았죠. 오랜만에 찾아온 설렘이 고마워요.

당신은 참 나를 닮았어요. 그래서 당신이 좋아진 걸까요.

사진을 출력해서 잘 보이는 곳에 두려다가 그만두었어요. 언젠가 지금 이 마음을 기억하면서, 당신의 사진을 애틋하게 지우는 날이 오겠죠. 어쩌면 이 마음도 기억나지 않을지 몰라요. 자꾸자꾸 쌓이고 늘어나는 것들에 밀려서 사라진 당신을 눈치채지도 못하고 살아갈지도 모르겠어요. 그런데 참 많은 것들이 그랬던 것 같아요.

　　　　　　　　　　　🌙

　참 이상합니다. 어떤 일은 쭉 기억하고 싶은데 금세 잊고, 어떤 일은 빨리 잊고 싶은데 절대로 잊히지 않죠. 오랫동안 연락을 하지 못했던 친구의 청첩장을 받고서 한참이나 멍하니 서 있었습니다. 잊었던 일들이 머릿속에서 부스럭거리더군요. 그리고 이 친구와 함께했던 시절이 갑자기 떠오르기 시작했습니다. 그때 우리는 참 어렸죠. 힘든 일도 많았어요. 돈이 없어서 닥치는 대로 일했고 컵라면으로 끼니를 때우기 일쑤였습니다. 한 푼이라도 아끼려고 조금이라도 가까운 거리는 악착같이 걸어 다녔죠. 한겨울 찬바람에 빨개진 얼굴로 동동 발을 구르면서, 우리는 늘 성공에 목이 말랐습니다. 그건 절대로 잊히지 않아요.

　그런데 매일 모든 일이 새롭고, 사람들을 만날 때마다 설레던 것은 어느새 잊혔군요. 이제 새로운 일을 하기엔 지켜야 할 것이 너무 많습니다. 그리고 이런저런 계산을 하면서 사람들을 가려서 만나게 되었죠. 나는 늘 까다롭게 같이 일할 사람을 선택합니다. 그들도 옷장에서 옷을 고르는 것처럼 나를 선택하리라 생각하니 문득 서글프군요.

아침에 옷장을 열고 옷을 꺼냈어요. 문득 내가 좋아하는 옷이 부쩍 줄었음을 깨달았어요. 신발도 마찬가지예요. 그러고 보니 머리 모양도 썩 내가 좋아하는 스타일은 아니었어요. 갑자기 자신이 낯설어지는 날이 있잖아요. 오늘이 딱 그랬나봐요.

문을 여니까 바람이 불어 왔어요. 옅게 화장한 얼굴이 남의 것처럼 느껴졌어요. 남의 옷을 입고, 남의 신발을 신고, 남의 얼굴을 붙이고 나는 한참을 걸었어요. 그리고 온종일 다른 사람처럼 말하고 먹고 일했어요. 그런데 아무도 눈치를 못 챘어요.

출장을 다녀오는 길에 잠시 벤치에 앉았어요. 한산한 평일 오후였어요. 신발을 벗고 길 위에 서봤어요. 예전처럼 머리카락을 보라색으로 물들이고 찢어진 청바지를 입으면 더 완벽했을 거예요. 커피를 한 손에 들고 타박타박 걸어보았어요.

어디선가 다가온 직장 동료가 내가 아닌 줄 알았대요. 나의 맨발을 이상하게 바라보더군요. 부끄러워진 나는 그냥, 다른 사람이 되어보고 싶었다고 말하고 냉큼 신발을 신었어요. 발바닥의 촉촉함은 오래가지 않았어요. 건조한 가을바람이 금세 나를 바짝 말려버렸지요.

당신이 마음에 남아 있어서 다행이에요. 보이지 않는 그곳, 마음은 나만의 것으로 머무르니까요.

마음이 눈에 보이지 않아서, 자유로울 수 있어서 다행이라고 생각했습니다. 사람들이 원하는 모습으로 서 있는 동안에도 마음만은 내가 원하는 곳에 둘 수 있으니까요. 나 자신이 되고 싶은 날이 반복되지만, 결국엔 어김없이 다른 사람으로 타인 앞에 섭니다. 대개 그들이 바라는 모습이죠.

나는 매일 다른 사람을 연기하며 살아갑니다. 각양각색의 모습을 한 타인의 영혼이 내 속에 가득한 느낌이 들어요. 웃고 싶을 때 울고, 다정하고 싶을 때 화를 내기도 하죠. 그러다보면 그런 감정이 진짜인 양 느껴질 때가 있어요. 나 자신이 사라지고 가면만이 남는 겁니다. 오래 연기할수록 그 가면은 쉽게 벗겨지지가 않아요. 가면에 삼켜지는 꿈을 꾸다가 비명을 지르며 잠에서 깰 때가 있습니다. 오늘 새벽에 그랬죠.

병원에서 처방받은 수면제를 삼키면서 우두커니 앉아 있었습니다. 그리고 내가 누구인지 생각했습니다. 진짜 내가 주인공인 삶을, 언젠가는 살 수 있을까요.

오늘 혼자 영화를 봤어요. 스크린에는 주인공으로 살아가는 사람들이 나와서 좋아요. 어둠 속에서 가만히 바라보고 있으면 그 사람들이 하는 말이, 만나는 사람이, 가는 곳이 내 안으로 뚜벅뚜벅 걸어 들어와요. 그래서 잠시 나는 어둠 속에서 주인공으로 살아갈 수 있어요.

그런데 참 이상해요. 요즘은 스크린에 잠시 스쳤다 사라지는 사람에게 자꾸 신경이 쓰여요. 스크린 위에서 단 몇 초의 삶을 살고 사라지는 사람들이 있어요. 스크린 뒤편으로 조용히 걸어가 버리는 사람들 말이에요. 주인공들의 이야기는 무심히 계속되는데, 자꾸 그 사람들 생각이 나요. 그래서 이제 나는 어둠 속에서도 주인공의 삶을 살 수가 없어요.

그 사람들은 어디로 가버린 걸까요. 스크린 밖으로 계속 뒤쫓아 가면 어디선가에서 이어지는 그 사람들의 이야기를 볼 수 있을까요?

텅 빈 방 안에 놓인 텔레비전에서 다른 사람들의 이야기가 흘러나와요. 그 이야기를 뒤쫓다가 닫힌 문을 보았어요. 그러고 보니 오랫동안 찾아온 사람이 없었네요.

미안해요. 오늘은 당신이 조금 미워졌어요.

오늘 이상한 경험을 했습니다. 평소처럼 일을 하던 도중이었어요. 사람들은 계속 내 눈치를 살폈고, 중요한 일을 의논하러 오곤 했습니다. 한숨을 돌릴 곳은 화장실뿐이더군요.

화장실에서 손을 씻고 나왔습니다. 한 사람이 무심히 스쳐 지나가더군요. 그냥 평범한 사람이었죠. 그런데 돌연 내가 그 사람을 쫓아 걷기 시작했어요.

조용한 복도를 걸어서 모퉁이를 돌았습니다. 계단이 나오더군요. 계단을 내려갔습니다. 층이 하나씩, 하나씩 낮아지고 마침내 로비가 나타났습니다. 특별한 것은 아무것도 없었습니다. 복도도, 층계도, 계단도, 로비도 모두 평범하더군요.

그런데 이상하게도 그 평범한 뒷모습을 따라 빌딩을 나서면 모든 것이 특별해질 것만 같은 기분이 들었습니다. 빌딩 밖으로 이어지는 회전문 앞에서 비로소 정신이 들었습니다. 사람들은 웅성거렸고, 뒤에서 내 이름을 부르며 달려오는 소리가 들렸죠.

내가 쫓아온 사람은 더 이상 보이지 않았습니다. 어쩌면 그 자신만이 아는 특별한 세상으로 가버렸는지도 모르겠군요. 나는 그곳까지 따라가고 싶었던 건지도 모릅니다.

아마 나 자신만이 아는 특별한 세상이 이제 더 이상 없기 때문일 겁니다. 나는 내 안에 갇혔고, 창밖에 펼쳐진 세상은 오로지 타인의 것이죠.

사무실 창밖으로 어스름이 짙어오네요. 어느새 긴 여름이 끝났나봐요. 부쩍 밤이 찾아오는 시각이 일러졌어요. 동료들은 벌써 퇴근했어요. 남은 일을 끝내고 이제 나도 퇴근하려는 참이에요. 겉옷을 입고, 가방을 든 채로 빌딩 바깥의 야경을 잠시 바라보고 있어요.

도시의 불빛은 참 예뻐요. 아스라한 오렌지 불빛이 저기 산 아래까지 펼쳐지네요. 높은 빌딩에서 내려다보면 별이 지상에 박제되어 빛나는 것 같아요.

바쁘다는 소식 들었어요. 여기저기서 당신 이야기가 많이 들려요. 당신은 인기가 많거든요. 짝사랑하는 사람도 많아요. 사무실 막내는 당신 이야기를 할 때 항상 눈을 빛내요. 그리고 나보다 당신에 관해서 훨씬 많이 알아요.

사람들이 당신 이야기를 할 때면 내가 당신에게 전혀 특별하지 않음에 쓸쓸해져요. 하지만 당신을 사랑하는 것을 후회하지는 않아요. 내가 당신을 사랑하는 많은 사람 중 하나에 지나지 않음을 인정할 때면 내 삶이 저 아래 도시의 불빛 사이를 걸어가는 수많은 삶 중 하나에 지나지 않음을 받아들이게 되거든요. 그러면 보다 내 삶을 똑바로 바라보게 되어요.

🌙

오로지 한 사람에게만 특별해지기를 간절히 바랄 때가 있습니다. 많은 사람이 무심히 나를 스쳐가는 거리에서 단 한 사람만이 나를 알아본다면 삶은 자유와 설렘으로 넘쳐나겠죠. 어두운 차

안에 앉은 지금도 상상해봅니다. 길거리에서 둘만이 아는 이야기를 하다가 큰 소리로 웃고 바보 같은 행동도 해보는 상상이죠.

차가 멈추고 문이 열리는군요. 상상은 여기까지입니다. 문밖에 태양보다 눈부신 조명이 빛나고 있습니다. 불쑥 다가온 마이크는 나의 목소리를 조금도 놓치지 않을 겁니다. 그리고 무수한 눈이 그림자처럼 뒤따라옵니다. 비명과 환호와 내 이름을 외치는 목소리가 오늘도 거리에 넘쳐납니다.

길 건너편의 커다란 광고판 속에 박제된 내가 웃는 것이 보이는군요. 그리고 나는 여기 모인 사람들의 마음속에 박제됩니다. 특별한 단 한 사람이 이들에게 생겨나기 전까진 그럴 겁니다. 그런 다음엔, 잊히겠죠.

오늘 버스 정류장에서 당신을 물끄러미 바라보았어요. 광고판 속 당신의 웃음은 한결같아요. 예전에도 당신 같은 사람을 사랑한 적이 있어요. 그때와 달리 이젠 사랑에 끝이 있음을 알아요. 언젠가는 그들을 잊었듯 당신도 잊겠죠. 하지만 지금은 이 마음이 오래 머물기를 간절히 바라요.

나는 오늘도 게시판에 사소한 이야기를 남겨요. 여기 어딘가를 흔적 없는 유령처럼 떠도는 당신의 정신과 마음이 언젠가 나와 스쳤으면 좋겠어요. 당신과는 오로지 여기서만 스칠 수 있을 테니까요.

늦게 깨어 있는 밤에 게시판 글들을 읽으며 닉네임으로 댓글을 달아봅니다. 오늘은 다른 사람인 양 행세하면서 진짜 나의 소소한 일상을 남겼습니다. 게시판의 글은 실시간으로 불어났고 내 글은 아래로 계속 밀려나다가 결국 화면 밖으로 사라지고 말았습니다.

요즘 나는 자꾸 이상한 꿈을 꿉니다. 프레임 속에서 연기를 하다가 누군가를 따라가는 꿈이죠. 정신을 차려보면 어느새 스크린 밖, 어두운 극장 안입니다. 그런데 아무도 나를 알아보지 않더군요. 관객들이 바라보고 있는 스크린을 뒤돌아보니 영화는 계속되고 있었습니다. 나는 스크린 안으로 돌아갈지, 어두운 극장 출구 앞에서 나를 기다리는 사람을 쫓아가야 할지 망설이더군요. 그리고 불현듯 무서워졌습니다.

자정이 넘었어요. 라디오만이 적막한 새벽을 떠도네요.

오늘도 나를 쫓아온 사람은 없었어요. 요즘은 걷다가도 자꾸 뒤를 돌아봐요. 당신이 쫓아와주면 좋겠다고 생각했어요. 하지만 당신이 아니어도 괜찮을 거예요.

지금 창밖에는 별이 빛나네요.

그리고 당신이 무량한 영혼에게 말하는 목소리가 라디오에서 들려와요.

유쾌한 라디오 진행자가 쓸쓸한 적이 없느냐고 묻는군요. 여러분의 사랑이 있어서 쓸쓸하지 않습니다. 나는 진심을 감추고 대답합니다. 진실보다는 당신이 기쁘고 행복할 말을 들려주고 싶으니까요. 도시의 불빛이 빌딩 아래에서 별처럼 반짝입니다. 거기엔 아마 당신이 밝힌 불빛도 있겠죠. 나는 수줍게 라디오를 통해 말합니다.

오늘도 별들이 빛나네요.

사랑해요, 잘 자요.

■ 별 들 이   빛 나 는   밤 에 는 ……

   나는 학창시절에 연예인에 관심을 가진 적이 없었다. 대중문화에 무심했던 탓에, 서태지 이야기를 꺼내는 남동생에게 서태지라는 친구가 있냐고 물은 적도 있다. 남동생은 아직도 가끔 이 이야기를 꺼내어 나를 놀린다.

   연예인에 관심이 생긴 것은 오히려 나이가 한참 들고 나서였다. 정확히는 수많은 삶을 연기하며 살아가는 배우들을 좋아한다. 한때 배우에게 열정이 있었음을 남기려고 이 글을 쓰는 동안, 수많은 사람의 사랑을 받는 배우의 고독과 한 팬의 고독 중 어느 것이 더 무거울까 생각했다.

홀로 지상의 별처럼 빛나는 배우는 많은 주목을 받지만 대중 속에서 익명으로 누릴 수 있는 자유를 박탈당한 채, 이미지에 갇혀 살아가야만 한다. 반면, 그들을 사랑하는 팬은 어느 자리에서나 주인공으로 빛나는 그들의 삶을 부러워하면서 이름 없는 익명으로 남는다. 배우는 대중에서 분리된 좁은 세계에서 고독하고, 팬은 대중 속에 묻힌 흔한 삶에서 고독을 느낀다. 배우와 팬은 사랑을 받고 주면서 서로의 고독을 잠시 덜어주기 위해 만나는 것이 아닐는지.

　가끔 외로울 때면 가장 좋아하는 배우의 연기를 본다. 그리고 그와 나, 우리 둘 다 서로가 없어도 충만하고 자유로운 삶의 순간이 많아지기를 바라본다.

온우주
단편선

김주영 작가는 내가 본격적으로 PC통신을 통해 장르문학을
창작하는 이들과 만나게 된 시기에 이미 '나호 이야기'로 유명한
작가였다. 다른 작가가 반해서 홈페이지에 허락을 얻어 싣고, 아
직 국내 작가의 판타지를 그다지 내지 않던 유명 출판사에서 책
이 나오고, 그런 표면적인 부분도 대단했지만, 단편 소모임에서
직접 마주친 김주영 작가의 실체는 더욱 대단했다. 매달 같은 소
재를 가지고 글을 쓰는 모임에서 첫 달에 김주영 작가가 세 편이
나 단편을 냈는데, 각 작품마다 완성도마저 뛰어나서 속된 말로
이건 무슨 괴물인가 했던 기억이 생생하다. 아주 개인적인 기억
이다. 그때의 작품들은 거의 이전에 기적의 책에서 출간된 작품
집 『보름달 징크스』에 실려 있다.

김주영 작가는 장르문학을 창작하는 이들의 축제와도 같았던
황금드래곤 문학상 2회에서 『열 번째 세계』라는 장편으로 가작
을 수상했고, 세계문학상 본심에 올랐고, 환상문학웹진 거울에
합류한 이래 꾸준히 단편을 발표하며 전자책을 엮었고, 새로이
쓴 장편을 라이트노벨 『이카, 루즈』로 펴내기도 했다. 단편 소모
임에서 처음 보았을 때 느꼈던 감탄과 충격을 지속적으로 되새겨
주는, 왕성하고 꾸준한 작품활동이었다. 그나마도 내가 알고 있
었던 것은 빙산의 일각으로, 환상문학웹진 거울에서 만든 비평선

『B평』에 실린 작가의 작품 목록을 보면 그 방대함에 혀를 내두를 수밖에 없다. 동화 다시 쓰기를 테마로 한 단편들은 나중에 『이카, 루즈』로 더 세련되고 통일된 세계 안에서 다시 태어났다. 한 권으로 편집하여 출간되었던 나호 이야기는 총 3부에 이르는 장대한 구성을 지닌 작품이었다. 성실하게 써온 단편들은 사람 사이의 관계, 인생의 무게에 대해 진솔하고 따뜻하고 진중한 접근이 돋보인다.

이처럼 성실한 활동과 방대한 작품 세계, 따뜻하고 진솔한 매력에 비례하는 명성을 김주영 작가가 품에 안지 못한 것이 나와 내 주변 사람들의 오랜 불만이자 희망이었다. 공교롭게도 한국문학의 거목과 이름이 같은 바람에 다른 사람으로 오인받기 일쑤이기까지 해서 씁쓸한 농담으로 넘겨야 할 때도 있었다. 몸을 담은 환상문학웹진 거울에서는 가끔 작가 특집호를 기획하는데, 충분히, 넘치도록 특집을 받을 만한 작가였음에도 타이밍이 맞지 않아 오랫동안 때만 기다리다가 『보름달 징크스』가 출간된 다음에야 특집호를 꾸릴 수 있었다. 김주영 작가는 좀 더 많은 사람에게 알려지고 입에서 입으로 찬사가 오가고 그리 시끄러운 구석이 아니더라도 방 안 애장서들 사이에 소중히 간직할 만한 작가라는 생각에 항상 안타까워하다가 이번에 작품집을 함께하게 되었다.

이번 작품집 『이 밤의 끝은 아마도』를 낼 수 있게 된 것은 전적으로 김주영 작가의 성실함과 왕성한 작품욕에 기댄 바가 크다. 써왔던 단편들을 묶어내고도 새로운 작품들을 넣어서 묶은 작품집이기 때문이다. 작품집의 통일성에서 어긋나 본문에는 넣지 않았지만, 처음 김주영 작가가 보내 온 원고에는 각 단편을 탈고한 날짜가 적혀 있었는데, 「이 밤의 끝은 아마도」 「파국」 「별이 빛나는 밤에」 「포스트잇」이 2013년 하반기 이후에 쓴 작품들이다. 그중 「이 밤의 끝은 아마도」를 표제작으로 원하였고, 스타일이나 주제 면에서 이 작품이 표제작으로 흠잡을 데가 없다고 생각해 동의하여 작품집 제목이 『이 밤의 끝은 아마도』가 되었다.

김주영 작가는 작가의 말에서 '만남'이라는 주제를 가진 단편들을 모았다고 하였는데, 좋은 이야기들이 그렇듯 이 작품집에 실린 이야기들도 한 가지 주제로만은 다 설명할 수 없다. 한 작품만이 아닌 작가 자신의 색깔이나 천착하는 주제가 배어 나올 수밖에 없어서 그런지 모르겠다. 이 주제를 두 가지로 짚어서 말하자면 진정한 자신, 진정한 갈망이라고 할 수 있을 것 같다.

바라고 바라고 또 바라던 것을 미뤄두거나 포기하거나 잘못 알고 있다가 알게 되며 끝을 맞이하는 작품들로 표제작인 「이 밤의 끝은 아마도」를 비롯하여, 아주 뚜렷하게는 「문이 열린다」 「사방들은 기다린다」 「불의 춤」 「마을로 오는 기차」를 꼽을 수 있다. 자신에게 이야기하고 자신의 삶을 되풀이하는 「노래하는 늪」 「까마득히 먼 데로부터」 「꿈 그 너머」와 같은 작품 또한 김주영 작가가 즐겨 다루는 주제들이 잘 드러난 작품이다.

주제면이 아닌 김주영 작가의 작품 특징을 한 마디로 또 거칠게 요약하자면 '균형감'을 들 수 있다. 김주영 작가의 단편들은 급히 시작하거나 갑자기 맺는 법 없이, 착실히 고조되고 기분 좋은 반전을 맞는다. 때로 자신이 원하는 한 가지 주제나 장면만을 그리거나 반전 자체에 집착하여 무리하게 방향을 틀거나 반칙을 쓰는 초보의 흔적이 없는 동시에, 부단히 새로운 이야기를 향해 나아간다. 사실 좋은 작가라면 가지는 평범한 특징일 뿐이다. 바꿔 말해 김주영 작가가 좋은 작가라는 뜻이다.

온우주에서는 이 작품집 외에도 온우주 최초의 장편소설로 김주영 작가의 '나호 이야기'를 준비하고 있다. 김주영 작가를 처음 알게 해준 전설 같은 작품을 완전한, 그러나 새로운 모습으로 다시 만날 기회를 팬으로서도 편집자로서도 기대하고 있다. 이 작품집에서 담담하고 깊은 인간의 이야기를 만났다면, '나호 이야기'에서는 시공을 초월해서 펼쳐지는, 보통 세상의 이야기와 동떨어졌기에 더욱 인간의 깊은 곳을 건드리는 이야기를 만날 수 있다. 판타지와 SF에서만 누릴 수 있는 자유와 매력이다.

김주영 작가가 더 알려져야 마땅하다고 생각하며, 지금처럼 꾸준히 작품을 써주길 바라고 있다. 또한 당연히 그럴 것이라고 믿는다. 김주영은 작가여야만 하는 사람이므로.

작년, 2013년 여름에 단편집 『보름달 징크스』가 출간되었다. 단편집을 출간할 기회가 또 언제 오겠느냐 싶어서 가능한 많은 단편을 수록하려고 욕심을 부렸다. 욕심 덕에 내용은 풍성해졌지만 한편으론 주제가 없는 단편집이 되어서 아쉬웠다. 그래서 이번엔 주제가 있는 단편집을 묶어보고 싶었다.

이 단편집의 주제는 숙명처럼 홀로 살아가는 사람들이 무엇인가를 만날 때 벌어지는 풍경이다. 그래서 각 이야기 속에는 다양한 만남이 있다. 천사, 개, 마녀, 요정, 스타, 재능, 포스트잇이 붙은 사람, 나를 잊은 사람, 옛사랑, 늪, 다른 시공간에 살고 있는 나와 만나기도 하고 아무것도 만나지 못하는 이야기도 있다. 만남은 밋밋한 삶을 마법처럼 바꿔놓는다. 새로운 이야깃거리가 생기고 이전에 보지 못했던 세상이 열리기도 한다. 그리고 끝나지 않는 긴 밤처럼 이어지는 외로움도 만남에서 비로소 끝이 난다.

이 책을 내는 과정에서도 만남이 있었다. 이규승 대표님과 최지혜 편집장님과의 만남이 없었다면 여기에 수록된 단편들은 소리 없이 사라질 활자의 더미로 남고 말았을 것이다. 활자가 독자들에게 흘러가는 길을 열어주신 두 분의 배려와 열정에 감사드린다. 또한 무의미한 활자에 생명을 불어넣는 재주를 나눠 주신 하나님께도 감사드린다.

이번 작업에서 가장 어려웠던 부분은 각 단편의 해설을 쓰는 일이었다. 나는 나 자신의 글에 대한 해석을 별로 하지 않는 편이다. 소설은 쓰는 동안만 내 것이다. 독자를 만난 소설은 다양하게 해석되고 이해되면서 각기 다른 길을 걸어간다. 나는 그것이 기껍고, 그래야만 한다고 생각한다. 단편에 관한 해설이 각 독자의 고유한 해석과 감상을 방해하지 않았으면 좋겠다.

만남은 시절인연을 따른다. 시절의 때를 만난 인연은 기어코 만나기 마련이다. 읽으시는 분들이 이 책을 만난 것도 결코 우연만은 아닐 것이다. 어떠한 인연으로 만났건 간에 이 책과의 만남이 좋은 만남으로 기억되었으면 좋겠다.

연이어 단편집을 두 번 엮어낸 덕분에 혼자만 간직하던 단편이 거의 바닥났다. 기꺼우면서도 잔고가 바닥난 통장을 보는 것처럼 덜컥 무서워지기도 한다. 앞으로 더 열심히 써야겠다.

2014. 2. 21.
긴 밤의 끝에서, 김주영

이 밤의 끝은 아마도
김주영 작품집

초판 1쇄 펴낸날 2014년 6월 9일

지은이 김주영
펴낸이 이규승
엮은이 최지혜
디자인 이경진
프로필 촬영 이지예

펴낸곳 온우주
등록번호 제215-93-02179호
주소 138-849 서울시 송파구 송파동 49-10(백제고분로45길 8-6)
전화 02-3432-5999
팩스 02-6442-3432
홈페이지 http://onujupub.tistory.com | onuju@onuju.com | @OnUJu

ISBN 978-89-98711-17-7 03810